DE DOODSHOOFDVLINDER

D1536888

BBLITERAIR

1979 Uitgeverij De Bezige Bij Amsterdam

de doodshoofdvlinder

jan wolkers

Copyright © 1979 Jan Wolkers
Eerste druk november 1979 100 000 exemplaren
Boekverzorging Jan Vermeulen / Marlous Bervoets
Foto Steye Raviez
Gezet uit Bembo Linotron 606
ISBN 90 234 0700 8

I think we are in rats' alley
Where the dead men lost their bones.

The Waste Land, T. S. ELIOT

'You've got yourself in another jam, I see,'
he said cheerfully. 'Why don't you try some
quiet business like embalming?'

The Long Goodbye, RAYMOND CHANDLER

I

Paul droomde die maandagochtend van de supermarkt. Op blote voeten liep hij over de kouwe betonnen vloer tastend tussen de stapels blikgroente en vruchten in blik door. Hij rook de gronderige geur van de groenteafdeling, de amandellucht van vers brood, de kleverige geur van bloed die om de vleesafdeling hing. Zijn hand liet hij over de vakken gaan en hij voelde wat voor produkten het waren. Blikken sardines, keiharde pakken vacuüm verpakte koffie, reuzenpakken waspoeder. Met wellust drukte hij zijn vingertoppen in het roze geglaceerde oppervlak van de mousselientjes en hij probeerde met zijn nagels door het cellofaan te gaan. Door het eentonige geruis van stemmen en geschuifel van schoenen klonk het rinkelen van de kassa's. De asblonde bleke caissière met wimpers als bosjes verbrande lucifers en die trieste glimlach om haar wulpse mond alsof het haar speet dat ze je voor je boodschappen moest laten betalen, voerde hem aan de hand mee en fluisterde de prijzen in zijn oor. Haar warme vochtige adem kriebelde in zijn gehooropening alsof er een watje naar

binnen werd geduwd. Ineens stond hij stil. De kou sloeg
op zijn lichaam of hij voor een open raam stond. Zijn hand
streek over kille voorwerpen. Het geruis van de stemmen
ging over in kwaadaardig gesis waardoorheen het aanslaan
van de kassa's bonkte als een hartslag. Gierend riep een
schelle vrouwenstem, 'Dat huis is net een schiettent!' Toen
knoopte iemand met koele vingers die in zijn nekharen
kriebelden de blinddoek los. Hij stond voor een koelvak
met braadkuikens. Blauwbleek vlees met kippevel onder
strak gespannen plastic folie. De om hem samengedromde
mensen begonnen overdreven luidruchtig te lachen om
wat er op de eierdozen van piepschuim stond: *Natuurfarm
De Leghorn. Eieren van loslopende kippen.* RECHTEN VOOR
AL WAT LEEFT. Geschrokken hielden ze op met lachen toen
de nasale stem van de winkelchef met echo-effect naargeestig door de luidsprekers schalde, fanatiek en gebie-
dend, 'Rechten voor al wat leeft! Rechten voor al wat leeft!'

Met een schok werd hij wakker. Hij lag met zijn voeten
buiten het bed. Verkrampt en ijskoud waren ze. Hij wilde
naar de wekker grijpen omdat hij dacht dat hij erdoorheen
geslapen was, maar als een genot schoot het door hem heen
dat het herfstvakantie was. Een week lang geen proefwerk
nakijken en lessen voorbereiden. We gaan de sonnetten
van Shakespeare weer eens lezen, dacht hij. Kijken hoeveel
ik er nog uit mijn hoofd ken. When my love swears that she
is made of truth, I do believe her, though I know she lies.

Hij draaide zich op zijn rug, trok zijn knieën op en maakte stapbewegingen met zijn voeten op het onderlaken tot
de kramp uit zijn voetzolen getrokken was.

Hij vroeg zich af wat die droom te beduiden had. Zater-
dag tegen sluitingstijd had hij in de supermarkt acht halve

kippen gekocht om vanmiddag met een stel leerlingen op het terras te gaan barbecuen nadat ze het doel van de komende werkweek besproken zouden hebben, Hadrian's Wall in het noorden van Engeland, en de jongens hem bij het omhakken van een scheefgewaaide grofden zouden hebben geholpen. Met onverholen gretigheid had hij bij de check-out naar het gezicht van die caissière gekeken toen de acht gehalveerde kippelijven hermetisch afgesloten in plastic folie over de transportband langs haar schoven. Hij vertelde haar natuurlijk niet de mop die in hem opkwam, 'Weet u welk dier maar één schaamlip heeft? De halve kip.' Maar hij had haar wel gevraagd, om wat langer naar dat raadselachtige nietszeggende gezicht te kunnen kijken, of hij ze tot maandag in de koelkast goed kon houden. Geruststellend had ze geknikt. Als een verkapte uitnodiging had hij haar schertsend willen vragen of ze soms zin had om een onhandige vrijgezel te helpen bij het roosteren van die bleke hoenders, maar een heerszuchtige plompe vrouw duwde hem met haar overvol geladen winkelwagentje bijna uit de doorgang.

Terwijl hij naar het plafond staarde zag hij zichzelf alleen met die caissière in de supermarkt. Samen lagen ze in een diepe kuil in een berg koekjes en beschuiten. Zorgvuldig alsof het een broze avondjurk van tule was deed hij haar witte stijfgesteven winkeljas uit en ontkleedde haar in die vochtige vanillelucht. Hij wist wat voor opwindend stevig uitgegroeid lichaam er verborgen zat onder die middenstandsvermomming, want hij had haar vaak in gebukte houding iets uit een vak zien pakken. Zijn hand gleed onder de dekens naar zijn erectie en terwijl hij zich aftrok zag hij zichzelf de koekkruimels van haar lichaam likken.

Uit haar bezwete okselhaar en haar navel. Zijn tong gleed tussen haar billen door. Hij proefde de opwindende bittere smaak van haar aars.

'De room uit je kut,' mompelde hij. 'Geef me de room uit je kut, schat.'

Hij drukte op haar buik zodat het zijn mond binnengulpte. Op hetzelfde ogenblik spoot zijn zaad eruit. Tegelijkertijd hield hij met zijn linkerhand het laken omhoog. De tent der zelfbevlekking. Zo bleef hij even liggen nahijgen. Toen sloeg hij het laken weg, veegde het drillerige vocht met zijn zakdoek uit zijn buikharen en ging op de rand van het bed zitten.

In de kamer hing een kil gezeefd licht. De mist was zo dik dat de ramen beslagen leken. Het geluid van een wegrijdende auto klonk alsof er een wollen deken over de motorkap zat.

Ineens rook hij de bedwelmend zoete geur van de dracaena. Langs de plant keek hij omhoog naar de top waar bijna tegen het plafond een witte donzige sprietigheid zich aftekende. Hij had nog nooit een knop zien komen. Tegen het eind van oktober rook je ineens die geur en dan ontdekte je die bloem en moest je er kranten onder leggen omdat de honing binnen een paar dagen naar beneden droop.

De apenladder, dacht hij, terwijl hij naar de onderste bruine bladeren keek. Ik moet iets tegen die vervloekte spint doen. Die glinsterende schurft die ze geel en dan bruin maakt. Roest die doorvreet naar boven.

Hij trok zijn judojas aan, schoof in zijn ouwe veterloze tennisschoenen en liep naar de keuken. Toen hij de koelkast opentrok om de fles bronwater eruit te pakken viel een van die acht halve kippen tussen zijn voeten op de grond.

Hij moest zich beheersen om er geen schop tegen te geven. Met weerzin drukte hij het op een bordje van piepschuim samengevouwen weke vlees weer tussen de andere.

Waarom willen ze verdomme altijd kip, dacht hij. Die vieze onzindelijke weekdieren met hun waterige vlees opgefokt uit tot vismeel verwerkte puf. Net zo slijmerig en smakeloos als de deuntjes van de toptien die ze allemaal stuk voor stuk kunnen neuriën. You put a piece of carbon paper under your heart and gave me just a copy of your love. De eeuw van de dipsaus en de discjockeys.

Hij nam een slok bronwater, zette de fles terug en smeet de koelkast dicht. Daarna knipte hij een pak koffie open terwijl hij het stevig vasthield om het vacuüm zich te voelen opheffen. Een lichaamsdeel dat zich ineens ontspande.

Onder het koffiezetten sneed hij drie sinaasappelen doormidden en ging ze uitpersen. Er was er een met een kroontje bij. De bloembodem en kelk tot een spijkerpunt verdroogd.

Als je er zo tien achter elkaar moest uitpersen zou je een bloederig putje in je handpalm hebben, dacht hij. Het stigma van de vitamine c freak. Hij had eens gehoord dat je dat harde groene dingetje niet in het sap moest laten vallen omdat het dan bitter als gal werd.

Nadat hij het vruchtvlees met de pollepel in de zeef fanatiek tot een bijna kleurloos glazig hapje vezel gewreven had goot hij het sap meteen uit de schaal in één gulp naar binnen. De zure prikkeling irriteerde zijn keel. Hij moest een slok water nemen om geen hoestaanval te krijgen.

Toen hij de koffie ingeschonken had ging hij met zijn handen om de kop voor de keukendeur de tuin in staan kijken. Er was niets te zien van de verrotting en het gele en bruine wegkwijnen. Een waterig grijs niemandsland van vage struiken en planten. Het leek wel of die paar honderd vierkante meter grond uitliep op de ongerepte natuur. Gisteren had hij op plaatsen waarvan hij zeker wist dat er niets anders in de grond zat, grauwe geperforeerde papieren zakken met narcissebollen leeggeschud. Ice Follies, Flora's Favourite, Rosy Sunrise, Mount Hood, April Tears. A host of golden daffodils. Dat gedicht van William Wordsworth had hij pas op school behandeld omdat het nou eenmaal in het literatuurboek stond. Prachtig hadden ze het gevonden, dat afgezaagde poëem. 'And then my heart with pleasure fills, And dances with the daffodils,' had hij uitgedreund. Het had niet geholpen. Keiharde popmuziek en weekhartigheid. Die jongens hebben ook van die waterige lichtblauwe ogen tegenwoordig. Allemaal van die slungelige Jacques Perken die niet smachten naar Mathilde maar naar Deborah Harry. Met een dierengebitje kauwgummi kauwen, met speeksel tussen je pas op de plaats huppelende benen. Een overblijfsel van de spastische bewegingen van het nemen van de boxbarrière. Onvervalste kleuterpop. Toen hij zijn schep de grond in stak om de bollen te gaan planten sneed hij dwars door een kluwen kikkers die in een holte in de brokkelige aarde tegen elkaar waren gekropen voor de winterslaap. Het water kwam in zijn mond staan. De kleikluiten waren vermengd met een krieuwelend glibberig haksel. Bruin vel met piccalillygele vlekken en bleekroze vlees. Hij trapte de grond zo stevig mogelijk aan om ze uit hun lijden te helpen. De bollen had hij zo laten liggen. Daar had hij toch nog de hele komende week voor.

Met zijn elleboog deed hij de keukendeur open en liep

slurpend van zijn koffie het terras op, voorzichtig schuifelend over de glibberige stenen. Hij voelde de mist als donzen kou tegen zijn gezicht. Er vielen druppels van de half-vergane stengels van de hop en van de bladeren aan de wijnranken die om de pergola geslingerd zaten. Om de plaats in het midden van de tuin te vermijden waar die verminkte kikkers in de grond gestampt zaten liep hij langs het rechterzijpad naar de achterkant van de tuin. Bij de grofden bleef hij staan en klopte op de schubbige bast alsof het een hond was. Op verschillende plaatsen kwam er harsachtige smurrie uit met rookkleurige slierten. De staar van een boom. De geur van terpentijn. Het speet hem dat hij neer moest, maar hij had hem al zo vaak rechtop getrokken en getuid, en iedere keer, bij de eerste de beste stevige windvlaag, zakte hij weer scheef omdat hij te ondiep in de aarde geworteld zat. Hij keek naar de stekelige kruin die schuin omhoog in de mist verdween. Hij zag die jongens al agressief met bijl en zaag tekeergaan en dacht eraan dat hij de bollen vanmorgen nog in de grond moest zetten voor die club kwam opdagen en ze met hun grote onbezonnen poten zijn hele host of golden daffodils tot moes zouden stampen.

Achter in de tuin ging hij op een homp hout een beetje zitten kleumen terwijl hij zijn koffie opdronk. Met zijn hand die langs het vermolmde stuk boomstronk naar beneden hing betastte hij de grillige vormen van de elfenbankjes die er overal uitgroeiden, wat de reden was dat hij hem had meegenomen en hier neergezet. Zoals ze eruitzagen, zo voelden ze aan, als vochtig hard fluweel. Achter hem, onder de met judasoren behangen stammen van de vlieren, lag de venige bemoste grond bezaaid met van overal aangevoerde stukken boomstam en brokken schors, begroeid met koraalzwammetjes en asgrijze geweizwammen en blubberige klonten geelgrijze gelatineachtige viezigheid die als etter uit het verrotte hout geperst werd. Een warwinkel van structuren, vormen en kleuren. Hij rook ze door de mist heen. De Airwick van de herfst.

Hij moest aan zijn dochter Laura denken toen hij naar de kronkelend gebogen gladde stammen van de haagbeuken keek, omdat haar vriend Charley die de laatste keer dat ze hem hadden opgezocht misprijzend stankafsluiters voor onder een wastafel had genoemd. De cold turkey madonna met haar beschermduivel. Hij zag haar weer met haar armen onder de littekens van het spuiten toen hij de kleren van haar lichaam gescheurd had. Hij had de alimentatie bij haar moeder gebracht en was even naar haar kamer gegaan. Dat hele hol was met lichtgevende verf besmeurd en de ramen waren met gekleurd papier dichtgeplakt. Ze begon ineens fanatiek proppen krantepapier naar hem toe te gooien. Toen hij haar vroeg waarom ze dat wollen vest met die warmte niet uitdeed had ze in paniek haar armen om haar lichaam geslagen. Vanaf dat moment had hij geen rust meer. Van alles had hij eraan proberen te doen. Hij had haar achtervolgd de hele stad door, uren met haar lopen praten, haar bij zich in huis genomen. Tot ze Charley ontmoet had die haar een paar maanden lang op zijn kamer opgesloten had gehouden. Wekenlang had ze met kouwe koorts klappertandend en ijlend op de grond gelegen. Maar hij had haar er vanaf gekregen. Hij dacht aan de val door het konijnehol van Alice in Wonderland dat hij haar vroeger zo vaak voorgelezen had. Down, down, down, jankte het weer door hem heen. Hij had niets kunnen doen om die val tegen te houden. Ze had zelf door de hele klere-troep heen gemoeten, zoals ze tegen hem gezegd had.

Ineens voelde hij de kou onder zijn judojas tussen zijn benen optrekken. Rillend liep hij terug naar de keuken en schonk nog een kop koffie in die hij gulzig in één teug opdronk. Hij stak zijn eerste sigaret op en terwijl hij diep en genotvol inhaleerde en de rook door zijn neusgaten als een woedend snuiven naar buiten blies deed hij de keukenkast open om te kijken wat hij als ontbijt zou nemen.

Herfstvakantie, dacht hij. We gaan onszelf lekker ver-wennen. Een engels ontbijt. Geen angst voor een vette olijfolieoprisping onder de les.

Hij pakte een blikje sardines, de boter en een rol be-schuit, liep ermee naar de kamer en zette het op de grond voor de gashaard, die hij meteen hoog draaide. Even bleef hij in de blauwe vlammetjes kijken, toen ging hij voor het raam zijn sigaret op staan roken.

Hij vroeg zich af of het barbecuen wel door zou kunnen gaan als het zo dicht bleef zitten. In de mist zou de rook verstikkend op het terras blijven hangen. Hij had dat wel meer meegemaakt. Steeds met betraande ogen naar bin-nen vluchten en het houtskool niet witgloeiend kunnen krijgen om dan uiteindelijk achter je rug uitgelachen als de ridder van de droevige figuur met braadpannen en koeke-pan op het gasfornuis in de weer te gaan.

Hij schoof aan zijn bureau dat bijna helemaal bedekt werd door een topografische kaart van Hadrian's Wall die hij geleend had van een collega die met potlood de plaats had aangegeven waar ze vooral heen moesten omdat daar nog het meest van de muur intact gebleven was. House-steads in Northumberland. Hij pakte de Short Guide to the

Roman Wall en bekeek het omslag. Er stond een romeins veldheer op in volle wapenrusting met een roze verenkrans op zijn helm alsof hij bij de uitstorting van de heilige geest geweest was. Zijn adjudant die naast hem stond met een standaard met een klapwiekende adelaar in glanzend goud erop, wees naar iets in het dal opzij. Maar hij bleef, met zijn hand op het gevest van zijn zwaard, onbewogen met zienersblik in de verte staren.

Hij dacht eraan hoe ze vanmiddag kakelend met z'n allen over die kaart zouden hangen en hij zag ineens zichzelf weer 's nachts fietsen over een donkere onverlichte landweg achter de duinen tijdens de vorige werkweek op weg naar de boerderij waar ze logeerden. Zwaaiend met bibberend stuur van de ene kant van de weg naar de andere, want ze hadden met de hele groep de avond doorgebracht in een discobar tussen de plaatselijke jeugd, je schor schreeuwend omdat iedereen het geluidsdecibel tot trommelvliesbarstens toe wilde opvoeren en toch nog gezellig tegen je aan lullen. Plotseling klonk er een uitbarstend gegiechel van een van de meiden die het niet meer kon houden. Lagen ze met z'n allen langs de kant van de weg achter wat wolken duindoorn verstopt om hem in die staat langs te zien komen fietsen. Meteen lag hij op zijn gezicht. Een van de jongens nam zijn verbogen fiets aan de hand mee. Hij moest achterop bij Patty omdat zij de enige was met een stevige bagagedrager. Arm om haar middel. In haar zachte weke buikje gekneed, zijn zatte kop tussen haar schouderbladen. Tot dronkemanstranen ontroerd door die lenige meisjesrug. Bij het ontbijt zeiden ze treiterig, 'We hebben alles gehoord van Patty. Als u dronken bent schijnt u heel lief te kunnen zijn.' Hij scheen ook nog gezegd te hebben over haar heupen, 'Nu ben je nog zacht en rond, Patty. Als je ouder wordt word je hard en stram. Van pap tot cement.'

Hij drukte zijn peuk in de asbak uit, spreidde een ouwe krant uit voor de gashaard en ging er op zijn knieën voor liggend het blikje sardines openmaken. Terwijl hij voorzichtig aan het te zwakke sleuteltje draaide verscheen de zilveren vissehuid onder een dun laagje olijfolie. Puur bladgoud. Hij rook een vettige zeelucht. Eerder van zonnebrandolie dan van wier en vis. Nou niet direct The radiant soda of the seashore fashions, Fun, foam, and freedom. Hij zette het blikje aan zijn mond en slurpte voorzichtig.

Walgelijk lekker, dacht nij. De kransslagader vervet op een niet onprettige manier. Een lekkere klodder mayonaise erop. Ik denk er niet over om me te gaan wegen in de vakantie. En scheren ho maar. Leve Blauwbaard.

Toen hij opstond om de mayonaise uit de keuken te gaan halen ging de telefoon. Hij liep naar de vensterbank, pakte de hoorn van de haak, maar nog voor hij zijn naam helemaal uitgesproken had hoorde hij de stem van zijn oudste zuster, ijzig beheerst.

'Paul, met Anna. Ik bel vanuit het huis van vader en moeder.'

Ze wachtte even, waarin hij de gang in zijn ouderlijk huis zag met de kapstok met de jassen van zijn ouders op klerenhangers er levenloos aan bengelend, zonder plooien, alsof er sjablonen van triplex in zaten.

'Het zou erg fijn zijn als je meteen naar huis zou kunnen komen,' vervolgde ze. 'Het is heel ernstig met vader. De dokter zegt dat het ieder moment...'

Hij hoorde haar zachtjes huilen. Ze was altijd de lieveling van zijn vader geweest, zijn oogappel. Hij pijnigde zijn hersens af maar hij kon niets zeggen. Hij had het gevoel of zijn kaakspieren verstijfd waren en zijn hoofd een doffe massa cement was. Heel duidelijk voelde hij ineens de ruwe stof van de loden jas van zijn vader tegen zijn wang als hij als kind bij hem voorop de fiets zat als hij mee mocht vissen. Hij zag het gesmolten lak aan het topje van de hengel zo duidelijk dat hij het rook. Plotseling golfden er haat en woede in hem op en hij voelde weer de gloed van de klap op zijn wang toen hij een keer uit verveling stenen vlak bij de dobber van zijn vader in het water had gegooid.

Toen Anna weer in staat was om verder te praten zei ze met een stem alsof ze het plichtmatig van een papier voorlas dat ze iedereen gebeld had. Het eerst zijn broer Dolf omdat die uit Brabant moest komen. Toen hij vroeg of ze ook Jenny in Amerika gebeld had, zweeg ze een poos voordat ze met een harde stem zei dat ze dat dan ook maar moest doen. Hij wist waarom. Verleden jaar had Jenny haar uit Amerika opgebeld. Geschokt had ze hem erna gebeld en gezegd, 'Het is vreselijk, Paul. Zo'n rauwe stem. Het is net Brenda Lee. En grof in haar mond, dat zou ik hier niet eens durven herhalen. En ze was zo overdreven opgewekt. Ze drinkt beslist. Tegenwoordig schijnt ze in een nachtclub hammondorgel te spelen. Van dat lieve zusje Jenny van vroeger is niets meer over. Het was net of je met zo'n juffrouw te doen had.'

Toen hij gezegd had dat hij er meteen aankwam legde ze met een snik de hoorn neer. Bedachtzaam stak hij een sigaret op en belde een van zijn leerlingen om te zeggen dat de bijeenkomst voor de werkweek en het barbecuen niet kon doorgaan omdat er een sterfgeval in de familie was.

Terwijl hij dat zei schrok hij van zijn eigen woorden alsof hij op voorhand al over de dood van zijn vader had beslist.

Toen hij de telefoon neergelegd had en snel naar de stoel wilde lopen waar zijn kleren over hingen, schopte hij tegen het blikje sardines aan. De visjes vlogen over de vloer. In de krant trok een vettig spoor van olijfolie. Hij bleef er even naar staan kijken, wilde de boel gaan opruimen, maar liet toen alles maar zo liggen.

Terwijl hij zijn kleren aanschoot zag hij een hemelsblauw gat in het plafond waardoor zijn vader in de armen van struise barokengelen omhooggevlogen werd. Tegen helder licht in keek hij langs die verkorte lichamen in hulzen van draperie. Voetzolen staken uit wapperende gewaden. De voetzolen van zijn vader waren gerimpeld als handpalmen.

Een paar dagen geleden had zijn vader hem gebeld om hem te feliciteren met zijn verjaardag. Voor de eerste keer van zijn leven. Moeder had hem er vast toe geprest. Hij was erg vrolijk. Paul dacht er nog aan of hij kinds aan het worden was, want hij had zijn vader nog nooit zo opgewekt meegemaakt. Maar hij was alleen maar uitgelaten. 'En dat je een grote jongen mag worden, Paul,' riep hij spottend. Toen Paul zei dat hij vijftig werd, zei zijn vader met tragische verwondering, omdat alles zo snel voorbijgleed, omdat het leven een damp was en wij daarheen vlieden en al die bijbelse woestijnwijsheid meer, 'Paul, jongen, word jij al vijftig.' Zijn stem zakte weg alsof hij het niet begrijpen kon. Het was of omfloerst door de ochtendnevels de geest van de vader van Hamlet tegen hem gesproken had. The glow-worm shows the matin to be near, And 'gins to pale his uneffectual fire. Adieu, adieu, adieu, remember me.

In de keuken stak hij zijn hoofd onder de kraan onder het schreeuwen van een paar verbeten kreten, wreef met de handdoek vinnig en verwoed zijn haar en hoofdhuid droog alsof hij daarmee zijn hersens activeren kon.

Toen hij zijn jas wilde aanschieten voelde hij ineens die opgedroogde kleverigheid op zijn buik. Een trekkerig gevoel alsof de haren met velpon vastgeplakt zaten. Snel liet hij zijn broek op zijn knieën zakken, trok zijn onderbroek halverwege zijn dijen en legde de handdoek in het kruis, frommelde zijn trui en hemd omhoog en sopte met het washandje zijn buik schoon.

Voor hij naar buiten ging probeerde hij Laura te bellen om haar te zeggen dat als ze haar grootvader voor het laatst wilde zien ze met hem mee kon rijden. Ze was zijn eerste kleinkind. Vroeger was zijn vader altijd gek met haar geweest, maar de laatste tien jaar, sinds zijn scheiding, had hij haar niet meer gezien. Die meid was al achttien en bijna zo groot als hij, maar hij deed nog altijd of het die onschuldige krullepop was die op zijn knie zat te luisteren naar zijn bijbelverhalen.

Hij liet de telefoon meer dan tien keer overgaan, toen gooide hij de hoorn op de haak.

Op het tegelpad door de voortuin lagen onder de bomen donkere vochtcirkels van het druppelen. Midden op het bruggetje over de sloot voor zijn huis bleef hij staan. Aan de overkant van de vaart hoorde hij koeien grazen, maar hij zag ze niet. Een geluid of het weiland een vezelig tapijt was dat hapsgewijs werd afgescheurd. Over het in de berm uitgesleten wandelpad langs het water kwamen drie hardlopers in trainingspak voorbij. Donkergrijze silhouetten. Ze draafden zo precies op gelijke afstanden van elkaar dat het figuren leken uit een grafiek van het bewegingsmechanisme van de zich in sukkeldraf voortbewegende mens.

De ruiten van zijn oude Jaguar waren beslagen of hij helemaal zilvergrijs gespoten was. Uit de kofferruimte haalde hij de ruitewisser en streek ze schoon. Er kwam drabbig modderwater af.

Toen hij achter het stuur schoof en startte wilde zijn motor niet aanslaan. Aflopend gehijg en gereutel. Hij probeerde het nog een paar keer, deed het licht aan, stapte uit en keek naar de koplampen. Er moest bijna geen spanning meer op zijn accu staan want het waren zwakke gloeidraadjes in vaag oranje licht.

Hij ging weer naar binnen en belde de accuwacht. Een man met een raspende stem alsof zijn mondholte bekleed was met schuurlinnen zei hem, nadat hij zijn adres opgegeven had, dat hij wel een uurtje geduld moest hebben voor ze in die melkwitte mist helemaal naar zijn huis aan de rand van de stad konden komen. Toen hij zei dat hij haast had omdat er een sterfgeval in de familie was waar hij heen moest en hij bereid was voor die extra service te betalen, beloofde de man dat binnen twintig minuten iemand bij hem zou zijn.

Hij wilde weer naar buiten lopen maar ineens dacht hij aan het kleine witte zakmesje dat dichtgeroest ergens in een la moest zitten. Toen hij op achttienjarige leeftijd het huis uitgegaan was had hij het van zijn vader meegestolen. Volkomen zinloos, want hij had een gruwelijke hekel aan zakmessen en hij wist hoe zijn vader eraan gehecht was. Hij had het altijd bij zich als hij ging vissen, naast zijn horloge in zijn vestzakje. Om de haakjes uit de bekken van de karpers te peuteren of het snoer door te snijden als een gulzige baars het aas met haakje en al naar binnen had geschrokt. Jarenlang bleef zijn vader ernaar vragen. Zijn vermoeden dat hij het hem ontstolen had grensde zo aan zekerheid dat hij er soms naar ging zoeken als hij bij hem kwam. Later wilde hij het hem teruggeven, maar hij wist niet goed hoe hij dat moest aanleggen. Het gewoon ergens in de schuur tussen zijn visspullen stoppen of het hem openlijk teruggeven met de woorden, 'Vader, ik heb gezondigd tegen de hemel, en voor u, en ben niet meer waardig uw zoon genaamd te worden.'

Met koortsachtige drift liep hij de logeerkamer in en trok de laden van het oude dressoir, dat nog uit de tijd van zijn huwelijk stamde, een voor een open en doorzocht ze. Toen hij het mesje niet vond haalde hij ze eruit en keerde ze boven het bed om en doorwroette nog eens al die voorwerpen die allemaal een herinnering hadden, die je in grote sprongen door het verleden lieten gaan. Ook uit de bergkast sleepte hij dozen met rommel en gooide ze leeg op de grond. Maar hij kon het mesje niet vinden. Wel kwam hij het boek tegen dat hij aan zijn in de oorlog gestorven oudste broer gegeven had voor zijn twintigste verjaardag. WAT NIET IEDEREEN VAN DE HENGELSPORT EN DE VISSEN WEET. Hij pakte het op en bekeek het omslag. Uit de linkeronderhoek doemde een grote donkergroene snoekekop op die met geopende bek met weerhaakachtige tanden achter een aaslijn met een spinner aan zat. Hij sloeg het boek open en las op het schutblad in het harkerige handschrift van zijn broer, *Verjaardagscadeau van Paul, 29 Juli 1942*. Hij sloeg het om en las de spreuk op het titelblad, '*God heeft nooit een kalmer, rustiger en onschuldiger vermaak dan het hengelen geschapen.'* Het werd wazig voor zijn ogen en hij voelde lijfelijk weer de hengsten die hij voor zijn kop gekregen had van zijn vader tijdens het vissen en hij zag de paling weer voor zich die zo om het snoer gekronkeld zat dat hij gewoon uit de knoop gesneden moest worden.

Vertaald door Hengelarius, las hij. Hengelarius! Daar moeten mijn broer en ik ons rot om gelachen hebben. De slappe lach. Het kan niet anders. Vader vissend. Kijk, daar zit Hengelarius!

Hij rook aan het boek. Een stoffige geur.

Toen hij alles doorzocht had was het een ravage. Alsof er inbrekers op zoek naar juwelen waren geweest. Hij gunde zich niet de tijd om de boel op te ruimen en voor de deur vandaan te halen. Hij opende de deuren naar het terras en moest de laurierboom die er in een grote terracotta pot voor stond met zijn arm door de deuropening wegschuiven om eruit te kunnen. Even bleef hij de wazige tuin in staan kijken, toen ging hij door de keuken weer naar binnen.

Buiten stak hij een sigaret op en ging tegen zijn auto geleund staan wachten. Aanhoudend vielen er dikke druppels uit de boomkruin op de motorkap. In dikke aderen stroomde het water er langs de zijkant af.

Hij dacht aan zijn broer Dolf die vanuit Brabant op weg was naar het ouderlijk huis. Het was net een handicaprace. Feilloos kon hij Ernie en Bert uit Sesamstraat nadoen. 'Zeg Bert, wat nu weer?' 'Ernie, Ernie, hier klopt iets niet!'

Een rode gebutste bestelwagen met een lichtbak op de cabine waarop stond ACCUWACHT, stopte voor zijn auto.

Moeizaam gleed er een logge man uit met leerbruine prie-
mende ogen en vierkante spaanse inquisitie-oren, alsof ze
gelijk met zijn borstelhaar bijgeknipt waren. Nors knikte
hij naar hem.

'U had ook niet verder weg kunnen kruipen,' gromde
hij wrevelig. 'Wat een uithoek, allejezus, je zit hier midden
in de negorij, man. Het zal wel het laatste huis van Amsterdam wezen voor je in de blubber wegzakt.' Hij deed de
laadruimte van zijn bestelwagen open en mompelde terwijl hij even met een vies gezicht opzij keek, 'Het is toch
wat als je als stadsmens over een bruggetje je huis in moet.'
Toen zei hij onaangenaam vertrouwelijk, 'Op kantoor zeiden ze dat u nogal gepresseerd bent door droevige familie-
omstandigheden. Dan zullen we er maar geen gras over
laten groeien. Gooit u even de motorkap los!'

Paul boog zijn auto in en trok de hendel naar zich toe.
Daarna sloeg hij de motorkap open. Uit de laadruimte van
de bestelwagen trok de man een paar kabels die hij aan de
polen van de accu ging bevestigen.

'Waarom ben ik geen vrouwenarts geworden,' zei hij
zuchtend.

Paul besefte ineens dat hij het liefst zou willen dat die
man zijn auto niet aan de gang kon krijgen zodat hij zijn
vader niet meer levend aan zou treffen. Hij was er doods-
bang voor en hij schaamde zich omdat hij het door alle
verschrikking heen gewoon een ongemakkelijke situatie
vond. Je gevoelens te moeten laten gaan. De emotie. Niet
weten wat je zeggen moet. Het enige dat zijn vader zou
bevredigen was als hij zou zeggen, zoals hij tegen zijn eigen
vader gezegd had, 'Tot weerziens daarboven voor de
troon van de hemelse vader.' Hij moest denken aan wat

zijn vader vroeger zo vaak verteld had over het sterfbed van zíjn vader. Steeds als die man bijna zijn laatste adem uitblies kwamen al z'n kinderen weer griend de kamer binnen en om zijn bed staan. Dan kon hij niet sterven terwijl zijn ogen al gebroken waren.

'Die kar van u is een stuk antiek,' hoorde hij de man sentimenteel zeggen. 'Maar dat vind ik prachtig, hoor directeur. Ik ben een zijen sok, dat mag best geweten worden. Een echt nostalgiemannetje.'

Met een harde blik keek hij Paul aan en zei dat hij het maar eens moest proberen.

Paul ging achter het stuur zitten en startte. Er sprongen vonken uit die technische ingewanden en zijn motor sloeg aan. De man maakte een vet okaygebaar, verwijderde de kabels en sloeg de motorkap met een onbesuisde Chas Addams-klap dicht.

'Aan de praat houden, directeur, aan de praat houden,' schreeuwde hij bevelend. 'Zet je poot toch op dat gas! Het is geen jongejuffrouw.'

Vlak voor zijn auto schoot een grote hond de weg over en verdween achter zijn baas aan de uitspanning in op de hoek. Paul sloeg linksaf omdat hij er ineens aan dacht dat hij niet had ontbeten en nog een pak biscuits wilde kopen voor onderweg. Van de Amstel was maar een klein stukje te zien. Grijzig gegolfd zink. Het zou een zee kunnen zijn die tot aan een ander continent doorliep. Het bronzen beeld van Rembrandt bij de molen was een donkere hoop. Het kon een plaatselijke kei zijn. Toch stond er al een toeristenbus voor waaruit Japanners met fototoestellen stroomden die verstoven in de mist.

Als reusachtige grijze rechthoeken doken de huizen-
blokken op. Grimmige bunkers. Pas als je vlak bij was
werden de daklijsten en kozijnen zichtbaar. Het uitlaatgas
hing als een pluim verdichte mist achter de auto's die hem
passeerden. Hij remde af voor een paar duiven die met
verende krop achter elkaar aan zaten over het asfalt. Op het
allerlaatste moment vlogen ze op alsof hij ze uit zijn motorkap te voorschijn toverde.

Hij pijnigde zijn hersens af waar dat vervloekte mesje
kon zijn. Hij wist zeker dat hij het nog niet zo lang geleden
tussen de rommel tegengekomen was. Onaangenaam om
het te zien. Huiverend wegkijken. Hij vroeg zich af of hij er
ooit iets mee gesneden had. Misschien wel eens een punt
aan een potlood ermee geslepen.

Bij de rotonde voor de RAI kwam hij in een file terecht.
Hij draaide zijn portierraam open en vroeg aan de agent die
het verkeer stond te regelen wat er aan de hand was.

'Het is hier een compleet gekkenhuis,' zei hij hoofd-
schuddend. 'Allemaal voor de Efficiencybeurs.'

Bij een melkwinkel stopte hij, liet de motor lopen en
rende naar binnen om een pak volkorenbiscuits te kopen,
maar hij kocht een pak frou-frou. Hij gooide het naast zich
op de bank en terwijl hij verder reed scheurde hij de wikkel
open en begon gulzig te eten van die platte zoete stukjes
crème in smakeloze luchtigheid verpakt. De ene wafel na
de andere. Bij het stoplicht keek een automobilist met
afkeer naar zijn gulzige geprop. Hij veegde zijn mond af en
sloeg de kruimels van zijn jas en voelde ineens aan het
gloeien van zijn wangen dat hij zich schaamde. Sinds zijn
jeugd had hij die walgelijke zoete dingen niet meer gegeten. Frou-frou had je en javawafels. Frou-frou was dikker

en vierkant. Van de javawafels kon je altijd gemakkelijk de bovenste wafel lichten. De crème had de diagonale ruitjesstructuur van de binnenkant van de wafel. Met je tanden afschrapen. Hij dacht eraan dat hij, zonder dat hij het zich bewust was geweest, met het kopen van die onsmakelijke mierzoete rommel een dwanghandeling verricht had waarvan de oorzaak meer dan dertig jaar terug lag. De winkel van zijn vader waarin hij had moeten werken. De woede en spijt dat hij van school moest. Dat hij niet verder kon studeren omdat zijn vader het ene kind na het andere verwekte zonder op de tekenen der tijden te letten. Wallstreet en de hele Apocalyps van dictators en halve gekken die de wereld in rep en roer brachten. De vernedering. Met een mand vol povere boodschappen van de ene geniepige kleinburger naar de andere fietsen met zijn engelse studieboek opengeslagen boven op de pakken chloor, de flessen bleekwater en de bussen Vim en Ata. Doe uw voordeel met Vim... en uw achterdeel met Ata. Het stelen van van alles uit de winkel uit machteloze wraak. Handenvol bonbons, koekjes, bruidssuikers. Tot brakens toe verslinden. Het afknabbelen van dat koninkrijk van hem dat na de depressie ook niet veel meer was dan een onttakeld pannekoekenhuisje.

Hij dacht dat zijn accu nu wel voldoende opgeladen was en deed de radio aan.

'Het beroemde orgel van Klaus Wunderlich,' zei de stem van de omroepster.

'Preludium en fuga in d-mol van Johann Sebastian Bach,' zei hij halfluid door het orgeldeuntje heen. 'Een requiem voor een doodzieke patriarch.'

Hij zag zijn vader, gedistingeerd als Clark Gable op

leeftijd, met kleine spotzieke plooitjes om zijn mondhoeken, in een reclamespot op de televisie een piramidevormige homp transparante zachte zeep op een troffel triomfantelijk ophouden terwijl een groepje huisvrouwen met gulzig geopende monden van bewondering opkeek naar dat reuzenstuk weke barnsteen dat kil glinsterde als een ochtendlucht. Hij wilde zeggen, 'Het koninkrijk der hemelen is als een klont zeep. Het schuimt en kan niet krassen', en 'God eet zeep, u ook?', maar er kwamen alleen maar grote zeepbellen uit zijn mond die metalliekgroen glommen. Toen zag hij ineens dat in die zeepbellen vliegen zaten die razend rondvlogen maar niet konden ontsnappen.

Hij kneep zijn ogen even dicht en draaide met walging de radio uit.

Op de voorrangskruising voorbij de brug over de Stadionkade zag hij plotseling van links een kegel van melkwit licht met grote snelheid uit de mist op zich afkomen. Toen de motorkap en de voorruit. Een fractie van een seconde het verstarde gezicht van een meisje dat ertegenaan gedrukt werd. Meteen verbrokkelde het onder dof gekraak achter een scherm van bomijs. Automatisch had hij zijn stuur al bliksemsnel omgegooid. Tegelijkertijd werd zijn hoofd door de klap van de neksteun geslagen. Versuft bleef hij zitten. Hij hoorde het tinkelen van vallend glas en een wieldop die wegrolde. Toen was het dodelijk stil. Over de middenconsole kroop hij, de frou-frou met zijn knieën op de zitting verbrijzelend, naar het rechterportier. Hij wrong zich naar buiten en sloeg de glassplinters van zich af. Zijn knieën waren wit en vettig van de crème waar stukjes wafel in gedrukt zaten.

Auto's stopten. Van overal kwamen mensen aanlopen.

'Niet vechten, hoor,' werd er geroepen.

Toen zag hij haar zitten in haar ingedeukte Volkswagen. Haar neus was verdwenen, weggedrukt in het ronde witte gezicht. Haar donkere krullen zaten wild om haar hoofd. Hij wankelde naar haar toe en sloeg, door het verbrijzelde zijraam, zijn arm om haar nek. Haar schouder stak uit haar gescheurde jurk. Onbeweeglijk bleef ze zitten. Haar donkere ogen staarden star en verwilderd naar de sneeuwwitte voorruit waarin oranje knipperlicht begon te schitteren van een truck die naast ze stopte. De stem van de chauffeur hoorde hij over de mobilofoon rustig de politie oproepen. De hand waarmee hij haar wang streelde werd lauw en kleverig. Hij had het gevoel of ze aan het strand in een auto van zand zaten terwijl de vloed om ze heen kolkte. Ineens begonnen zijn benen te trillen en zijn ogen te tranen alsof hij overdreven stond te grienen. Hij voelde de neiging in zich opkomen om zijn gezicht in haar verwilderde haren te drukken en dof alles te vergeten, maar hij bleef star naar een aangebroken lichtgroen pakje filtersigaretten staren dat tussen de glinsterende brokjes glas op de zitting naast haar lag en waarop, onder het hoofd van een jonge vrouw met een geoorde bivakmuts van tijgerbont, TIGRA stond.

'Mijn vriendin heeft zich in haar kut gesneden,' perste ze er ineens uit terwijl ze verstard door het gat bleef kijken dat haar hoofd in de voorruit geslagen had. 'Het bloed staat in haar schoenen.'

Hij haalde zijn hand om haar schouder vandaan en keek haar verschrikt aan. Het was of die woorden niet uit die mond gekomen waren waar bloed uit haar in elkaar gedrukte neus dik en traag overheen ging lopen.

Met gillende sirene en blauw zwaailicht kwam een politiewagen door de mist aanrijden. Je zag een hele poos alleen maar dat schelle blauwe licht alsof het vloog. Toen reden ze hun witte Volkswagen het trottoir op.

'Wat heeft je vriendin gedaan,' vroeg hij.

Ze hoorde hem niet. Zachtjes schudde hij aan haar schouder. Haar hoofd veerde levenloos heen en weer.

'Wat is er gebeurd met je vriendin,' vroeg hij nog een keer.

Een van de agenten die uit de Volkswagen kwam liep naar de truck toe en sprak even met de chauffeur, toen kwam hij op Paul af.

'Waar is de bestuurder van die Jaguar,' vroeg hij.

Toen Paul zei dat hij dat was keek de agent hem even aan en bewoog zijn snor een paar keer als een knaagdier dat aan iets ongemakkelijks knabbelt.

'Is die dame bij kennis,' vroeg hij, duwde hem opzij en keek haar in haar ogen met vakbekwame nonchalance.

'Ze zei net dat haar vriendin iets is overkomen,' zei Paul haperend.

De agent haalde zijn schouders op en keek nog eens spiedend de auto in.

'Shock,' zei hij. 'Wat ze dan uitbrengen, daar kan je geen staat op maken.'

Naast ze stopte een ambulance waaruit twee ziekendragers sprongen die de agent hielpen het ingedeukte portier open te trekken.

'Moest die dame zo nodig bij u naar binnen,' vroeg een van de ziekendragers en keek even naar dat roerloze meisje met die schoot vol glinsterende stukjes glas.

'Dat zal wel van baf gegaan zijn,' zei de ander terwijl hij

zijn vuist met een doffe klap in zijn andere hand sloeg. 'Wat een kracht heeft daarachter gezeten. Je snapt het niet, zo'n licht autootje.'

'Kracht is nog altijd massa plus versnelling,' zei de politieagent. 'Denkt u dat u op uw benen kunt staan,' vroeg hij en sloeg luchtig de brokjes glas van haar jurk.

Wankelend liep ze tussen de ziekendragers naar de ambulance waar ze haar gretig in hielpen. Haar kousen waren afgezakt en stukgetrokken. Ze zaten als berkebast om haar kuiten. Toen ze op een klapstoeltje neergezet was ging een van de ziekendragers achter haar staan en drukte met allebei zijn handen stevig op haar schedel en vroeg of dat pijn deed. Ze schudde wild haar hoofd. Druppels donkerrood bloed vlogen in het rond uit haar in elkaar gedrukte neus.

De tranen sprongen weer in Pauls ogen. Hij dacht dat het nooit meer goed kon komen. Ze zag er zo beschadigd en weerloos uit. Hij haalde een papieren zakdoekje uit zijn jaszak en gaf dat aan haar. Zonder hem aan te kijken pakte ze het aan en drukte het driftig tegen haar neus alsof ze er geen gevoel meer in had.

De agent ging tegenover haar zitten en haalde een opschrijfboekje te voorschijn.

'Hebt u uw rijbewijs bij de hand,' vroeg hij zachtaardig. Toen ze haar schouders ophaalde vroeg hij, 'Hoe is uw naam?'

'Carla Middelheim,' zei ze als een medium.

De andere agent had haar tas uit haar auto gehaald en zette die op haar schoot. Toen tikte hij Paul op zijn schouder en vroeg of hij even met hem meeging.

'Is die dame een kennis van u,' vroeg hij terwijl hij verwonderd naar het betraande gezicht van Paul keek.

Hij schudde zijn hoofd en vroeg zich af of hij hem niet moest zeggen dat hij op weg was naar zijn stervende vader, maar hij kon het niet over zijn lippen krijgen. Hij had het gevoel dat het als een uitvlucht zou klinken om hier zo gauw mogelijk vandaan te komen.

Naast de agent ging hij in de Volkswagen zitten in de geur van goedkoop braadvet en verschroeid paneermeel van kroketten. Terwijl de agent uit zijn rijbewijs zijn naam, geboortedatum en adres opschreef en hij daarna zijn vragen beantwoordde, zag hij dat er een politiewagen van de technische- en ongevallendienst aan de kant van de weg stopte. Er stapte een agent uit die met een technische camera foto's van het ongeluk ging maken. Paul vroeg zich af wat daar met dat melkwitte filter van terecht zou komen. Un Flic. Melville in de mist. Toen hij vroeg waarom dat was zei de agent dat er altijd gefotografeerd moest worden bij ongevallen met lichamelijk letsel. Een takelwagen trok dat wrak van haar bij zijn auto vandaan en kwakte het op het trottoir neer waar er verend nog wat onderdelen afvielen. Nu pas zag hij hoe ingedeukt zijn portier was en dat het raam was verbrijzeld. Een agent in overall probeerde het portier open te trekken maar het lukte hem niet. Aan de andere kant ging hij naar binnen en reed de auto half de stoep op. Daarna ging hij met een brede bezem de stukjes glas als tinkelend bruisend water tegen de vluchtheuvel vegen. De kont van zijn overall was wit van de crème van de frou-frou.

Toen de agent klaar was met het rapport en hij Paul gezegd had dat, omdat de tegenpartij niet in staat was om het aanrijdingsformulier in te vullen, voor de verzekering het proces-verbaal opgevraagd kon worden, liep Paul meteen naar de ambulance en leunde naar binnen.

'Zo zag het er toch niet uit, hè,' riep een van de ziekendragers pesterig tegen Carla terwijl hij een zakspiegeltje vlak voor haar gezicht ophield.

Ze keek niet naar haar geschonden spiegelbeeld. Bits draaide ze haar hoofd af en keek Paul koel aan. Op haar schoot lag het papieren zakdoekje, donkerrood doordrenkt. Toen hij haar vroeg of hij haar ouders of kennissen moest bellen, schudde ze langzaam maar beslist haar hoofd. Het bloed druppelde van haar bovenlip in haar tas.

'Ik kom je vanmiddag in het ziekenhuis opzoeken,' zei hij. 'Ik moet nu weg.'

Toen de ambulance startte vroeg Paul de ziekendrager waar ze haar heen gingen brengen.

'Naar de VU,' zei hij onwillig en deed nors de deur dicht.

Bij het dichtstbijzijnde huis aan de Stadionkade belde hij aan en vroeg of hij even mocht telefoneren omdat hij een verkeersongeluk had gehad terwijl hij op weg was naar een sterfgeval.

In een grote vestibule waarin een bronzen gong hing belde hij naar zijn ouderlijk huis terwijl door de glazen tochtdeur een langharige witte hond met leverkleurige vlekken nieuwsgierig naar hem kwam staan staren.

'Je bent te laat,' zei zijn broer Karel ingehouden bestraffend. 'Vader is overleden.'

Het bleef een hele poos doodstil. Paul hield zijn adem in. Streng en ernstig moest Karel matig staan te genieten van zijn terechtwijzing. Toen schraapte hij zijn keel.

'Ben je daar nog,' vroeg hij kil.

'Ik ben er nog.'

'Even een paar medische bijzonderheden. Vader is zonder lijden heengegaan. Hij is buiten bewustzijn gestorven aan een slagaderlijke bloeding in de buik. Nog geen uur geleden. Als je meteen gekomen was nadat Anna je gebeld had, had je vader nog levend aan kunnen treffen.'

'Ik ben meteen van huis gegaan, maar eerst kon ik mijn auto niet op gang krijgen omdat mijn accu leeg was en nu heb ik een aanrijding gekregen.'

Het bleef even stil alsof hij ernstig in overweging nam of hij dat allemaal zou geloven, toen zei hij, 'Je hoeft je nu in ieder geval niet meer te haasten,' en legde de hoorn neer.

Het kruispunt zag er weer normaal uit. Auto's die langzaam kwamen aankruipen door de mist achter een wazig brok licht, brommers die je lang hoorde voor je ze zag, het silhouet van een jongen die soepel de weg overstak met een asparagusplant alsof hij het hoofd van een kwaadaardige sprookjesprinses vervoerde. Maar Paul had het gevoel of de verkrampte emotie van dat ongeluk nooit meer van dat kruispunt zou gaan. Of het beeld van dat bleke gezicht met die zwarte krullen dat vlak bij hem uit de mist opdoemde als een verschrikking in de atmosfeer zou blijven hangen.

Op de plaatsen op het asfalt waar hun auto's gestaan hadden stonden gele krijtstrepen die daar door de politie gezet moesten zijn. Ertussen lag een plattegrond van stukjes verdroogde modder en roestafval. Langzaam, met het gevoel of hij slaapwandelde, liep hij naar de auto van Carla, trok werktuiglijk het portier open en liet zich achter het stuur zakken. Een poos bleef hij naar de witte samengeperste sneeuw van de voorruit kijken, toen greep hij gulzig het pakje Tigra tussen de stukjes glas vandaan op de bank naast zich. *Sigaretten roken kan uw gezondheid schaden,* las hij op de zijkant. Hij haalde er een sigaret uit, stak hem aan, inhaleerde diep en blies de rook naar buiten door het gat in de voorruit. Van dichtbij bestudeerde hij het gezicht van de vrouw met de geoorde bivakmuts van tijgerbont op. Ze had een onbenullig regelmatig gezicht, maar haar geelgroene ogen hadden iets starends alsof ze in een glazen bol keek. Hij stak het pakje bij zich, greep een handje van de stukjes glas waarmee haar dashboard vol lag, stapte uit en zag dat vlak bij het gat in de voorruit een veeg bloed zat alsof er een mug tegen doodgeslagen was.

Hij liep naar zijn auto en veegde met de anticondensdoek de in het leer gedrukte resten van de frou-frou van de rechtervoorbank en schoof over de middenconsole achter het stuur. In de auto hing een zoete gebakslucht. Vroeger in de winkel als er een blik koekjes openging. Eerst de stank van beenderlijm waarmee de wikkel om het blik geplakt zat, dan die bedwelmende geur. Hij zag het craquelé voor zich in de dikke lijmlaag aan de binnenkant van de wikkel. Het celadon van de massaconsumptie.

Voorzichtig trok hij nog wat kleinere scherven uit de sponning van het portierraam zodat hij zijn arm erop kon leggen. Hij keek naar de stukjes glas die als een glinsterend witte rand langs de vluchtheuvel lagen. Alsof er droge sneeuw tegenaan gewaaid was. Toen keek hij naar die kantige brokjes in zijn hand en legde ze naast de asbak. Er waren grotere stukken bij die nog niet tot kleine stukjes uit elkaar gevallen waren. Een grillig spel van barstjes, een blanco legpuzzel. Tussen je vingers kon je ze verkruimelen. Maar de meeste hadden dezelfde grootte en vorm. Tanden en kiezen die tot het tandvlees afgesleten zijn. Hij dacht eraan dat zijn vader nog twee voortanden had. De oude walrus. De Prediker. In den dag, wanneer de wachters des huizes zullen beven, en de sterke mannen zichzelven zullen krommen, en de maalsters zullen stilstaan, omdat zij minder geworden zijn. Hij zag de azteekse schedel van bergkristal voor zich die hij in het British Museum gezien had. De perfecte dood. Onmenselijk en onvergankelijk. Als Carla niet op zo'n gewelddadige manier zijn leven was binnengestormd, zou hij zijn vader nog in leven gezien hebben. Een ijzige vrede kwam over hem.

Op de autoweg was het zicht nog slechter. Zijn vooruit besloeg, hij deed zijn ruitewissers aan. De kou sloeg door het open raam op de zijkant van zijn lichaam met de stank van de uitlaatgassen die in de mist bleven hangen. Het had geen zin om de radio aan te zetten want ondanks dat hij kroop klonk er een aanhoudend geklapper en gesmoord gebulder. Hij reed door een geestenwereld waar steeds het wazige rood van de mistlampen uit opdoemde of in verdween.

Ineens hoorde hij die als door een medium uitgesproken zinnen van Carla. Mijn vriendin heeft zich in haar kut gesneden. Het bloed staat in haar schoenen. Hij zag het voor zich. Een in zelfhaat opengesneden lichaam dat wegzakte in een plas bloed. Dat kon ze bijna niet verzonnen hebben. Hij vroeg zich af of hij er niet over moest bellen naar het ziekenhuis.

Voor hem rees de Schipholtunnel als een muil uit de mist op. Hij reed de walvis binnen. De verlichte ruggegraat boven in dat duistere karkas, waarin de mist als wol werd uitgetrokken.

Het vliegveld zat potdicht. Zeker omdat zijn vader omhoog moest, dacht hij grimmig. Name: McBain. Function: Captain interplanetary space missile. Mission: Find a fresh and sparkling world. My space lieutenant speaks to me. 'Captain, look, there, there! The fresh and sparkling world!' Mission accomplished. We found it, the fresh and sparkling world.

De reflectielijnen vervloeiden in de mist. Alsof ze je naar het totale niets leidden. Hij dacht aan zijn zuster Jenny die uit Amerika moest komen. Ze zou nooit kunnen landen op Schiphol als het zo bleef. Hij had haar als jong meisje voor het laatst gezien. Ze was drie jaar jonger dan hij. Als vrouw van middelbare leeftijd zou hij haar terugzien. De eerste kut die hij gezien had was de hare. Als kind van twaalf als ze samen in de tuin op het grasveld speelden ging ze altijd zo liggen dat je erin keek door haar broekspijpje. Hij werd er bezeten van. Van die duistere schaduw met roze vlees tussen de haartjes. 's Avonds sloop hij haar kamer in, ging gehurkt naast haar bed zitten en luisterde naar het rustige ademen van dat meisjeslichaam. Als hij ervan overtuigd was dat ze sliep kroop hij met zijn hand onder de dekens langzaam naar die warme broeiplek toe. Maar hij durfde nooit met zijn vingers tussen haar benen te gaan. En niet uit angst dat ze wakker zou worden, maar om de ogen van zijn vader die overal door de houten wanden van die zolderkamer leken te branden. Een substituut voor de ogen van God, die vervloekt alziende zedenmeester. Vlak voordat ze na de oorlog als bruid van een amerikaanse sergeant naar Amerika vertrok had hij haar gevraagd of ze het wel eens gemerkt had, die zwoele betasting, bevend van angst en vrees. 'Altijd,' had ze lachend gezegd. 'Ik hoopte dat je verder zou gaan.'

Velden met doorgeschoten gewassen. Lange slierten die roerloos in de nevel stonden. Waaierachtige bloeiaren. Steeds lichter grijs tot ze vervaagden. Een rood landbouw-werktuig dat bieten uit de grond opwoelde en in een laad-bak spuugde. Praatpaal 615.

Opzij van de weg waren mannen op het land aan het werk. Ze lagen op hun knieën. Misschien waren ze gladi-oolknollen aan het rooien. Zo hier en daar gloeide nog iets vurigs van een laatste wegkwijnende bloem tussen de aardkleurige rompen. Door de mist leek het of die schim-men uit de aarde omhoogkwamen. De opstanding. Hij dacht aan wat hij pas bij Wittgenstein gelezen had. Halluci-nations must be the exception.

Hij ging van de autoweg af en het viaduct onderdoor. Hij reed langs het kerkhof, onzichtbaar in de mist, waar zijn vader over een paar dagen begraven zou worden. Boven op zijn oudste broer Hugo en zijn jongste zusje die in de oorlog aan difterie gestorven waren. Hij kon het niet laten eraan te denken hoe lang het zou duren voordat het lijke-vocht door de bodem van de kist van zijn vader gesijpeld zou zijn naar dat gebeente toe. Om dat schrikbeeld kwijt te raken dacht hij aan Carla. Hij zag haar zitten met dat inge-deukte gezicht. Gehavend maar niet klein te krijgen. Een en al afweer.

Ratelend reed hij over de planken van de oude brug waarover het lichaam van zijn vader naar het kerkhof gere-den zou worden. Het kanaal waaraan hij altijd zat te vissen. Veel was er niet van te zien. Donker water waar dichte damp boven hing en langs de kant vergelende rietkragen.

De grootste vijand van die duistere waterbewoners ging verdwijnen. Hij zag het blikje krieuwelende maden van zijn vader voor zich. Levende kleffe gortepap. Bruinrode poppen ertussen. De dikkige melk die uit die rimpelige dotjes kwam als hij ze aan de haak stak. In rottend vlees kweekte hij ze achter de schuur. De geur van stinkend bederf tussen de hanepoten en bemoste stenen. Niemand mocht er komen. Als je die vochtige duisternis binnensloop zag je de blauw en metalliekgroen glanzende aasvliegen het brok kadaver bedekken als schubben. Hij zag zijn vader gehurkt achter de schuur die lillende lijkeneters verzamelen en hij hoorde Hamlet tegen Polonius zeggen, 'For if the sun breed maggots in a dead dog, being a good kissing carrion...'

Van een afstand zag hij door de mist heen dat de gordijnen dicht waren.

Het sterfhuis, dacht hij. Het leek wel of je een dode rook voordat je binnen was. Het duistere huis van vroeger als we de gordijnen dicht deden overdag als vader en moeder niet thuis waren en we verstoppertje speelden. De angst dat ze vroeger thuis zouden komen. De opstandige geest van de verboden spelletjes.

Onder de grote wilg opzij van het huis reed hij zijn auto tussen die van zijn broers en zusters en deed de ruitewissers en het licht uit. Uit het dashboardkastje haalde hij een pakje papieren zakdoeken en stak dat in zijn binnenzak. Daarna haalde hij een sigaret uit het pakje van Carla en stak die op. Bedachtzaam blies hij de rook naar buiten en keek naar de gele wilgeboom die traag druppelde op zijn motorkap. Spinnewebben van zilver en glasdraad zaten tussen de takken.

Hij dacht aan de laatste keer dat hij zijn ouders opgezocht had. Zijn vader was toen met een ragebol de ramen aan het wassen, stram maar nog kaarsrecht. Als ik dat nog kan als ik zesentachtig ben, kan ik ook nog de wolfskers in mijn tuin verplaatsen, had hij gedacht. En de aardperen opwroeten, het zaad van de doornappels verzamelen en in de winter het ijs uit de vijver hakken en in schotsen tegen de muur zetten. Hij had medelijden met hem gehad want het ging zo traag dat het meeste water alweer uit de ragebol was gedropen voor zijn vader het raam ermee had bereikt. Stiekem was hij achter hem om het huis in geslipt en was in de stoel van zijn vader naast zijn moeder gaan zitten. Samen hadden ze gekeken wanneer hij het zou ontdekken. Toen hij het boek pakte waarin zijn moeder zat te lezen toen hij binnenkwam, had ze gezegd dat ze er niet verder in las omdat het een zeurboek was. DAT LIEVE GEVAARLIJKE LEVEN. Overdreven declamerend en gesticulerend was hij eruit voor gaan lezen. Maar toen bleek dat de godvruchtige boerin kanker had. Ineens stootte hij op dat woord kanker. Hij kon niet meer terug. Ze had dat trouwens al gelezen, daarom wilde ze niet verder. Ze is als de dood voor kanker. Nog overdrevener gesticulerend ging hij staande verder met declameren. Om dat verborgen angstige trekje bij haar mond weg te krijgen. Jolig. Ze begon te lachen. Bevrijd. Zo wordt kanker nog een feest. Zijn vader had door het langs het glas stromende water naar binnen gekeken. Naar zijn malle fratsen. Somber, maar niet onwelwillend. Hij toonde geen enkele verwondering dat hij daar plotseling zat. Hij moest hem in de weerspiegeling naar binnen hebben zien sluipen. L'Arroseur arrosé.

De deur stond aan, het leren stootkussentje zat ertussen. Iedereen kon zo naar binnen lopen.

Het huis mijns vaders heeft vele woningen, dacht hij.

Vanuit de huiskamer klonk gepraat, zakelijk en niet eens onopgewekt. Zijn jas hing hij over de afgeladen kapstok en hij veegde nog even met de klerenborstel, waarmee zijn vader vroeger altijd zijn kraag afborstelde voordat hij zondags naar de kerk ging, over zijn knieën om de laatste resten crème van de frou-frou te verwijderen. Voor de slaapkamerdeur bleef hij staan.

Daar ligt hij achter, dacht hij, en het was of er iets bevroor aan de andere kant van de deur. Hij zag een liggende gestalte, omgevallen, als een beeld van steen dat bij de enkels afgeknapt is.

Uit de keuken hoorde hij het geluid komen van kopjes die hardhandig op schoteltjes gezet werden. Even bleef hij staan luisteren, toen liep hij erheen.

Zijn oudste zuster Anna was bezig koffie in te schenken. Ze zag er vredig en beheerst uit, maar toen ze hem zag was het of haar gezicht van gips werd. Levenloos verkrampt. Ze omhelsden elkaar en ze vroeg of hij al binnen bij moeder was geweest. Toen zei ze dat Dolf het ook al wist van vader. Hij had er een soort voorgevoel van gehad, want hij had onderweg gebeld.

'Wat was dat nou, dat ongeluk,' vroeg ze.

'Alleen maar blikschade,' zei hij en zag meteen Carla met haar ingedrukte neus en grote verstarde ogen achter die sneeuwwitte verbrokkelde voorruit zitten.

'Je had hier toch niet meer op tijd kunnen zijn met die mist, Paul,' zei ze en begon zachtjes te huilen.

'Jij hebt altijd veel van vader gehouden, hè,' zei hij terwijl hij met een papieren zakdoek haar gezicht droogveegde.

'Ik was zo trots als ik met hem over straat liep als meisje. En nog steeds. Vorige week nog toen ik met hem naar de Maxis ben geweest. Iedereen keek om, Paul. Het was ook zo'n indrukwekkende man. Als meisje haakte je daarnaar, om alleen met hem over straat te lopen. Gearmd. Maar je kreeg de kans bijna niet. Je kon er niet tussen komen. Vader en moeder dat was zo'n eenheid.' Ze ging verder met koffie inschenken en zei ineens bits, 'Moeder heeft altijd tussen mij en hem in gestaan. Ze heeft ons altijd van hem weggehouden.'

Hij tilde het deksel van een pan die op het gasfornuis stond. Er zat een schijf mergpijp in in een bodempje bouillon waarop een laag gestold vet zat. Kleurloos vet van het merg. Erdoorheen zag je vaag vermicellislierten. De binnenkant van het gat in dat bot was poreus. Een ragfijn netwerk van kraakbeen. Dat gat was precies groot genoeg om hem in te kunnen steken. Hij beet zijn tanden op elkaar maar die gedachte kwam toch in hem op.

'Heb je Jenny nog kunnen bereiken,' vroeg hij.

'Uiteindelijk wel. Ik kreeg eerst een ander, een vriendin. Met zo'n zangerig knauwaccent. Het leek wel een negerin. Die wilde me het nummer niet geven van de nachtclub waar ze werkt. Je moet rekenen het is daar middernacht. Toen ik zei dat ik Jenny's zuster was en dat haar vader gestorven was, gaf ze het. Weet je hoe die nachtclub heet waar ze werkt? Hell's Paradise. Die is wel mooi terechtgekomen. Ik heb haar geloof ik nog horen spelen ook, want ik hoorde door het gedruis afschuwelijke klanken. Een soort bossa nova op het hammondorgel. Die hielden plotseling op en toen kreeg ik haar aan de lijn.'

Ineens kwam bruisend de melk omhoog. Anna moest erin blazen om hem niet in bubbels eroverheen te laten stromen.

'Wat zei ze ervan,' vroeg hij.

'Amerikaans hysterisch. Dat pappie zoveel voor haar betekend had en dat ze nog dagelijks aan hem dacht. Maar ze wist niet of ze wel kon komen, want dat was moeilijk met haar werk. Dan moest ze een plaatsvervangster vinden. Ik zei, als je dagelijks aan pappie denkt, blijf dan maar in Amerika. Maar ik geloof dat ze uiteindelijk wel van plan was te komen.'

Toen ze de melk door het zeefje op de koffie ging schenken, vroeg hij hoe het gebeurd was met vader.

'Hij heeft de hele nacht in bed psalmen liggen zingen. Dat zegt moeder tenminste. Ze weet niet meer wat. Ze zegt dat ze het vergeten is, maar ze heeft het gewoon niet kunnen horen. Je weet hoe eigenwijs ze is. We zeggen nou al jaren dat ze een gehoorapparaat moet nemen. Nou heeft ze spijt dat ze die laatste woorden die hij tegen haar gezegd heeft niet heeft gehoord. Het is haar eigen schuld. We hebben er steeds op aangedrongen.' Ze hield even op met schenken, toen zei ze verontwaardigd, 'Ik begrijp niet waarom ze me niet gewaarschuwd heeft dat dit zou gebeuren. In vijf minuten kan ik hier zijn. Laat ze eerst de dokter komen. Gisteren had hij al duizelingen als hij opstond of ging zitten. Ze heeft me er bewust buiten gehouden. Vanmorgen is hij in bed gebleven. Volgens mij heeft ze helemaal niet beseft hoe ernstig het was. Ze heeft zelfs nog een peer voor hem geschild.'

Hardhandig zette ze de melkkoker op het aanrecht naast het bordje met schillen waarop het aardappelmesje lag. Zijn moeder kon het nog steeds flinterdun en aan één stuk. Hij keek naar de stukken klokhuis met de zwarte pitten. Er was er geen een van naar binnen gegaan. De boom des levens kreeg geen kans om uit zijn lendenen te ontspruiten. Hij dacht aan die peer in zijn kadaver. Hij probeerde aan zijn geest te denken en aan iets dat boven de wolken ergens op weg naar toe zou kunnen zijn. Maar hij zag steeds die bleke stukken peer in de afschuwelijke kille brij die in zijn maag moest zitten.

'Hij is uit bed gekomen en heeft zijn kleren aangedaan en is in de kamer in zijn stoel gaan zitten,' zei ze zacht terwijl ze werktuiglijk de kopjes op het dienblad zette.

Ze pakte het dienblad op en liep de keuken uit. Terwijl hij achter haar aanliep in de geur van koffie, dacht hij aan de woorden waarmee zijn vader vaak het gebed beëindigde, 'En niet aan dit vergankelijk leven kleven.'

'Daar is hij buiten bewustzijn geraakt,' fluisterde ze. 'In zijn eigen stoel.'

In de donkere gang bleef ze stilstaan. Er klonk een snik en hij liep bijna tegen haar aan. Even kletterden de kopjes alsof het dienblad klappertandde. Toen liep ze met een hoge rug door. Voor ze de kamerdeur opende schoot hij snel langs haar en ging de slaapkamer binnen.

De gordijnen waren gesloten. Door de spleten kwam vaal licht. Zondagochtendsfeer als er niet voor dag en dauw opgestaan hoefde te worden omdat het de dag des Heren was. Op het nachtkastje stonden een paar kaarsen te branden. De driedelige spiegel op de toilettafel was dichtgeklapt. Een gotisch raam van fineer. Hij vroeg zich af of dat was omdat je het spiegelbeeld van de dode niet mocht zien of dat de ijdelheid van het leven uitgebannen moest worden. Hij keek naar de spreuk aan de muur boven het bed. OOK DEZE DAG IS EEN DAG VAN DE HEER. Toen gleed zijn blik over de in het kaarslicht glanzende lichaamsvorm van de sprei. Zijn handen lagen gevouwen op zijn buik. Hij zag er rustig uit alsof hij op bladstil water dreef. Hij leek groter. Of hij vleugels tegen zijn lichaam gevouwen had.

Langzaam en stijf liep Paul naar het hoofdeinde. Hij voelde de spieren in zijn benen bewegen.

Zijn vader had een metalliekgroene pyjama aan met een rood streepje. Zo'n modieus ding voor onder een branieachtige kamerjas dat een van zijn dochters hem voor zijn verjaardag gegeven had. Precies het groen van de appelstroopblikken van vroeger. Het jasje was vlak onder zijn halskuil dichtgeniet. Hij vermoedde dat de begrafenisondernemer dat gedaan had bij het afleggen om dat levensvatbare stukje grijs borsthaar weg te werken. Een stijf opgerold servet zat onder zijn kin. Tot de rigor mortis ingetreden is, dacht hij. Toen keek hij naar het gezicht van zijn vader. Het zag er zo zorgeloos uit dat hij schrok. De oogleden leken doorschijnend. Hij boog zich over hem heen en keek aandachtig naar de huid die lichtgrijs was als gekookt vlees. Naar de kerven en poriën. Het was of hij door een vergrootglas keek. Een onherbergzaam landschap, kaal en verweerd. Aangevreten door de zon en afgeschuurd door de wind. In een flits zag hij alle regenbuien en windvlagen en verzengende zonneschijn waar zijn vader tijdens zijn leven doorheen had moeten fietsen en lopen. Het tranendal.

Plotseling ging de deur open en hij hoorde de stem van zijn moeder.

'Ben jij daar Paul? Ik hoorde van Anna dat je bij vader was.'

Hij keek op en zag haar staan in de deuropening. In het spaarzame kaarslicht zag haar gestalte er verslagen uit. Maar haar gezicht was onbewogen als een gegroefde kei. Het grijsdooraderde schedelvormige stuk marmer dat zijn vader vroeger in het najaar altijd op het vat ingezouten snijbonen legde. In haar hand had ze een tot een prop geknepen zakdoek waarmee ze mechanisch over de zijkant van haar japon wreef. Ze deed de deur achter zich dicht en liep de kamer in. Zacht schudde ze haar hoofd. Het leek wel of ze gek aan het worden was. Hij liep naar haar toe en omhelsde haar. Terwijl hij haar troostend met zijn vlakke hand op haar rug klopte rook hij de eau de cologne. Wezenloos bleef ze even staan, maakte zich toen uit zijn omhelzing los en liep naar het hoofdeinde van het bed. Haar gespreide vingers drukte ze op het gezicht van zijn vader.

'Wat is hij koud, wat is hij al koud,' zei ze.

Ze zei het koel en met een hard gezicht, maar het klonk als een verschrikkelijke klacht. Paul voelde die kou door zijn scheenbenen gaan als ijspegels. Terwijl ze naar het voeteneinde liep streelde ze over het lichaam van zijn vader. Er bleef een rimpeling in de sprei achter. Ineens pakte ze hem met een grijpbeweging bij zijn voeten vast. Een omhoogstaande punt van de sprei. Hij had haar nog nooit zijn vader zien aanhalen. Het was voorgoed zevenendertig graden te laat. Ze bleef daar maar naar die in het kaarslicht glanzende lichaamsvorm staan kijken. Ze huilde niet.

Ineens liep hij naar het hoofdeinde, boog zich over zijn

vader heen en zoende hem op zijn voorhoofd. Om haar te laten zien hoeveel hij van die man hield. Tegelijkertijd voelde hij een pijn in zijn nek schieten alsof hij een klap kreeg. Zijn vader was ijskoud. Als een stenen vloer in een kelder. Hij dacht dat hij nog nooit zoiets kouds gevoeld had. Het leek wel of er ijs onder die huid zat. Zijn mond ging ervan gloeien. Met zijn ogen dicht bleef hij staan met het onwezenlijke angstgevoel dat er aan alle kanten een afgrond om hem heen was.

Toen hij weer opkeek was zijn moeder de slaapkamer uitgegaan. Het was of ze er helemaal niet geweest was. Of hij in een angstdroom midden in deze ruimte stond. Zonder om zich heen te kijken liep hij snel de kamer uit naar de keuken, stak zijn mond onder de kraan en liet de waterstraal langs zijn lippen stromen.

Plotseling voelde hij weer die pijn in zijn nek en hoorde hij een dor krakend geluid. Hij vroeg zich af of hij door de bezorgdheid om Carla niet gevoeld had wat een opdonder hij zelf gekregen had. Hij hoorde weer die dreunende klap van de botsing en zag een stortregen van hoekige stukjes glas neerkomen. Scherp voelde hij ze tegen zijn gezicht. Het was of hij in een striemende hagelbui stond. Hij wankelde en greep zich aan het aanrecht vast. Het water stroomde langs zijn wang, koud en verdovend. Zo bleef hij een tijd staan. Toen droogde hij zijn gezicht met een theedoek af en liep de keuken uit.

Zijn zuster Els kwam snikkend naar buiten toen hij de kamer binnen wilde gaan. Haar man achter haar aan. Toen ze zich in de logeerkamer opsloot ging hij geduldig tegen de deur staan kloppen.

In de kamer zat zijn moeder tussen haar kinderen naar de grond te staren alsof ze versteend was. De stoel van zijn vader naast haar was beklemmend leeg. Nadat Paul iedereen zo gewoon en luchtig mogelijk een hand gegeven had, ging hij een beetje buiten de kring naast de staande schemerlamp zitten die een ongezond licht verspreidde midden op de dag met de gordijnen gesloten. Aan de gezichten van zijn broers en zusters kon je zien dat ze gehuild hadden. Strakke wangen en rooddoorlopen ogen. Alleen Karel zag er stoïcijns uit.

'We zijn bezig met het opstellen van de rouwadvertentie, Paul,' zei zijn jongste zuster Miep, die met een blocnote voor zich op haar schoot zat, zacht en plechtig. 'Dat moet toch gebeuren en het leidt wat af,' vervolgde ze met een zucht.

Ze keek even naar zijn moeder, toen keek ze vragend naar Anna.

'Welke tekst vindt u nou dat erboven moet komen, moeder,' vroeg Anna bijna ongeduldig.

'Ik kan het nog steeds niet geloven,' mompelde zijn moeder hoofdschuddend.

'Ik vroeg u wat, moeder,' zei Anna.

Zijn moeder schrok ineens op.

'Ontslapen in Jezus Christus die hij altijd trouw gediend heeft,' zei ze gedecideerd. Toen staarde ze weer weg tussen de poten van de tafel.

'Ik dacht dat we afgesproken hadden dat erboven zou komen "Ingegaan tot het feest van Zijn Heer",' zei zijn jongste broer André.

Echt weer iets voor iemand die in levensverzekeringen zit, dacht Paul. Beroepsverminking door al die gehaaide

moderne luldroesem. Mooi voorspiegelen. Wie is belang-
rijker, vader of moeder. Als het om verzekeren gaat zijn
beiden even belangrijk.

Met verborgen afkeer keek hij naar dat welgedane gezicht dat door een grote hooiige snor in tweeën werd ge-
deeld als een stuk land door een haag. Een trieste bovenste
helft met huilogen en een pruilende onderste helft.

Je kan zien dat hij echt verdriet heeft, dacht Paul. Dat hij
een hekel aan zichzelf heeft door die vlezige pens in dat
bolstaande McGregor-overhemd en omdat hij gewoon
gulzig naar lekker vet chinees eten blijft verlangen en er
niet zo zuinig en ascetisch uitziet als Karel. De verwende
benjamin van de familie. Te veel vetcellen bij gekweekt als
baby. Een heel andere vader moet diezelfde man waar we
beiden om rouwen voor hem geweest zijn. Toen ik tien
was was mijn vader in de kracht van zijn leven. Toen híj zo
oud was had mijn vader al bijna zijn AOW. Ik heb als kleuter
achter de rokken van een mollige schoonheid aangelopen,
hij is door een te dikke middelbare dame grootgebracht. Ik
heb uit sappige borsten gedronken, hij uit verlepte uiers.

'Hoort u niet wat André u net vroeg, moeder,' vroeg
Anna.

'Ik ben niet doof,' zei ze. 'Ingegaan tot het feest van Zijn
Heer, dat heb je mij niet horen zeggen. Dat hebben jullie
onder elkaar afgesproken. Maar dat was niets voor je
vader.'

'Zelfs in zo'n situatie kan moeder niet nalaten vilein te
zijn,' fluisterde Anna tegen Miep.

'Willen jullie niet zo hard fluisteren en een beetje op je
woorden letten,' zei Karel geïrriteerd.

Zijn moeder keek Paul ineens aan of ze hem nu pas voor

het eerst zag.

'Je kan zien dat hij helemaal geen strijd gehad heeft, hè Paul. Hij ligt er zo vredig bij. Net of hij ligt te slapen. Als ik dan aan zijn broer Hendrik denk. Die had helemaal geen geloof of niets. Dat was een vreselijk gezicht. Dat vergeet ik van mijn leven niet meer. Het was net of de duivel in de kist lag.'

'Moeder, we zijn nu bezig met de rouwadvertentie,' zei Karel zakelijk. 'De begrafenisondernemer heeft gezegd dat de tekst vandaag nog doorgebeld moet worden anders komt hij niet op tijd in de krant. U kiest dus voor "Ontslapen in Jezus Christus die hij altijd trouw gediend heeft". Dat is duidelijk.'

'Dat heb ik toch al tweemaal gezegd,' zei ze kwaaiig als een mokkend kind.

'Dan schrijft Miep op "Ontslapen in Jezus Christus die hij altijd trouw gediend heeft". En verder?'

'Onze innig geliefde man en voorbeeldige vader,' zei ze. 'En eronder, geen bezoek, geen bloemen.'

'Zou u dat nou wel doen, moeder, geen bezoek,' vroeg Miep. 'Het kan je vaak zoveel troost geven.'

'Ik zou niemand weten die mij kan troosten,' zei ze onbewogen.

'Dan ga ik nog maar eens koffie inschenken,' zei Anna bits.

Ze stond op en ging luidruchtig de kopjes op het blad zetten.

'Vader hield erg van bloemen, hoor moeder,' zei Paul.

'Dan hadden ze die maar tijdens zijn leven moeten sturen.'

Paul keek naar de doos sigaren van zijn vader op het

bijzettafeltje naast zijn stoel. Altijd Hofnar. Die olijke man met die rood-groene narrekap met rinkelende bellen had hem vanaf zijn vroegste jeugd van allerlei formaten dozen en kistjes knipogend aangeglunderd. Hofnar Bolknak, Hofnar Duet, Hofnar Panatella, Hofnar Rigoletto. Zelf was hij allesbehalve The King of Jesters and The Jester of Kings. Het lachen was hem al vroeg vergaan. Het ingebrande barnstenen pijpje lag ernaast. Hij kon de indruk zien die de tanden van zijn vader in de loop van tientallen jaren erin gebeten hadden.

'Dan heb ik nog één vraag, moeder,' zei Karel. 'Hebt u voorkeur voor een grijze of een zwarte rand om de rouwenveloppen?'

'Zwart,' zei ze stellig.

'Neem de grijze maar,' fluisterde Anna. 'Dat is moderner.'

Met het rammelende dienblad ging ze de kamer uit, maar ze stak bijna meteen weer haar hoofd om de hoek van de deur en zei zacht, 'De begrafenisondernemer is er. Er moet het een en ander geregeld worden.' Ze keek even naar moeder, en zei, 'En dat kan beter niet hier gebeuren.'

Toen Paul de achterkamer binnenkwam zaten Karel en André al aan tafel tegenover de begrafenisondernemer. Hij had een tanig gezicht met bruine vlekjes alsof er inwendig iets roestte. Zijn grote tanden stonden zover uit elkaar dat hij geen punt aan een lucifer zou hoeven te breken om hem als tandenstoker te kunnen gebruiken. Hij verhief zich even van zijn stoel, gaf Paul een kurkdroge hand en condoleerde hem. Uit een zwarte aktentas haalde hij een ringbandmap, legde die nauwkeurig recht voor zich op het tafelkleed en vouwde zijn handen erop. Daarna keek hij hen een voor een aan. Paul zag alleen maar zijn dikke hoekige brilleglazen glimmen. Lichte rechthoeken met de weerspiegeling van de ramen.

'Helaas moet ik u belasten met de keuze van de kist,' zei hij en maakte een nonchalant verontschuldigend gebaar dat hij meteen gebruikte om de ringbandmap aan Karel te overhandigen. 'Ik zou zeggen, kijkt u om de beurt even rustig. Maakt u geen overhaaste keus.'

Want het is een beslissing voor het leven, dacht Paul, en trok met afkeer zijn voeten terug toen die onder tafel tegen iets hards en onverzettelijks stootten.

Hij keek naar Karel die beschroomd en ernstig bladerde, en vroeg zich af of hij die kisten geopend zag met zijn vader erin en dan in alle piëteit overwoog of ze hem stonden. Hij keek net zo precieus als wanneer hij thuis tussen zijn collectie bonsaiboompjes liep, waarvoor hij de hele serre had ingericht en waar zelfs zijn vrouw en dochter niet mochten komen als hij niet thuis was.

'Misschien is het mij in de tussentijd vergund een teer punt aan te raken,' zei de begrafenisondernemer. Met afkeer keek hij enige tijd naar zijn nagels, toen vervolgde hij, 'In het graf waarin uw vader komt te rusten zijn indertijd uw broer en zus ter aarde besteld. Voor uw vader is nog plaats, want het is een graf voor drie. Maar nou vermoed ik dat uw moeder te zijner tijd toch wel bij haar echtgenoot zal willen rusten.' Hij wachtte even en keek beurtelings naar hen, toen vervolgde hij met gedempte stem, 'Omdat het verscheiden van uw verwanten al geruime tijd geleden is kunnen wij u daar een oplossing voor aan de hand doen. De stoffelijke resten kunnen worden geruimd en gaan dan gezamenlijk in een zogenaamd beenderkistje. Op die manier zou er weer plaats voor uw beide ouders zijn.'

Vragend keek hij rond waarbij hij zachtjes met zijn tanden op elkaar tikte.

Paul zag ineens het gebeente van zijn broer en zusje bij zijn vader in de kist liggen. Met die dorre botten lag hij in zijn armen, zijn handen gevouwen erop. Zijn mond begon prevelend te bidden. Er kwam vlees om die skeletten groeien. Paul keek in de grijsblauwe ogen van zijn gestorven broer. Hoe kon die kwalachtige materie, die niets anders was dan wat drillerige gelatine, terugkomen. Het gebed van een gelovige vermag veel. Uitstappen maar uit die kist, dacht hij grimmig. Wat zoekt gij de levenden bij de doden. Mission accomplished. We found it, the fresh and sparkling world. Hij hoorde zijn vader weer met gebroken stem uit de bijbel voorlezen na de dood van zijn broer. Lazarus, kom uit! En de gestorvene kwam uit, gebonden aan handen en voeten met grafdoeken.

Zijn broer André plukte afwezig aan zijn snor terwijl hij opzij gebogen in de ringbandmap keek die Karel voor hem ophield. Wat betekende de dood van zijn broer eigenlijk voor hem. Waarschijnlijk niets. Hij was toen twee jaar.

'Waar blijft dat beenderkistje dan,' vroeg André ongemakkelijk.

'Dat plaatsen we keurig helemaal onderin de grafkuil,' zei de begrafenisondernemer.

'Dat lijkt me dan de enige oplossing,' zei Karel en keek Paul vragend aan.

Paul knikte afwezig want hij stond nog steeds geleund tegen die voor de spelonk weggerolde steen in Bethanië te kijken hoe die grauwe magere figuur, waarvan de familie tegen Christus had gezegd, 'Hij riekt reeds', zichzelf uit die grafdoeken wrong.

Karel gaf hem de ringbandmap opengeslagen aan.

'Wij hadden deze gedacht,' zei hij zacht.

Het was een eenvoudige blankhouten kist. Paul bladerde nog even verder. Er waren protserige bonbondozen bij. Statussymbolen met wanstaltige lellen van verchroomde handvatten, waaraan je duidelijk kon zien waarom eerder een kemel ging door het oog van een naald dan dat een rijke inging in het koninkrijk der hemelen.

Paul knikte dat het in orde was en gaf de ringbandmap aan de begrafenisondernemer terug, die daarna met zijn broers naar de kamer ging om met de rest van de familie het aantal volgauto's te bespreken.

In de keuken stak Paul zijn gezicht weer onder de kraan en liet de straal langs zijn lippen stromen. Door zijn boventanden voelde hij de kou van het water optrekken tot aan zijn neusholte. Zo bleef hij staan en dacht aan vroeger als hij als jongetje zijn mond aan de kraan zette en het water naar binnen liet gulpen. Wanneer zijn vader de keuken inkwam zei hij tegen hem, als hij een goeie bui had, 'Zo nathals'. Hij had het gevoel of het hele huis vergiftigd was. Angstvallig zorgde hij ervoor dat er geen druppel water naar binnen ging. Het leek wel of hij na die kus op het voorhoofd van zijn vader van alles in dit huis vies geworden was. Judas, verraadt gij mij met een kus. Hij vroeg zich af wie zijn vader had afgelegd. De dokter of iemand van de begrafenisonderneming. Ze binden je lul af en stoppen je reet vol vette watten, anders loopt de rommel eruit. Dat moet, daar is niets aan te doen. Hoe vernederend dat ook moet zijn. Want je kan niet anders dan eraan denken wanneer ze het bij jou zullen doen.

Hij droogde zijn mond aan zijn mouw en ging door het halfbeslagen raam de tuin in staan kijken. Voorbij de tweede appelboom zag je al bijna niets meer. Grijze schimmigheid.

Van planten had hij helemaal geen verstand, dacht hij. Hij hield er alleen maar van en vond ze prachtig, als ze tenminste niet wild waren. Wonderbare creaties van de schepper vond hij die smakeloze verzinsels van een stelletje op hol geslagen tulpenboeren. In het voorjaar had hij van die krengen van papegaaietulpen en in de herfst een border dahlia's. Van die domme dotten die vloeken als de hel. Poenige proppen lingerie. Silver City en Lavender Perfection. Ontroerende naïviteit en rechtschapenheid. De hemel stelde hij zich voor als een park vol velden goudsbloemen en petunia's tussen gemillimeterde gazons waardoorheen aangeharkte grindpaden slingerden en waaruit de Satan met zijn buidel met brandnetelzaad voorgoed verbannen was. In gedachten liep hij daar doorheen met al degenen die hem waren voorgegaan. Vredig, in lange lichtblauwe gewaden. Als op de plaatjes die je vroeger na het opzeggen van je versje op school kreeg. Met een tekst erop in gotisch schrift. Hij zal uwe uitgangen en uwe ingangen bewaren. Vroeger in de winkel kon hij geweldig goed stroop uit het vat in een jampot doen. Van de grote houten pollepel liet hij het in een steeds dunner wordende loodrechte straal neerstromen. Een staaf bruingekleurd glas. Ondertussen keek hij naar de weegschaal en draaide net op tijd de pollepel zodat de stroopstroom haardun uitgerekt werd. Toen ik het voor het eerst moest proberen maakte ik er meteen een action painting van op het blad van de weeg-schaal. Onfeilbaar gracieus kon hij bij het dessert zijn naam voluit met stroop in de karnemelksepap schrijven. En wij maar bewonderend roepen dat hij er nog niet van eten moest. Om die glasachtige kalligrafie langzaam in het romige oppervlak te zien wegzakken. Dat zou zijn graf-schrift moeten worden, met stroop op marmer. Here lies one whose name was writ in treacle.

'Wat is er met jouw auto gebeurd,' hoorde hij plotseling zijn broer Dolf achter zich vragen.

Hij draaide zich om. Zo bleek had hij Dolf nog nooit gezien. De jacht van de autorit stond nog in zijn ogen. Het te hard rijden door het zicht van vijftig meter, het starre staren in het niet. Zijn lichtgrijze maatpak zat onder de donkerrode spetters en vlekken. Met een punt van de handdoek die hij even onder de kraan hield ging hij er meteen aan vegen. Toen Paul hem verteld had dat hij op weg hierheen een aanrijding had gehad, zei Dolf dat hij in Brabant op een ree gevlogen was.

'Dat is me nou nog nooit gebeurd dat ik een beest op het asfalt laat sneuvelen. Ik denk dat ik een beetje afwezig was door die ouwe. Er gaat van alles door je kop. Ineens stond hij voor me. Een prachtverschijning. Ik voelde me net Sint Hubertus. Er was geen ontwijken meer aan. Voluit kreeg ik hem op de motorkap. Finaal aan flarden. De smurrie en het bloed zaten tegen mijn voorruit. Mijn ruitesproeiers heb ik er finaal op leeggespoten. Dat beest heb ik in de berm gelegd, maar weet je wat nou zo vreemd was. Toen ik een eindje verder was dacht ik ineens, godverdomme, zo'n prachtige bout. Zonde! Het had weinig gescheeld of ik was teruggereden. Vreemd, dat je daar aan denkt onder die omstandigheden. Vader zei toch vroeger dat we van de Kaninefaten afstamden als we weer wat gestroopt hadden. Die had daar wel in kunnen komen.'

Hij tilde het deksel van het soeppannetje en keek even kritisch naar die mergpijp in dat laagje bouillon.

'Ik heb mijn soep vandaag al gehad,' zei hij en kletterde het deksel erop.

Toen Paul vroeg of hij al binnen was geweest zei hij dat hij zich eerst even van het bloed had willen ontdoen om de familie niet aan het schrikken te maken.

Samen liepen ze naar de slaapkamer. Met zijn hoofd om de hoek van de deur bleef Dolf staan alsof hij bang was een slapende wakker te maken. Daarna liep hij door naar het bed.

'Ik kan dit absoluut niet tragisch vinden, hoor Paul,' zei hij opgewekt. 'Zesentachtig jaar, geen dag ziek en dan zo weg zonder pijn of wat ook. Daar teken ik voor.'

Met een gezicht waarop niet de minste huiver voor de dood te bespeuren viel boog hij zich over zijn vader. Paul schrok want hij dacht dat hij hem ook een kus op zijn voorhoofd wilde geven. Maar hij bleef met gespannen aandacht naar dat levenloze bezielde masker kijken.

'God, vadertje, wat lig jij er vredig bij,' zei hij met een intense glimlach. 'Daar zie ik warempel dat wratje ook weer. Onder zijn linkeroorlel. Dat ben ik dertig jaar kwijt geweest, Paul. Is dat niet merkwaardig. Als kind keek ik daar vaak naar als hij zich aan het scheren was. Ik was altijd bang dat hij het met het scheermes eraf zou japen.'

Met bewonderende jaloezie keek Paul naar hem, zoals hij met warme sympathie dat stoffelijk omhulsel van zijn vader in zich opnam.

We schelen maar een paar jaar, dacht hij, maar hij heeft een heel wat minder strenge huispotentaat gekend dan Hugo en ik. Wij hebben de eerste klappen opgevangen.

'Die pyjama hebben ze gewoon maar even dichtgeniet als een postpakket,' zei Dolf in zichzelf. 'Ze hadden het beter met Wonderlas kunnen doen.'

Hij kwam overeind en keek naar de spreuk boven het bed.

'Ook deze dag is een dag van de Heer,' las hij hoofd-schuddend halfluid. 'Ik zou geen nummer kunnen maken met zoiets boven mijn bed. Weet je wat we hier moeten hebben, Paul? Een groot bos rode rozen. Daar was vader gek op. Ik ga er meteen vijftig bestellen.'

Opgewekt liep hij de slaapkamer uit. Op de gang hoor-de Paul hem bladeren in de telefoongids, daarna het geluid van het draaien van de kiesschijf.

Toen Paul langs hem liep hield hij hem even staande.

'Ja, vijftig stuks,' zei hij in de hoorn. 'En niet van die vervloekte baccaratrozen die na een dag al gaan hangen met zwarte koppen.' Toen legde hij zijn hand op de hoorn en zei met een beweging van zijn hoofd naar de kamerdeur, 'Voor moeder, daar vind ik het tragisch voor. Als je na meer dan vijfenvijftig jaar alleen in je stoeltje achterblijft.'

Zijn moeder zat nog net zo naar de grond te staren, verbit-terd en gesloten. Op tafel lag een blocnotevel met een rij rechthoeken erop getekend waarboven namen stonden in het regelmatige handschrift van Anna. Aanschouwelijk had ze berekend hoeveel volgauto's er vrijdag nodig zou-den zijn om de familie naar het kerkhof te rijden. Paul zag dat hij in de eerste auto zat naast zijn moeder. De oudste zoon. Hij deed zijn ogen dicht en bleef zo zitten. Hij zag zichzelf aan de rand van een grafkuil staan terwijl hij iets dat zwaar tegen hem aanleunde ondersteunde. Toen hij zijn ogen opendeed zat zijn moeder naar hem te kijken. Op de tast pakte ze het doosje sigaren.

'Wil jij een sigaartje, Paul,' vroeg ze.

'Paul heeft toch nooit sigaren gerookt, moeder,' zei Miep.

Zijn moeder deed of ze het niet hoorde en bleef hem dwingend aankijken terwijl ze het geopende doosje voor hem op bleef houden.

'Ik heb best trek in een sigaartje,' zei hij.

Hij zocht er zorgvuldig een uit zoals zijn vader altijd deed, wat hem van kinds af verwonderd had, want hij had er nooit verschil tussen kunnen ontdekken. Je rookte ze trouwens toch allemaal op. Het geheimzinnige ritueel van de tevreden roker. Hij stak hem op en keek naar zijn moeder. Ze slaapt vannacht voor het eerst alleen, dacht hij.

Toen Dolf binnenkwam keek hij eerst verwonderd naar Paul.

'Waar zit jij nou mee in je mond,' zei hij verbaasd.

Daarna groette hij iedereen met een joviale armzwaai, liep op zijn moeder af en zoende haar hoorbaar. Toen ze weerbarstig bleef zitten omhelsde hij haar en troonde haar tegelijkertijd uit de crapaud omhoog.

'Moedertje, nu gaan wij samen naar vader,' zei hij bijna vrolijk.

'Ben je al bij hem geweest, Dolf,' vroeg ze. 'Wat ligt hij er vredig bij, hè.'

'Moeder, vader heeft er nog nooit zo vredig en zorgeloos uitgezien. Hij straalt gewoon rust uit.'

Terwijl hij haar ondersteunde naar de deur, wees hij naar de trouwfoto boven het buffet.

'Wilt u wel geloven, moeder, dat ik aan die trouwfoto moest denken toen ik daarnet bij vader was. Hij kijkt net zo gelukkig. Het is alsof hij zo de hemel in gekeken heeft voor hij zijn ogen sloot.'

'Het is net een droom,' zei zijn moeder zacht. 'Ik kan het nog steeds niet geloven.'

Met een emmer water en een spons om het bloed van zijn auto te wassen liep Dolf met hem mee naar buiten toen hij ervandoor ging met de smoes dat hij bijles moest geven. Dolf trok nog even vergeefs aan het verkreukelde linkerportier en zei dat het wel lekker fris zou zijn met zo'n open raam. De motorkap van zijn Porsche was bespat met bijna zwart geworden bloed waar plukjes haar in kleefden van die ree. Op de plaats waar hij het beest geschept had zat een deuk of er met een moker op geslagen was.

Voor Paul wegreed keek Dolf hem even vorsend aan.

'Zo, jij moet dus bijles geven in de herfstvakantie,' zei hij spottend. 'An apple for the teacher en zo.' Achteloos voegde hij er aan toe, 'Nog steeds wisselende vriendinnen?'

In de achteruitkijkspiegel zag Paul zijn over de motorkap gebogen gestalte vervagen in de mist.

'Zeg Bert, wat nu weer?!', hoorde hij hem in gedachten zeggen. 'Ernie, Ernie, hier klopt iets niet.'

Hij merkte ineens dat hij nog met die uitgedoofde stomp sigaar in zijn hoofd zat. Met afschuw trok hij hem uit zijn mond en gooide hem naar buiten. De branderige smaak van het in spuug opgeloste poeder. In de achteruitkijkspiegel bekeek hij zijn mond. Bruin sap op zijn lippen van die gematteerde drol. Een aars die niet al te goed is afgeveegd. Hij haalde een papieren zakdoek uit zijn jaszak, liet een dot spuug op zijn lippen lopen en veegde ze af.

Hij haalde het pakje Tigra uit zijn zak en stak een sigaret op. Daarna stopte hij het pakje in het dashboardkastje want hij dacht er ineens aan hoe lullig het zou zijn als hij het straks tijdens het bezoekuur in zijn verstrooidheid te voorschijn zou halen.

Het kerkhof was een terp waaruit een donkergrijs netwerk oprees. Hij vroeg zich af of ze in dat waas van struiken en bomen bezig waren die kuil van meer dan dertig jaar geleden weer open te delven. Hij zag het omslag voor zich van het boek dat hij zijn broer voor zijn verjaardag had gegeven. WAT NIET IEDEREEN VAN DE HENGELSPORT EN DE VISSEN WEET. De grote dreigende snoekekop. Het monster uit de diepte. Het beest dat uit de zee opkomt. De hoopjes bloederige organen en ingewanden op de van schubben glimmende broodplank als zijn vader de vissen schoonmaakte. De visblazen.

Er laaide ineens een vurige woede in hem op.

Als mijn vader niet tegen inenting was geweest omdat de hemelse vader zelfs geen mus zonder zijn wil laat vallen, was Hugo niet aan difterie gestorven, dacht hij. Godverdomme. Die klootzak had toch ook een bel op zijn fiets. En waarom had hij dan een haakje aan het eind van zijn snoer. Als het Gode had behaagd dat hij vissen zou vangen had hij ze desnoods wel naar beneden laten regenen. Werpt uw net uit aan de rechterzijde.

Plotseling was het of er een stuk hemel naast hem werd opengetrokken door het gebulder heen van het open raam.

Een lichtblauwe KLM-bus die passeerde. Daarachter een engelse vrachtwagen met een geel dekzeil. LONG VEHICLE. STOKE ON TRENT. BERESFORD.

Hij zag het gezicht voor zich van de vertegenwoordiger van Crosse & Blackwell. Vroeger kwam hij één keer per jaar bij hen in de winkel. Een donkere man met koele grijze ogen en een blauwige baardhuid. Een topvertegenwoordiger in een zwarte tweed jas, glacéhandschoenen en slobkousen. Alles wat engels was kreeg de sfeer van die gereserveerde en innemende man. Hij vroeg zich af of hij op zijn gestorven broer leek. Diezelfde koele blik en die bewegende kaakspieren als hij je opnam. Hij sprak gebroken hollands met een r alsof hij die te voorschijn schraapte van zijn gehemelte. Ademloos stond hij altijd naar hem te luisteren als hij, beladen met monsters, de bestelling kwam opnemen.

Ben ik daarom engels gaan studeren, dacht hij. Of kwam het door de bevrijding met al die Canadezen en Amerikanen over de vloer voor mijn zusters. Maar daarvoor was ik er al mee bezig. Mijn vader zei altijd plagerig 'zo Sjakesper' als ik in de hongerwinter naast de noodkachel met borrelende dampende suikerbietenpulp Hamlet of Macbeth zat uit te spellen met het woordenboek ernaast. Ik kan het hem nu hij dood is pas vergeven. Ay thou poor ghost whiles memory holds a seat, In this distracted globe. Remember thee? Yea, from the table of my memory, I'll wipe away all trivial fond records.

Een stoot bos als een groep lansiers op een miniatuur. Ertussen was de mist dunner. Misschien leek het maar zo omdat de stammen vlak langs je wegzwenkten naar achteren.

Door de glazen deur van het recreatiezaaltje zag hij Carla zitten. Ze was alleen. Ze hadden nog niets aan haar gedaan. Hij keek naar haar bleke gezicht met die ingedrukte neus. Een gezicht zonder profiel als van een beschadigd grieks beeld. Haar ogen waren gesloten, haar handen lagen in haar schoot. Ze zag er koel en onbereikbaar uit.

Boven haar aan de wand hing een reproduktie van een tropisch landschap. Donkere silhouetten van palmen aan een kust tegen een oranje avondlucht waar vurige kartelranden door kronkelden zonder dat je wolken zag. De zee, die doodliep in mangrovebossen, had een lome golfslag alsof het water vettig was en levenloos.

Hij liep naar het bloemenstation en legde het boeket gele dahlia's dat hij bij de bloemenstal voor het ziekenhuis gekocht had op het roestvrij stalen aanrecht. Erboven was een rek met vazen in alle formaten en vormen. Hij pakte een hoge slanke vaas van geslepen glas en vulde die half met water. De puntjes waren zo scherp dat ze pijn deden aan zijn handpalm. Naast de spoelbak lag een keukenmesje dat aan een kettinkje vastzat aan de muur. Het was te bot om mee te snijden. Hij brak een stuk van de stelen van de dahlia's af en schikte ze in de vaas. Daarna liep hij ermee terug naar het recreatiezaaltje. Ze roken kunstmatig. Of er met een spuitbus een bloemengeur op aangebracht was.

Carla zat nog net zo. Hij voelde zich belachelijk. Misschien wist ze niet eens wie hij was, had ze hem amper gezien in die shocktoestand. Vreemde met vaas met bloemen op zoek naar een onbekende patiënt. Ineens tikte hij per ongeluk met de rand van de vaas tegen de glazen deur. Glas tegen glas, een rotgeluid. Met een schok opende ze haar ogen, draaide wild haar hoofd opzij en keek hem star aan. Toen deed ze haar mond open alsof ze hapte naar iets en glimlachte kil. Hij ging naar binnen en zette de bloemen voor haar neer op de lage tafel tussen de damesbladen. Voor hij tegenover haar ging zitten legde hij even zijn hand op haar samengevouwen handen. Ze bleven roerloos en voelden koud aan alsof ze van buiten kwam. Toen keek ze naar de bloemen, bijna met haat.

'Wees welkom prachtige bloemen,' zei ze met die stem zonder resonans.

Het klonk als een vloek.

'Hoe gaat het met de lady,' vroeg hij en voelde zich meteen een zak die zich ironisch uitdrukte tegenover een leerlinge.

Hij keek naar haar neus waarvan de punt en de openingen iets omhoog waren gekomen. Een vlezig soort trilzwammetje of de snuit van de hoefijzerneusvleermuis. Om haar ogen en op haar jukbeenderen zaten donkerpaarse bloeduitstortingen. Ze had een prachtig uitgediept snotgootje, alsof het met een guts in hout gestoken was, dat haar bovenlip zinnelijk en spottend omhoog deed krullen.

'Met de lady gaat het uitstekend,' zei ze boosaardig en afwerend.

Ze keek hem met een vreemde glans in haar ogen aan en trok haar gezicht in een grijns die in pijn verstarde. Vlak naast haar openstaande mond kwamen kuiltjes in haar wangen. Maar niet vriendelijk. Kwaadaardige deukjes als bij een pop van celluloid. Voorzichtig ging ze met haar vinger naar de plaats waar haar neus gezeten had en tikte tegen dat vreemde groeisel.

'Het sopt hier. Vooral als ik praat.'

'Ik had gedacht dat ze er al wat aan gedaan zouden hebben.'

Ze schudde haar hoofd terwijl ze langs hem heen naar het raam keek en zei, 'Morgenochtend word ik geopereerd. Je moet een lege maag hebben en ze zijn mijn bloed en urine aan het onderzoeken. Ze hebben net röntgenfoto's van die kop van me gemaakt. De chirurg zei dat het een operatie van niks was, dat hij het met een schroevedraaier zou kunnen opdrukken.' Ineens keek ze hem fel aan en zei hatelijk, 'Ik begrijp jou niet. Je had me een schop onder mijn reet moeten verkopen. Als een dolle rijd ik op je in en nou kom je hier zitten slijmen en me in de bloemen zetten. Je lijkt wel van het Leger des Heils.'

Hij lachte maar een beetje, stond op en ging voor het raam de mist in staan kijken. In de diepte moest de botanische tuin liggen. Er was niets van te zien. Kokmeeuwen doken vlak voor het raam krijsend op. Ze moesten hier vanaf de balkons gevoerd worden.

'Ik kwam net langs dat kruispunt. Je auto was weggehaald.'

'Dat verdomde kreng,' hoorde hij haar mompelen.

Hij dacht eraan dat hij zijn vader niet meer in leven had gezien omdat zij hem had aangereden en hij stond op het punt om haar dat gewoon te gaan zeggen, maar hij vroeg, 'Wat was dat nou met je vriendin?'

Het bleef een hele tijd stil, toen zei ze dof, 'Wat vriendin.'

'Na die aanrijding zei je tegen me, dat je vriendin zich in haar kut gesneden had en dat het bloed in haar schoenen stond.'

Hij draaide zich om en keek haar aan. Ze sloeg haar ogen neer en keek weerbarstig naar de vloer.

'Wil je alsjeblieft weggaan,' zei ze toonloos. 'Ik kan niemand om me heen velen. Ik barst van de koppijn.'

'Moeten je ouders niet gewaarschuwd worden?'

'Die hebben nergens ene moer mee te maken. Mijn leven is van mij. Als je per se wat voor me wil doen haal dan foto's van mijn kamer en geef die vanavond af bij de portier. De chirurg heeft ze morgen nodig bij de operatie om te zien hoe mijn neus geweest is.'

Ze haalde een sleutelring uit haar tas en gooide die op tafel en gaf hem het nummer in de Van Ostadestraat op waar ze woonde en zei dat haar kamer op de bovenste verdieping aan de voorkant was. Daarna scheurde ze een velletje uit haar agenda en schoof dat over de tafel naar hem toe toen hij de sleutels oppakte.

'Als je wil kan je dit ook nog voor me meebrengen,' zei ze. 'Er hangt wel een tas aan de deur, daar donder je alles maar in.'

Achteloos stak hij het velletje in zijn zak. Met de deurknop in zijn hand vroeg hij of ze het prettig zou vinden als hij haar morgen weer zou komen opzoeken.

'Dat moet je zelf weten,' zei ze. 'Zo leuk lijkt het me niet voor je. Ik weet trouwens helemaal niet hoe ik er aan toe zal zijn na die operatie.'

In het trappenhuis rook het naar het bakken van schol. Een vettige lucht waarin je dat brokkelige witte vlees voor je zag en die afgekloven gratenkam met roos. Op de overloop op zolder was het donker. Hij moest zijn aansteker gebruiken om het sleutelgat te kunnen vinden. De gebakken vislucht had er zich verzameld tot een dikke walm. Hij sloot gauw de deur achter zich en liep zonder om zich heen te kijken naar het raam en duwde het open.

De huizen aan de overkant van de smalle straat leken door de mist ver weg. Vlak voor hem in de dakgoot lagen gebleekte peuken van filtersigaretten en pindadoppen die vergaan waren tot broos vezel.

In de vensterbank stond een flesje nagellak, Pearl van Orlane en een Intensive Deo Roller waarop stond MILDE PURE FRISHEID ALS VAN DE ONTWAKENDE NATUUR. Ernaast lag een OB-tampon, uitgezet en lichtroze. Hij pakte hem op en kneep er zacht in. Kurkdroog. Een cocon van de zijderups. Hij rook naar niets. Kapokachtig.

Hij zette het raam op de haak en liep de kamer in. Op de grond lag een onopgemaakt bed, omgewoeld alsof erin gevochten was. Het was of het noodlot van dat ongeluk over die in elkaar gedraaide dekens en lakens hing. Iemand die niet meer thuiskomt. Hij vroeg zich af of ze vannacht hier wel geslapen had. Het kon bijna niet. Want hoe had ze anders 's ochtends de stad in kunnen komen rijden. Misschien kwam ze wel van die vriendin die zichzelf zo gruwelijk toegetakeld had. Want hij was ervan overtuigd dat dat niet zomaar een verzinsel was. Aan het hoofdeinde lag een dik boek. Een haarspeld ertussen waar ze gebleven was. Hij ging op het bed zitten en draaide het boek om. De Goede Aarde van Pearl S. Buck. Ernaast stond een asbak met stevig in elkaar gedrukte peuken. Een leeg pakje Tigra lag in elkaar geknepen in een plooi van de deken. Hij rook aan het kussen en vroeg zich af wanneer ze hier voor het laatst geslapen had. De sloop rook niet naar parfum of zweet maar naar koekjes en fruit. De appelkast vroeger thuis.

Hij stond op en ging met het blaadje uit haar agenda in

zijn hand alles systematisch verzamelen. Ze had een wild handschrift. Gedecideerd gekras. Uit haar ziekenfondskaart fladderden papiertjes naar de grond. Werkgeversverklaringen, waarop stond dat mejuffrouw C. Middelheim als verplicht-verzekerde gedurende een maand gewerkt had bij De Laurier, inleggerij van zuurwaren. In de tas die aan de deur hing verzamelde hij een schimmige pastel van gekleurde kousen, broekjes, gordeltjes en bh's. Hij woelde er even doorheen met zijn hand als een fetisjist. Toen haalde hij uit de bovenste la van de kast haar foto's. Door een beroepsfotograaf gemaakte portretstudies. Brutaal en uitdagend had ze geposeerd. Ze had een mooi neusje met een klein knopje aan de punt. Hij had het gevoel of hij een geheim van haar te weten was gekomen. Dat naar voren krullende snotgootje kwam nog beter uit dan in werkelijkheid. Als er helder slijm uit haar neus doorheen zou lopen zou je het met genot oplikken.

Hij zag op het lijstje dat hij alleen de zwarte onyx nog niet had. Ze had het dubbel onderstreept. Ze liep zeker liever naakt dan zonder halsketting.

Over het bed kroop hij naar het nachtkastje en pakte het ronde doosje. Het was olijfgroen, er stond een winterkoninkje op afgebeeld. Het was beslist engels. Er kwam een rijmpje in hem op dat hij bij Frazer in The Golden Bough gelezen had, jaren en jaren geleden. Op het eiland Man vingen ze vroeger op kerstavond een winterkoninkje, doodden dat en hingen het met uitgespreide vleugeltjes aan de punt van een stok. Dan trokken ze er in processie zingend mee rond. We hunted the wren for Robin the Bobbin, We hunted the wren for Jack of the can.

Met zijn vuist stompte hij een put in haar kussen en

keerde daar de inhoud van het doosje in om. Tussen de oorbellen en broches vond hij de onyx in een gouden zetting. Het was een dikke zwarte druppel die precies op de vruchten van de wolfskers uit zijn tuin leek. Belladonna. The deadly nightshade. Aan het kettinkje liet hij het tussen de wufte luchtigheid in haar tas zakken.

Stapvoets reed hij nog een stuk door de polder nadat hij haar kleren en foto's aan de balie van het ziekenhuis had afgegeven. De schemering viel in maar het werd niet echt donker in die dichte mist. Een melkachtig grijs niemandsland tussen avondgrauw en ochtendgloren. De mist trok door het licht van de koplampen in verblindende wolken over de weg. Glimmende koeieogen achter het prikkeldraad. Glazen bollen zonder kijkvermogen. Van de lijven zag je alleen de zwarte vlekken. De lichten van de straatlantaarns waren kegels van wazig melkglas. Plotseling zag hij in een wak tussen de wolken de maan. Laatste kwartier. Een schril koudkleurig part dat weer achter de witte flarden verdween.

Thuis ging hij meteen onder de douche want hij had het gevoel of zijn kleren aan de binnenkant kleverig waren. Terwijl hij onder die lauwe regen frenetiek zijn tanden stond te poetsen betrapte hij zich erop dat hij met de tandenborstel ook zijn lippen borstelde. Maar hij kon er toch het gevoel van die aanraking met dat ijskoude voorhoofd van zijn vader niet mee weg krijgen. Hij deed de warme kraan uit, draaide de kouwe op zijn hardst en liet zich door het striemende water geselen. Tot hij geen gevoel meer in zijn lichaam had.

Terwijl hij zich afdroogde hoorde hij dat dorre knakken

in zijn nek weer. Hij liep naar de wastafel, keek in de spiegel terwijl hij zijn nekspieren kneedde en nam zich voor om morgenochtend een röntgenfoto te laten maken.

Zou je het aan iemand kunnen zien als zijn vader pas dood is, dacht hij. Een wankelende loop, een vreemde frons bij de wenkbrauwen. Daar loopt weer een kersverse wees. Al zie je je vader maar één keer per jaar, je hebt toch het gevoel dat je niet meer gedekt bent in de rug. De tocht door de jungle in de ganzepas. Steeds wordt er achter je iemand de duisternis in gesleurd. Je weet het wanneer het jouw beurt is.

Hij deed zijn judojas over zijn ondergoed aan, schoot in zijn tennisschoenen en liep naar de keuken. Zijn maag gromde. De hele dag had hij niets anders gegeten dan die frou-frou. Maar toen hij de koelkast opendeed en die bleke kippelijven zag was zijn trek over. Hij maakte een kop koffie, draaide een das om zijn nek en liep slurpend de tuin in. Het was doodstil. Alleen, als je goed luisterde, hoorde je zacht en vettig druppelen of iets hing uit te lekken. Bij het vage licht dat uit de keuken doordrong zag hij de zonnebloemen staan, zwarte staken met verschrompelde bladeren en halfverrotte bloemen die geknakt naar de aarde hingen. De dorre planten streken vochtig langs zijn onderbenen. Rillend liep hij weer naar binnen, draaide de keukendeur op slot en deed het licht uit.

In de kamer wipte hij zijn schoenen uit en ging op bed liggen. Hij voelde zich doodmoe, gebroken. Alsof alle gebeurtenissen van die dag loodzwaar in hem gingen wegen. Ineens rook hij de vettige olijfoliegeur van de over de vloer geschopte sardines. Hij wilde opstaan om de rommel te gaan opruimen, maar hij bedacht zich en bleef liggen.

Hij deed zijn ogen dicht en probeerde nergens aan te denken, maar steeds zag hij Carla met die verdwenen neus in haar auto zitten achter die wand van sneeuwwit glas van haar voorruit, met haar grote donkere ogen en naar buiten gekrulde mond die zo dicht bij elkaar leken te zitten zonder die neus ertussen. En hij hoorde haar weer zeggen met die levenloze stem dat haar vriendin zich in haar kut gesneden had. Maar plotseling zag hij door haar bleke gezicht heen een brede vaart opdoemen die dampte als bij afkoeling 's avonds na een warme zomerdag. Door de ijle stoom die van het donkere wateroppervlak omhoogsteeg kwam het lijk van zijn vader strak gehuld in de zilverglanzende sprei als een kano geluidloos aandrijven. Over het gangboord liep iemand voorovergebogen met een vaarboom tegen zijn schouder, stap voor trage stap. Het leek wel of die vaart met gesmolten metaal gevuld was, zo langzaam, zonder een rimpeling te maken of kielzog achter te laten, kwam dat dodenschip vooruit. Dat dreigende vaartuig in mensengedaante met zijzwaarden als grote vleugels leek precies op de doodshoofdvlinder die hij in een aardappelveld gevonden had. Verleden jaar in de zomervakantie toen hij met Laura aan zee was. Vlak voor hem fladderde hij moeizaam uit het verdorrende loof omhoog, maar tuimelde meteen weer neer. Het waren zijn laatste stuiptrekkingen. Voordat hij ermee op zijn hotelkamer was had het beest zijn vleugels strak langs zijn lichaam gevouwen en was verstard. Hij leek op een spaander houtskool, fluweelzwart, met een okerkleurige tekening. En op de rug van zijn borststuk, vlak onder zijn kop, die afgrijselijke afbeelding van dat doodshoofdje met zwarte oogkasjes die je priemend aankeken. Hij wist wel dat ze bestonden, maar hij had er nog nooit een gezien. Hij vroeg zich af hoe een vlinder zo met de mensendood op zijn rug kon rondvliegen. Wie die bizarre nachtvlinder uit het knekelhuis ontworpen had. Van opzij zag je de dofglimmende ogen van de vlinder zelf. Blinde ogen, want hij bleef je met die schedel aankijken. Als je hem op zijn vleugelpunten rechtop zette was het een miniatuurgedaante in een lang rouwgewaad die een masker van een schedel voorgebonden had op een carnaval der verschrikking. Toen hij van vakantie thuisgekomen was had hij hem in de encyclopedie opgezocht. Acherontia atropos. Acherontia was de rivier van de onderwereld bij de oude Grieken, atropos, de onafwendbare, een van de drie schikgodinnen, the weird sisters. Degene die de levensdraad doorknipt. Die vlinders behoren tot de familie van de pijlstaarten. Ze komen helemaal uit Noord-Afrika hierheen gefladderd en leggen hun eieren op aardappelplanten. De rupsen verpoppen zich tevergeefs want ze overleven de winter niet. De cyclus ovum, larva, pupa, imago wordt al door de geringste nachtvorst doorbroken. Dat tot een gruwelijk ornamentje verstijfde wezen, dat hij in een doorzichtig plastic doosje op een plank in zijn boekenkast had gezet, deed hem ook denken aan The Gold-Bug van Edgar Allan Poe. Als de vriend van de hoofdpersoon uit dat verhaal in plaats van de tekening van een kever een schedel op het perkament ontwaart en zegt, 'I presume you will call the bug scarabaeus caput hominis, or something of the kind.'

Hij had ineens behoefte aan iets zoets na die gruwelijke gedachten. Hij stapte uit bed, liep naar de keuken en pakte van de bovenste plank van de keukenkast een potje bosbessenjam dat daar al maanden onaangeroerd stond. Er zat nog een klein bodempje in maar dat was zo taai en kleverig als bloederige rauwe runderlever die te lang gelegen heeft. Hij zette het terug en pakte het potje met versuikerde honing. Met een mes spitte hij er een punt uit en liet het langzaam in zijn mond smelten, want als je het te snel doorslikte kreeg je de zoete strop. Ondertussen bekeek hij het potje. Van onderen liep het iets uit alsof het te hard was neergezet. Het glas was daar in honingraatstructuur geperst. Op het etiket stond VLOEIBARE ZONNESCHIJN – DEZE SCHOONSTE GAVE DER NATUUR IS GEZOND, GENEESKRACHTIG EN VOEDZAAM.

Hij moest aan die zoemende bijenzwerm uit het oude testament denken die in het karkas van de door Simson gedode leeuw een bouwwerk van was gemaakt had. Zoetigheid ging uit van de sterke. Die briesende leeuw had de kleur van de potten honing uit de winkel, dacht hij. Van goudgeel en jong, vloeibare zonneschijn door weelderige manen, naar het bruingrijze sterven met witte korreligheid erin van het versuikeringsproces. De roerloze verstarring.

Hij zette het potje terug in de kast en hield zijn mond een poos onder de kraan.

In de kamer trok hij zijn judojas uit en liep langs de boekenkast om iets te lezen te vinden dat zo glashelder was dat het die gedachtenstroom over deze dag zou doen ophouden. Hij pakte OVER DE METHODE van Descartes en schoof daarmee onder de dekens. Hij deed de leeslamp naast zijn bed aan, bladerde een poos en las toen, *Overwegend dat alle gedachten, die wij hebben als wij wakker zijn, ons op dezelfde wijze kunnen overkomen wanneer wij slapen, zonder dat er dan één bij is die waar kan zijn, nam ik het besluit, te*

doen alsof alles waarvan ik mij ooit bewust was geweest, niet meer
waarheid bevatte dan wat ik op bedriegelijke wijze droom. Hij
las het een paar keer over en sloot zijn ogen. Hij zag een
prisma van glas, zuiver als een piramide. Hij probeerde
zich een geometrische wereld voor te stellen van kubussen
en kegels. Koel en parelgrijs. Maar hij zag de slaapkamer
van zijn ouders over dat geconstrueerde universum schui-
ven. Het lijk van zijn vader was verdwenen. Hij zat op de
rand van het bed te luisteren naar het jonge frisse zingen
van zijn moeder. Ineens keek hij verstard naar de driedelige
spiegel op de toilettafel die steeds uit zichzelf even open-
klapte als vlindervleugels. En dan zag hij het lijk van zijn
vader met kaarsen eromheen opgebaard liggen op een katafalk van bloemen en op een zijpaneel zichzelf geknield
liggen met gevouwen handen als de schenkers op een mid-
deleeuws drieluik. En zijn gezicht had dezelfde schofterig
voldane uitdrukking als van de schenkers van een altaar-
stuk.

2

Met een schok alsof hij van hoog af op zijn matras neerge-
kwakt werd schrok Paul wakker. Hij draaide zich om en
staarde naar de wekker tot hij de stand van de lichtgevende
wijzers had ontcijferd. Vijf over halfzeven. Het mistte
nog. Het raam was niet zwart maar grijs. Hij ging op zijn
rug liggen en trok de afgewoelde dekens over zich heen en
veegde met het in elkaar gedraaide laken het zweet van zijn
gezicht.

Van het plafond was niets te zien. De duisternis boven
hem zou tot in de stratosfeer kunnen doorlopen. Hij rook
de olieachtige vislucht van de sardines en nam zich voor die
vettige troep meteen als hij uit bed kwam op te ruimen en
de kamer te luchten.

Hij had van de dood van zijn vader gedroomd. Gruwelijk en walgingwekkend. De grote terracotta pot van het
terras, waar de laurierboom in stond, stond gevuld met
zuurkool in een kamer vol mensen. Er was zo'n gedrang
dat hij tegen die pot geduwd werd en de rand precies onder
zijn knieschijven in zijn knieën voelde drukken. Boven het

gedruis van de stemmen hoorde hij Dolf fluisteren dat hij er nooit in zou kunnen. Toen lachte hij schunnig. Zijn zuster Anna riep met een schelle woedende stem dat de spare ribs in de zuurkool meegekookt moesten worden. Daarna werd het ontklede lijk van zijn vader door tientallen handen die boven de hoofden geheven waren aan hem doorgegeven. Het was niet groter dan een baby maar het had de proporties van een volwassene. Het gezicht van zijn vader was niet goed te herkennen want er zat een vlies omheen. Het vlees was grijs en vochtig als van een pas gevild konijn. Terwijl Paul het lichaam op de zuurkool legde en het in die gistende pulp ging ingraven, vroeg hij zich af of er geen vlekken in het eten zouden komen. Of het lijk van zijn vader wel schoongemaakt was van binnen. Ineens was de kamer leeg op een kale massieve houten tafel na waarachter een man in een vlekkeloos witte slagersjas stond met een uitbeenmes in zijn hand. Zonder dreiging stak hij het naar Paul toe en zei rustig, met een gezicht dat geen wreedheid uitdrukte maar domme vakbekwaamheid, dat Paul het zelf kon doen als hij wilde maar dat het beter was als hij het deed. Toen kwam de man in die stijfgesteven witte jas plomp en resoluut op hem af. Paul liep achteruit naar de deur en deed die op de tast open. Een kille tocht stroomde om zijn lichaam naar binnen. Zijn keel kneep samen van angst. De man glimlachte zelfverzekerd met diepe kerven om zijn lichtblauwe ogen. Paul keek achter zich door de deuropening. Er was niets. Geen grond, geen hemel. Alleen duisternis. Hij hoorde het geluidloze ruisen van een oneindige ruimte.

Om aan de beklemming van die droom te ontkomen deed hij de leeslamp aan, pakte OVER DE METHODE van

Descartes van het tafeltje en ging erin liggen bladeren. *Zo begreep ik bijvoorbeeld zeer wel dat van elke veronderstelde driehoek de som der hoeken gelijk moet zijn aan die van twee rechte hoeken; maar niets daaraan garandeerde mij dat er ook werkelijk driehoeken bestaan. De zekerheid dat God, die immers dat volmaakte is, is of existeert, is dus even groot als die van enigerlei wiskundig bewijs.* Maar hij kon zijn gedachten er niet bij houden. Steeds voelde hij de afkeer van zichzelf omhoogkomen om die droom. Om de haat en wraakzucht die na meer dan vijfendertig jaar nog onder de oppervlakte smeulden. Om de konijnen die zijn vader vroeger slachtte, die dieren van hem waarvan hij nu nog precies de tekening van hun huid en de kleur van hun ogen wist. De onvermijdelijke vanzelfsprekendheid waarmee het offerdier eraan moest. Dat iets waar je zo aan gehecht was na één maaltijd was verslonden. Als een hoop stront door de plee gespoeld. Liever creperen van de honger dan een hap ervan nemen. Daarom door alle ontroering en And Death Shall Have No Dominion-gedoe heen, die ouwe beul is dood.

Met ingehouden woede stapte hij uit bed, schoot zijn judojas en tennisschoenen aan, zette de rol beschuit en de boter op tafel en griste met een vies gezicht met zijn vingers die verdroogde zilveren visjes voor de gashaard vandaan. Samen met het blikje gooide hij ze op de vette krant en liep ermee naar de keuken.

Ik zal u tot vissers van mensen maken, dacht hij. Als vader dat uit de bijbel voorlas zag ik hem altijd die domme koppen van mijn broertjes en zusjes met een haakje door hun bovenlip uit het water sleuren. De een na de ander. In een razend tempo. De wonderbare visvangst. De snelvisser. Het leefnet van de vruchtbaarheid.

Hij kneep de krant in elkaar en gooide hem in de vuilnis-zak. Daarna scheurde hij een stuk papier van de keukenrol, pakte de spuitbus met droogschuim en een borstel en ging terug naar de kamer. Langdurig wreef hij met het ge-bloemde papier over de plekken waar de olijfolie in het kleed getrokken was. Daarna spoot hij er een dikke laag schuim op en borstelde het erin.

Hij zette het raam wijd open en bleef even luisteren of hij de koeien hoorde grazen. Het was dofstil. Alleen hoorde je zo nu en dan een gedempt druppelen van de essen die langs de vaart stonden.

In de keuken ging hij een paar sinaasappels uitpersen, maar lusteloos, want alles vervulde hem met weerzin. Met een vertrokken gezicht wreef hij de oranje pulp door de zeef en goot het sap nog eens door het theezeefje om de droesem van het vruchtvlees eruit te krijgen, zodat hij uiteindelijk maar een kwart glas overhield dat hij zonder te proeven naar binnen goot.

Terwijl hij met een kop opgewarmde koffie van gisteren naar de kamer liep en het raam waardoor de mist naar binnen kwam dichttrok, schoot het door hem heen dat Carla over een paar uur geopereerd zou worden. Als een furie met woeste fladderende krullen zag hij haar wild om zich heen slaan en sissend krabben als een roofdier dat in het nauw zit. Verpleegsters duwden haar hardhandig op een brancard en iemand drukte een narcosemasker over haar gezicht. Ze verslapte. Hij zag haar gezicht achteroverhan-gen met gesloten ogen. Er liep bloed in haar ooghoeken en hij hoorde gekraak als van een dop van een ei die in elkaar gedrukt wordt. Terwijl hij haar zo voor zich zag hield hij een poos zijn lul vast, maar er was geen leven in te krijgen.

Het bleef een ongevoelig vellen-ding tussen de stof van zijn ondergoed.

Hij liep naar de telefoon en belde zijn garage en zijn verzekeringsagent, daarna draaide hij het nummer van Laura. Terwijl hij luisterde naar het overgaan van de telefoon zag hij haar weer als kind in een kittig bloemenjurkje op de wreef van zijn vader zitten als ze paardje mocht rijden. Hij dacht aan dat kutje van haar tegen het ontvleesde scheenbeen van zijn vader. He hath borne me on his back a thousand times, and now how abhorred in my imagination it is! My gorge rises at it...

Hij legde de hoorn op de haak en haalde de topografische kaart van Hadrian's Wall van zijn bureau. Terwijl hij hem in elkaar vouwde ontdekte hij een kronkelend riviertje erop dat River Eden heette. Hij zag een helder beekje voor zich omzoomd met karmijnrode kattestaarten. The purple loosestrife. Die collega van hem die hem de kaart geleend had, had hem verteld dat in het midden van de achttiende eeuw op de fundamenten van de muur een verschijning was geweest van een romeins veldheer te paard.

Hij stak een sigaret op, liep naar de keuken en schonk nog een kop koffie in. Het werd al licht. Goor licht. Hij ging naar buiten en bleef op het terras staan. Zijn sigaretterook verdween meteen. Alsof de mist die rookkegel halverwege oploste. Een wattige doodse stilte. Alleen hoorde je van tijd tot tijd een welluidende plons als er een walnoot uit de boom in de vijver viel. Hij had nooit de moeite genomen om ze eruit te vissen. Liet ze maar dobberen tussen de in de modder wegzakkende krabbescheer. Plotseling waren ze dan verdwenen, doorweekt naar de bodem gezakt. In de loop van het voorjaar kwamen ze weer bovendrijven, luchtig geworden van de ontbindingsgassen. Als je de steenkoolzwarte dop openbrak zag je de noot zitten, kalkachtig wit, die je als vochtig schoolkrijt tussen je vingers kon verbrokkelen tot een ongezond soort wei.

Hij rilde. De kou verpakt in mist was doordringend. Hij gooide zijn peuk tussen de natte bladeren en hoorde hem sissen als een voetzoeker. Ineens zag hij de kierende openslaande deuren van de logeerkamer. Hij schoof de laurierboom er verder voor vandaan en ging naar binnen. Even bleef hij in het halfduister verwonderd staan kijken naar de ravage die hij gisteren had aangericht toen hij ineens koortsachtig op zoek was gegaan naar dat witte mesje van zijn vader. Hij zag het zichzelf bij de begrafenis stiekem in de grafkuil gooien en hoorde het met een holle dreun op de kist neerkomen alsof hij er een baksteen in gegooid had. Meteen ging de klok van het kerkje bengelen. Rest thou poor spirit.

Hij deed het licht aan en terwijl hij de laden en dozen weer inruimde en op hun plaats zette bleef hij kijken of hij dat mesje gisteren niet over het hoofd had gezien.

In de keuken opende hij de kast en keek met weerzin naar de blikjes schelvislever en sardines. Gisteren had hij van gulzigheid niet geweten wat hij kiezen moest. Die blankroze schelvislever of de zilveren visjes in goudkleurige olijfolie. Nu waren het onsmakelijke stukken gedierte die alleen maar voor verrotting gespaard bleven door een papierdun omhulsel van blik. Hij keek naar het pak matses waarop met blauwe letters stond NOW! THINNER! LIGHTER! EXTRA CRISP! Maar ook daar had hij geen trek in.

Die oudtestamentische ongezuurde woestijnkoeken, dacht hij. Misschien is het nu wel de tijd om vegetariër te worden. Het is nog niet te laat. De aderen zijn nog niet helemaal dichtgeslibd door het eten van te veel dierlijke eiwitten. Het haarnetje van vet om mijn hart hopelijk nog niet macaronidik. Als ik straks de stad uitga moet ik even langs de reformwinkel. Misschien hebben ze iets dat zo zuiver is dat je het zelfs in een sterfhuis door je strot kan krijgen.

Na het douchen ging hij zich scheren. Terwijl hij zijn gezicht met zijn vingertoppen met shaving foam masseerde dacht hij aan zijn vader die ze na het afleggen ook nog geschoren moesten hebben. Hoe voelt het aan als een huid niet meegeeft? Hij keek naar zijn gezicht terwijl hij het zo stijf mogelijk hield onder het scheren. Een onwillige klant.

De heg in de voortuin was behangen met driehoekige vlerkjes glinsterend spinrag. Als je het aanraakte verdween het. Je hield een vochtige vinger over alsof je die in je mond had gestopt om de richting van de wind te bepalen. Hij hoorde het druppelen van de bomen in de vaart.

Toen hij op het bruggetje een sigaret opstak dacht hij vaag iets aan de overkant van de weg uit de berm te zien opwieken. Een grote grijze verschijning. Toen hoorde hij de schreeuw, kokhalzend en schril. De reiger die zich daar bijna altijd ophield en vlak bij de vissers kwam staan om te wachten tot ze iets vingen.

In zijn auto was alles klam van het open raam. Met een papieren zakdoek wreef hij de zitting en zijn stuur droog, stapte in en veegde met de anticondensdoek de ramen, die aan de binnenkant beslagen waren, schoon. Even de angst dat zijn auto weer niet zou starten, maar hij sloeg meteen aan. Daarna deed hij zijn licht en mistlamp aan en reed weg.

Bij de RAI kwam hij weer in de file terecht voor de Efficiencybeurs. Langs een omweg reed hij naar de reformwinkel. Hij struikelde er bijna naar binnen over de kisten met biologisch-dynamisch geteelde groente en knollen. Een treurig stilleven van een trage fijnschilder die weken over het afbeelden van een krop sla en een bos wortelen deed. De fleur was eraf. Alles zag er verflenst uit. Het leek wel of de struiken andijvie en de groene kolen uit de centrifuge kwamen. Of gezond niet lekker mocht zijn.

Boven de toonbank hing een groot bord aan de muur waarop een uitspraak van Tolstoj stond. IK EET NIEMAND. Eronder stond een kleine man die tot berstens toe in een grauwe winkeljas zat opgeblazen. Boven zijn varkensvette gedrongen hoofd kon Paul niet anders dan een nimbus zien zweven van een dampende rookworst waaruit door vorkeprikjes een sproeiwerkje van vetdruppeltjes in het rond spoot. Met kille kleurloze ogen keek de man hem vragend aan.

'Als ik vegetarisch wil gaan leven, wat zou ik dan in huis moeten halen,' vroeg Paul haperend nadenkend.

De man keek hem even peilend aan en vroeg onaangenaam belerend, 'Ik ben zo vrij om uw vraag met een wedervraag te beantwoorden. Wat verwacht u van een vegetarische levenswijze. Denkt u dat u er gezonder dus gelukkiger door wordt, doet u het ten behoeve van het gekwelde dier of wilt u er uit sociale motieven aan beginnen met de derde wereld in het achterhoofd.'

'Ik doe het omdat mijn vader gisteren gestorven is,' zei Paul terwijl hij de man strak aankeek.

Een hele poos bleef de man hem nietszeggend aanstaren.

Paul kon niet raden wat er voor gedachten achter dat dicht-gestopte masker omgingen.

'Wat ik altijd aanbeveel is dit,' zei hij tenslotte neutraal en op een dreuntoon en pakte lusteloos wat pakken en zakken van de rekken achter zich. 'Gistvlokken voor de vitamine B, grove havervlokken, biologisch-dynamisch verbouwde en gestabiliseerde tarwekiemen, de voornaamste bron van vitamine E. Van deze produkten neemt u gelijke delen en werkt die door elkaar. Dat kunt u dan eten met yoghurt, geraspte noten en gedroogde abrikozen. Dan hebt u een soort standaarddieet.'

Hij keek Paul even aan of die ermee instemde en zette toen alles in een doos die hij vrij ruw over de toonbank naar hem toe schoof.

Op de autoweg leek het soms of de mist zou optrekken. Dan kwam er wat warm zonlicht door die blauwige arme-lijke kleur van taptemelk. Maar dan trokken de wolken weer, dicht als van een smeulend takkenbos, in golven over de weg. Klapperend sloeg door het gebulder van het open raam heen de schrijnende kou tegen zijn nek. Hij deed zijn kraag op en vroeg zich af of het suggestie was, die pijn in zijn nekwervels.

Ik had naar het spreekuur van de dokter moeten gaan, dacht hij. Ga ik verdomme wel zo'n doos met van die onzin kopen. Gestabiliseerde tarwekiemen, godverdomme. Zitten te mummelen als een marmot zeker. Ik eet nie-mand, alleen mezelf op van de zenuwen. Dat gaf die vege-tarische speknek wel te denken, dat ik het lijk van mijn vader even bij hem de toonbank op schoof. Midden tussen de volle tarwekorrelbroodjes en sesamzaadkoeken.

Wittere flarden mist. In vogelvorm. Meeuwen die over het geploegde land vlogen in krijsende vlokken. Vlak langs de weg waar land opgespoten moest worden voor industrieterreinen waren mannen schimmig in de weer met roestige persbuizen. Een slagveld vol loopgraven en kraters.

In de Schipholtunnel kwam de mist van beide kanten in het midden bij elkaar. Erboven het vervagende snoer van de verlichting als een wervelkolom van glaswol.

Jenny zou niet kunnen komen. Ze zou zijn vader nooit meer zien. Als je na meer dan dertig jaar je vader terugziet als zo'n ouwe schrale adelaar met zijn vleugels stijf tegen zich aan, wat moet er dan door je heen gaan. Toen ze wegging naar Amerika was hij vijfenvijftig. In de kracht van zijn leven. Hij vroeg zich af of er wel eens foto's gestuurd waren waarop ze de voortschrijdende aftakeling had kunnen zien.

Langzaam passeerde hem een motorrijder. Vanuit de oranje helm keek hem even een stuk vleeskleurige domheid aan met een mopsneus. Was zeker verwonderd dat er niets tussen ze in zat dan een sliert mist en die jampot waar hij zelf in zat.

Op de brug over het kanaal moest hij weer denken aan al die naar lucht happende karpers, brasems en rietvoorns die zijn vader uit het groezelige water gesleept had. Een wonderbare visvangst met geduld. Als ze zij aan zij zouden zwemmen als een laatste saluut wanneer zijn vader vrijdag over de brug naar het kerkhof gereden zou worden, zou je over die donkere glimmende ruggen naar de overkant kunnen lopen. Hij bakte ze altijd helemaal bros. Zo bruin doorzichtig als een kletskop. En dan maar zeggen dat ze gewoon zoet smaakten. Als hij ze van zijn vader moest eten proefde hij er altijd het algachtige slijk van de bodem in en halfvergane glibberige waterplanten. En de walgelijke smaak van dat kleine hapje made dat ze van de haak genomen hadden. De melk des doods.

In het dorp reed hij het ouderlijk huis voorbij en stopte voor de sigarenwinkel waar hij vroeger altijd sigaretten voor zijn vader haalde. Tegen de gevel boven de etalage, waar het geel-blauwe geëmailleerde reclamebord voor North State had gezeten, hing nu een grote lichtreclame. Ook voor North State. Eronder zaten de gaten nog in de voegen op de plaatsen waar het bord ertegen bevestigd had gezeten. Uitgedropen roestplekken in de baksteen.

Hij ging naar binnen, kocht vier pakjes Dunhill en vroeg aan de sigarenman of hij wel eens van het merk Tigra had gehoord, een belgische sigaret en dacht meteen, het is volbracht, want Carla moest nu wel geopereerd zijn.

De sigarenman schudde nadenkend zijn hoofd en zei toen hij Paul herkende, 'U hebt hier wat sigaretten voor uw vader gehaald. Altijd North State.'

'Hij is gisteren overleden,' zei Paul.

De sigarenman keek hem aan met zijn papegaaieogen in dat rimpelige kalkachtige gezicht maar hij zag geen kans om ontsteltenis of medeleven te veinzen.

'Die hele ouwe garde is aan het verdwijnen,' zei hij. 'Een paar weken geleden zag ik hem nog voorbijkomen. Kaarsrecht. Ik dacht, die gaat de negentig halen. Maar zo zie je.'

Hij keek naar buiten omdat er nadrukkelijk geclaxonneerd werd. Door de etalageruit zag Paul de Porsche van Dolf dubbelgeparkeerd naast de zijne staan. Het bloed van de ree was van de motorkap gewassen. Je zag de beschadiging nu nog erger.

Paul betaalde de sigarenman en vroeg, voor hij de winkel uitging of die North State lichtreclame even aan mocht.

De sigarenman keek hem peinzend aan en knikte toen.

Dolf was uit zijn auto gekomen en keek door het kapotte raam Pauls auto in naar de doos met zakken gistvlokken en gestabiliseerde tarwekiemen op de achterbank.

'Jij wil me toch niet wijsmaken dat je dat gaat nuttigen, hè,' zei hij grijnzend en vervolgde, 'Jij hebt twee pakjes North State voor vader gehaald.'

Ineens keek hij verwonderd naar de lichtreclame die in de mist aansprong.

'Dat is een verzoeknummer van mij,' zei Paul.

'Dat verbaast me niets. Weet je dat we dat ding best op het graf van vader zouden kunnen zetten. Wat hield die man van roken. Twee pakjes per dag, om van de sigaren maar niet te spreken. Zeventig jaar lang. In de gauwigheid uitgerekend een kleine vijftigduizend pakjes, dat zijn op de kop af een miljoen sigaretten. Dat is een toren van Babel van as. Als je in één keer als een wolk kon zien wat uit die man zijn longen de lucht in is geblazen hadden we een halfjaar lang geen zon.'

Toen de lichtreclame weer uitsprong zei hij, 'Vader is gekist,' en hij begon over het beenderkistje dat ze gisteren besteld hadden. Onzin vond hij het, dat gerommel met dat gebeente, want volgens hem was er niets meer van over. Hij zei dat hij voor hij naar moeder ging de doodgraver even op zijn vingers ging kijken en vroeg of Paul met hem meeging.

Achter hem aan reed Paul naar het kerkhof. Dolf reed zo hard dat hij zijn achterlichten en mistlamp niet meer zag.

Als hij plotseling moet remmen vlieg ik boven op hem, dacht hij. Dan komt mijn lijk waarschijnlijk naast dat van mijn vader opgebaard te staan. Met afschuw dacht hij eraan dat die twee lijken met die kille hersenen gedachten zouden kunnen overbrengen naar elkaar.

Ze reden voorbij het ouderlijk huis en Paul keek naar de gesloten gordijnen achter de ramen die hij zijn vader nog maar zo kort geleden had zien wassen met de ragebol. Even later reden ze over de brug.

Het water trilt ervan om de pijlers, dacht hij. Hij zag de baarzen tussen de met algen begroeide palen van de dukdalven schieten met hun donker gestreepte ruggen en rode vinnen. De weerspiegeling van zijn vader als hij vooroverboog om een vis in het leefnet te doen.

Hij reed zijn auto de parkeerplaats op en liep zwijgend achter Dolf aan naar het kerkhof. Van een afstand zag hij de berg aarde naast het graf van zijn broer en zusje. In de mist leek het of er damp vanaf kwam. De grafsteen was tegen de heg gezet. HIER RUST ONZE LIEVE ZOON EN BROER, 29 JULI 1922 – 30 AUGUSTUS 1944. PSALM 42 ONBERIJMD.

Hij probeerde zich die tekst te herinneren. Gelijk een hert schreeuwt naar de waterstromen. Mijn tranen zijn mij tot spijs dag en nacht. Met een doodsteek in mijn beenderen.

Bij de rand van de kuil bleven ze staan en keken erin. Het was een zuivere rechthoek, alsof hij met behulp van waterpas en gradenboog zorgvuldig in zandsteen uitgehakt was. Aan het hoofdeinde was dat strakke vlak bespikkeld en dooraderd met witte vlezige dingetjes alsof het gelardeerd was. De wortels van de heg waar de doodgraver doorheen had moeten steken. De bodem was aangestampt. Afdrukken van schoenzolen naast elkaar.

Hij zag zichzelf weer staan naast die kuil op die warme septemberdag in de oorlog. Hij was er met zijn eerste meisje. Haar ranke heupen in haar grijze flanellen rok. Dat harde bot in haar bekken toen ze hem omhelsde om hem te troosten. Overal zat de dood in.

Dolf schraapte met zijn voet in die berg aarde. Hij bukte zich en raapte iets op waar hij lang naar keek. Toen gaf hij het aan hem. Het was een klein bruin stukje bot. Hij dacht dat het een stuk van een sleutelbeen was. Het poreuze breukvlak zat vol aarde. Als je het schudde viel het zand in je handpalm. Die doodgraversscène uit Hamlet is een farce. Here hung those lips that I have kissed I know not how oft. Hij wilde Dolf vragen wat hij nog van Hugo wist. Maar hij kon geen woord uitbrengen. De zekerheid dat er een eeuwig einde is. Dolf zei ook niets. Ze stonden samen maar een beetje in de mist te kleumen.

Over de parkeerplaats liepen ze zwijgend de kant van het kanaal op. Midden op de brug bleven ze staan, staken een sigaret op en keken naar de wallekanten die snel en duidelijk perspectivisch verdwenen in damp en mist. Dolf snoof hoorbaar de lucht op.

'De geur van dat water, die zal ik van mijn leven niet vergeten,' zei hij. 'Je kan me hier geblinddoekt heen brengen en dan zeg ik, dat is het kanaaltje. Een aparte stank. Het is net of het speciaal bereid wordt met een paar rotte uien die zijn komen aandrijven uit Rijnsburg, wat algen, teer van de dukdalven, een paar olievlekken en de beerton die

door de een of andere binnenschipper overboord leegge-
kieperd is.'

'En de geur van zoetwatervis die in een leefnet nog wat
rondzeilt,' zei Paul.

'En de geur van zoetwatervis,' herhaalde Dolf. 'Maar
dat zal, nu vaders hengel voorgoed tot rust gekomen is snel
verminderen. Mijn God, ik zie nog zo dat hele zwikkie
langs dat jaagpad zeulen op zondag op weg naar zee. Moeder achter de kinderwagen en daar die hele sliert kinderen
achter. En vader ernaast als sergeant-majoor. Jij en Hugo
bleven steeds achter om worteltjes van het land te jatten.
Maar het leek wel of die ouwe ogen in zijn nek had. Een
helse tocht waarin die duinen maar niet dichterbij wilden
komen in de brandende zon. En als je eenmaal op het strand
was schaamde je je rot om dat keiharde bidden van hem
voor het eten. Want dat moest doorgaan. En dan zag je al
die badgasten en pleziermakers eromheen besmuikt grin-
niken. Je was wel gebrandmerkt. Zodra we los mochten
verdween je ook zover mogelijk van die leefkuil met al dat
krioelende en jengelende grut vandaan. En op de terugweg
altijd diarree van het kouwe zeewater. Maar je moest het
ophouden tot thuis. Bij iedere stap was je bang dat je op
zo'n stankstraal vooruit zou spuiten. Als ik eraan denk
alleen al komt echt het moment dat ik een Kotex inleg-
kruisje nodig heb.'

Hij grinnikte ingehouden en liet toen een klodder spuug
in het water vallen.

'De laatste tijd als ik op bezoek was en ik liep met vader
de tuin in en hij werd een beetje vertrouwelijk, dan dacht ik
wel eens, ik moet hem toch eens vragen hoe vaak hij nou
nog met moeder de liefde bedrijft. Of dat dat er helemaal

niet meer bij is. Dan lag het op mijn lippen, maar dan hield je het toch weer binnen. Net of hij je weer als een kleine jongen een draai voor je kop zou verkopen en zeggen dat je je mond moest gaan uitspoelen. Volgens mij is die ouwe nooit aan zijn prostaat geopereerd.'

Hij keek even opzij en Paul zei met een mond of hij in een citroen beet dat hij dat echt niet zou weten.

'Ik keek zo wel eens naar hem als hij zijn sigaartje zat te roken. Of hij al ouwemannetjesvlekken bij zijn gulp kreeg. Maar toch, je keek niet echt kritisch. Je wist niet of je het nou gezien had of niet. Of je het toch niet wilde weten voor jezelf. En ik zal je bekennen, gisteravond liep ik even de logeerkamer in en deed de spiegelkast open en ik haalde er dat ouwe visgraatpak van hem uit dat hij al sinds men-senheugenis draagt. Ik dacht, nu zal ik het onderzoeken. Gewoon de feiten onder ogen zien. En toen zag ik dat er roos op zijn kraag zat. Toen heb ik dat pak maar weer teruggehangen.'

'Dus nou weet je het nog niet,' zei Paul spottend.

'Ik weet het nog niet, nee. Maar misschien erf ik dat pak wel van hem. Dan doe ik het aan op mijn ouwe dag. Dan merk ik wanneer ik er vlekken bijmaak.'

Hij keek even de verte en de mist in en schudde zijn hoofd.

'En dan verwijten die meiden me dat ik de dood van vader veel te licht opvat.'

Hij liet zijn peuk in het water vallen en liep terug naar zijn auto. Pas toen hij van de brug af was liep Paul achter hem aan.

In de keuken stond Anna voor het gasfornuis in twee grote

pannen soep te roeren. Complete maaltijdsoepen uit blik. Oranje brij die tomatensoep moest voorstellen. En erwtensoep, een grijsgroene doodse pap. Het aanrecht stond vol lege blikken. Onder de gebruiksaanwijzing stond op de wikkel EEN HEERLIJK RUSTMOMENT IN DEZE SNELLE JACHTIGE TIJD.

Paul keek waar het pannetje met het restje bouillon en de mergpijp gebleven was. Hij zag het nergens meer. Hij vroeg zich af of Anna dat restje bij de soep gegooid had. Misschien wel met bot en al. Nog wat merg eruit sudderen. Complete maaltijdsoep.

Om de in de smurrie roerende pollepel heen stak André zo nu en dan zijn vinger in de borrelende massa om te proeven. Dolf deed het ook meteen. Paul begreep niet wat ze bezielde. Het leek wel of ze door die paar uur thuis weer tot de kindertijd vervallen waren. Net als vroeger bij moeder in de keuken als vader niet in de buurt was.

Met hautaine afkeer keek Karel naar dat gedoe terwijl hij harde broodjes aan het smeren was en zei tegen André, 'Je hebt soep aan je snor hoor. En jij hebt ook een spetter op die mooie das van je,' zei hij tegen Dolf.

'Zo ceremoniemeester, en hoe gaat het met de bonsaiboompjes,' vroeg Dolf terwijl hij zijn arm overdreven amicaal om de schouders van Karel sloeg. 'Heb je er al een in een lucifersdoosje kunnen krijgen?'

Paul keek naar de grote kom boven op de kast. Hij zag zijn moeder weer met die kom op haar schoot zitten als ze mayonaise aan het kloppen was. Hij stond dan naast haar en liet een fijn straaltje uit de fles met slaolie in de romige gele vla stromen. De angst dat het zou schiften als hij teveel ineens goot. Maar dan zag je die glimmende oliecirkels weer prachtig oplossen onder de rustige regelmatige klop van zijn moeder met de garde. De haagse bluf die ze erin maakte. Als ze even niet klopte liep het terug. Dan ontstond meteen onder het roze schuim weer die bloederige slijmerige stroop van bessensap met suiker en eiwit.

'Ik maak me zorgen over moeder, ze heeft nog helemaal niet kunnen huilen,' zei Miep die de keuken inkwam met een blad met lege kopjes die ze op het aanrecht naast de stapel besmeerde broodjes zette.

'Wil je die vuile kopjes niet naast het eten maar aan de andere kant van de gootsteen zetten,' zei Karel tegen haar.

'We kunnen niet allemaal de hele dag lopen janken,' zei Dolf.

'Niemand loopt hier de hele dag te janken,' zei Miep. 'Maar het lijkt me niet meer dan normaal dat je je verdriet uit. Moeder houdt alles binnen. Het is gewoon verstikkend als je naar haar kijkt. Ze zit maar zo vreemd naar de grond te staren. Het lijkt wel of ze woedend is.'

'Daar heeft ze groot gelijk in,' zei Dolf. 'Dat zou ik ook zijn.'

'Jij kan nooit ergens serieus over praten,' zei ze.

'Ik denk dat moeder kwaad is of gewoon spijt heeft omdat ze zich die psalm die vader gezongen heeft voor zijn sterven niet meer kan herinneren,' zei André zalvend.

'Dat vind ik een hele mooie gedachte van je, André,' zei Dolf. 'Daar krijg je van mij een ruim voldoende voor.'

'Wie is er bij moeder,' vroeg Karel. 'Els? Laat moeder toch niet met Els alleen. André, ga jij even naar binnen.' Toen die een broodje wilde meenemen zei hij, 'Ze zijn voor bij de soep, hoor.'

'Dolf, wil jij erwtensoep of tomaten,' vroeg Anna.

Toen ze hem een kop ingeschonken had vroeg ze wat Paul wilde. Hij zei dat hij eerst naar vader ging kijken en vluchtte meteen de gang in. Dolf kwam lepelend en blazend in zijn soep achter hem aan, maar toen hij met die dampende kop de donkere kamer binnenkwam bedacht hij zich en zei dat dat een beetje al te gek werd.

'Je zou die meiden eens moeten horen,' zei hij toen hij de kamer weer uitging. 'Soep eten bij vader.'

Terwijl Paul in het kaarslicht stond te wennen aan de duisternis hoorde hij steeds de lepel tegen het aardewerk tikken. De hele gang door. Van de hal naar de keukendeur en terug. Het leek wel of iemand in volle wapenrusting wachtliep voor de slaapkamer.

Hij keek naar het bed. Het was opgemaakt. De zilverglanzende sprei lag er rimpelloos overheen met de franje loodrecht naar de grond alsof hij gekamd was. Op het nachtkastje stond een groot bos rode rozen in een kristallen vaas. Ervoor stond een open fles eau de cologne alsof de bloemen een onaangename geur verspreidden. Naast het bed stond de kist, een blankhouten zoals gisteren uitgekozen was, op schragen die met een zwartkatoenen doek bedekt waren. Aan het hoofdeinde van de kist stond op een hoog plantentafeltje, waar vroeger de clivia op stond die uit de dorre aarde toch ieder jaar weer trossen oranje bloemen wist te persen, een kandelaar met vijf brandende kaarsen. Hij kon zijn vader niet zien want er lag een glazen deksel op de kist dat glom in het kaarslicht. Over het voeteneinde lag een paardedeken waarover een zwarte kanten doek gespreid was. Hij herkende er de schouderdoek in die een van de kinderen voor zijn moeder uit Spanje meegenomen had. Een rouwende weduwe, een toverkol van Goya.

Hij dacht eraan hoe ze met zijn vader gezeuld moesten hebben. Had iemand zijn hand onder dat ijskoude hoofd gehouden, of hadden ze het zomaar naar beneden laten bungelen als op een kruisafname. Of hadden ze de kist op zijn zij op het bed naast hem gelegd en hem er zo in geschoven.

Terwijl hij naar de kist liep keek hij naar het bed en vroeg zich af wanneer zijn moeder daar weer in zou gaan slapen. Hij had het gevoel of de kou nooit meer uit de dekens en het matras zou gaan.

Toen hij zich over de kist boog schoot die pijn weer door zijn nek. Hij vloekte en schrok met ingehouden adem omdat hij de weerspiegeling van zijn gezicht door dat van zijn vader heen zag. Hij was al niet meer zo dichtbij onder het glas. Alsof hij ingelijst was. Een ding zonder leven onder een glazen stolp. Een kersverse mummie die de eeuwigheid gaat trotseren. Alleen dat nietje in z'n pyjama bij zijn hals had nog met het leven te maken.

Toen Dolf binnenkwam trok hij een roos uit de vaas, schoof voorzichtig het glazen deksel opzij en legde de roos op de samengevouwen handen van zijn vader. Met welgevallen friemelde hij wat aan de bladeren zodat de glimmende kant naar boven gedraaid was.

'Zo vadertje, nou heb je er een bloemetje bij,' zei hij luchtig en hij herhaalde nog eens wat hij gisteren gezegd had, dat hij dit geen drama kon vinden. Zesentachtig jaar, geen dag ziek en dan alsof je in slaap valt eruit stappen. Zonder angst of pijn. Gewoon, de reis is ten einde.

Paul rook een onaangename geur uit de kist komen. Hij wilde die gedachte niet toelaten, maar hij rook het. Niet bedorven, maar dezelfde lucht als wanneer je het druppelende deksel optilt van een pan met stamppot die te lang gestaan heeft. Waar plasjes vocht in zijn gekomen.

Langzaam ging de deur open, bleef een poos half open-staan, toen verscheen zijn moeder in de deuropening. Ze keek rond of ze iets zocht maar niet zag. Dolf schoof snel het glazen deksel weer op de kist en trok de paardedeken en de schouderdoek recht, liefderijk, alsof hij hem toedekte met dat kledingstuk van zijn moeder. Daarna liep hij naar haar toe, sloot de deur, omhelsde haar en nam haar met zijn arm om haar schouders mee naar de kist. Ze scheen Paul niet te zien. Ze keek de kist in en krabde mechanisch op het glazen deksel ter hoogte van zijn handen.

'Heb jij dat gedaan Dolf, die roos,' vroeg ze ineens nuchter.

'Ja moeder, die heb ik daar neergelegd,' zei hij. 'Vader was gek op rozen.'

'Ik kan het nog steeds niet geloven,' zei ze verdwaasd. 'Het is net een droom, het is net een droom. Hij hield zielsveel van me. Zielsveel. Nooit heeft hij een onvertogen woord tegen me gezegd, nooit.'

Dolf keek Paul even aan, met wanhoop. Toen kreeg zijn gezicht weer die grijns en zei hij, 'Weet u moeder, waar vader nou altijd bang voor is geweest, tot aan z'n laatste dag. Dat u bij hem weg zou lopen. Echt hoor, hij was altijd bang dat u bij hem weg zou lopen.'

Ze keek hem verward aan en schudde haar hoofd. Toen keek ze in de kist en voor het eerst sinds zijn dood zag Paul tranen uit haar ogen komen die ze snel met haar zakdoekje wegveegde.

Hij voelde dat er vanzelf tranen uit zijn ogen stroomden en liep snel de kamer uit. Met een papieren zakdoek veegde hij zijn gezicht droog.

Bij de telefoon bleef hij staan en dacht aan Carla. Hij wilde naar het ziekenhuis bellen om te vragen hoe de operatie gegaan was maar Anna en Miep kwamen uit de keuken en bleven fluisterend achter in de gang staan. Toen hij langs ze liep hoorde hij dat ze het over Jenny hadden.

'Kan je zelf even soep nemen en een broodje, Paul,' vroeg Anna.

Iedereen was naar binnen gegaan om te eten. Hij keek naar de halfvolle pannen soep die op laag gas stonden. Er zat alleen maar wat beroering in. Even roerde hij met de soeplepel over de bodem van de pannen om te kijken of die mergpijp erin zat. Maar hij kwam niets tegen.

Met zijn schouder drukte hij tegen de keukendeur die ook al jaren klemde en liep het stenen plaatsje op. De leiperzik tegen de muur was al helemaal kaal. De blaadjes lagen er als een strooisel van geel crêpepapier onder. Het afgelopen voorjaar, toen die boom in bloei stond, had hij zijn vader er nog voor gefotografeerd. In dat ruime visgraatpak dat hem altijd deed denken aan Lester Young, vooral als zijn vader die deukhoed met de lage bol erbij op had. Lester leaps in. Voor de vochtige oranje baksteen waarvoor een scherm hing van tere roze bloesempjes op dat frame van door hemzelf nauwkeurig geleide takken. Een kandelaar van boomtak die met geel rijshout luchtig aan de roestige spijkers vastzat. Hijzelf stram overeind, grijs en vorsend voor die wiegekap van het voorjaar. Een beetje onwillig, omdat het anders zo ijdel was en onmannelijk.

Hij liep naar de rand van het betegelde plaatsje en keek de tuin in. Het opgloeien in de mist van de laatste dahlia's.

Overrijpe wegsmeltende festoenen. Het donkergrijze silhouet van de meer dan twee meter hoge bloeiaar met zaadbolletjes van de woestijnnaald of naald van Cleopatra die hij een paar jaar geleden op een verjaardag voor hem had meegenomen. Zo'n inktvisachtig knollig wortelstuk met een gele knop in het midden zo groot als een kippeëi. Met wantrouwen had zijn vader naar de beaarde sappige tentakels gekeken of hij hem soms een wild brok gewas in zijn maag wilde splitsen. Maar toen die machtige vuurpijl in zijn saaie tuin omhoogsidderde kende zijn bewondering geen grenzen. Eremurus robustus. Een hymne aan de schepper.

Voor hij naar binnen ging keek hij even door het raam van de schuur. Alles lag ordelijk uitgestald op de planken. Als vroeger in de winkel. Een hele rij cacaoblikken waarop Deanne Durbin als verpleegster vermomd stond, vol met roestige spijkers en schroeven. Zijn klompen voor in de tuin, blankgeschuurd alsof hij er de hemel mee moest betreden, zijn vissers laarzen, de hengels, de notehouten kist met dobbers, snoeren, loodhagel, haakjes en ander visgerei, het leefnet waarin zelfs geen klein stukje flap verdroogd tussen de mazen zat. Paul betrapte zichzelf erop dat hij naar een plek aan het zoeken was waar hij dat witte mesje van hem kon verstoppen.

Dolf stond in de keuken met zijn armen om Els heen die snikkend tegen hem aanleunde.

'Gun je vader die rust dan niet,' zei hij opgewekt. 'Ga nou eens goed naar hem kijken, dan zie je toch dat je daar niet om hoeft te huilen. Die man ligt er zo vredig en voldaan bij.'

'Maar ik vind het zo erg dat hij niets meer tegen moeder gezegd heeft, en dat iedereen zegt dat ze daarom kwaad is,' snikte ze. 'Dat vind ik zo vreselijk. Moeder zit er zo verbitterd bij. Iedere keer als ik bij hem ben zou ik wel willen smeken of hij nog wat tegen haar wil zeggen.'

'Die man heeft z'n hele leven al met moeder gesproken. Wat moet hij nou nog zeggen dat ze nog niet weet.'

'Hij had moeten zeggen dat hij naar de hemel ging. En tot wederziens.'

'Ach, dat weet moeder toch allemaal al.'

Een beetje ongemakkelijk liep Paul langs ze.

Here, hij riekt reeds, dacht hij. Als ik een buikspreker was kon ik ze helpen.

Hij liep de gang door en ging de kamer in. Zijn moeder zat weer precies zo als gisteren, een beetje voor op haar stoel, haar gezicht naar de grond alsof ze zat te mokken. Maar als je goed keek zag je die verstening. Koud en afwezig. Ze had een broodje in haar hand maar ze had er nog geen hap van gegeten.

Karel zat voorzichtig van zijn soep te lepelen en keek zo nu en dan met kille verwondering naar André die met een stuk brood hoorbaar zijn soepkop aan het uitsoppen was.

'Waar ben jij geweest, Paul,' vroeg zijn moeder.

'Ik heb in de tuin gekeken naar de woestijnnaald, moeder.'

'Wat heeft vader daarvan genoten van de zomer, Paul,' zei Anna. 'Als je kwam sleepte hij je er meteen mee naar toe.' Ze keek even naar zijn moeder, schudde meewarig haar hoofd, en zei toen luid, 'Van de zomer, moeder, vader met die woestijnnaald, die grote bloem in de tuin. Daar heeft hij zo van genoten!'

Ze keek even op en knikte.

'Daar moest ik steeds maar naar kijken,' zei ze afwezig. 'Dan zei ik, ik heb hem gisteren al gezien. Dan ging ik toch maar mee.'

'Van de winter had hij er een enorme berg zand op gegooid uit angst dat de wortels zouden bevriezen,' zei Miep. 'Met stro erin. Iedereen vroeg wat daaronder zat. Het was net een konijneheuvel.'

Ineens keek zijn moeder Paul dwingend aan en vroeg, 'Vis jij nog wel eens, Paul?'

'Zeg maar ja,' zei Anna zacht.

'Soms nog wel,' zei hij.

'Daar hoor ik van op,' mompelde Karel.

Ze knikte en staarde toen weer naar de grond. Haar gezicht kreeg een sluwe nadenkende uitdrukking.

'Het gaat over zijn hengels,' fluisterde Anna en keek naar de muur alsof ze tegen de trouwfoto sprak. 'Ik denk dat ze die aan jou wil geven.'

'Die kan ze beter aan mij geven,' mompelde André met een volle mond. 'Bij hem beschimmelen ze maar.'

'Heb jij al soep gehad,' vroeg Miep.

'Ik heb in de keuken genomen,' zei Paul.

'Daar ben je aardig ingetippeld,' prevelde Karel. 'Gebakken brasem kan overigens best smakelijk zijn.'

'Paul heeft toch nooit een hekel gehad aan vissen,' zei Miep.

'Wat zeg je,' schrok zijn moeder op.

'We hadden het erover dat Paul zo graag vist,' zei Anna.

'We moeten hem alleen even vertellen welke kant van de hengel hij boven het water moet houden, want hij heeft het de laatste vijfendertig jaar niet meer gedaan,' zei Karel zacht.

Toen Dolf binnenkwam zweeg iedereen.

'Waar hadden jullie het over,' vroeg hij wantrouwend.

'Over het vissen van vader, dat hij dat zo graag deed,' zei Miep.

'Graag deed?! Kind, dat was die man zijn lust en zijn leven. Al was er maar een vierkante decimeter open water tussen de waterlelies en het kroos, dan liet hij daar zijn haakje in zakken. Ik wed dat je de kale plekken aan de kant van het kanaal kan vinden waar hij altijd zat. Eromheen moet een reddingsboei van peuken liggen.'

'De laatste jaren rookte vader niet meer als hij viste,' zei Anna.

Ze stond op en ging de soepkoppen op het dienblad zetten.

Dolf gaf zijn moeder een paar klapjes op haar schouder en zei, 'Vissen en roken, moeder, daar kon je vader midden in de nacht voor uit bed halen.'

Ze keek hem even aan en knikte nadenkend. Toen staarde ze weer naar de grond.

Voor hij wegreed haalde hij een sigaret uit het pakje Tigra in het dashboardkastje en stak die op. Hij dacht eraan dat hij Carla straks naar die vriendin moest vragen. Wat er nou gebeurd was.

Op de grote weg deed hij de radio aan. Perry Como. Catch a Falling Star. Hij kon het maar met één oor horen, het andere stak in de kouwe luchtstroom die door het open raam naar binnen wapperde.

Voor zover ik me kan herinneren heeft hij maar één keer van zijn leven een mop aan ons verteld, dacht hij. Daarom heb ik hem onthouden. Een man die veel verstand had van zaden en door zijn vrienden in de maling werd genomen. Ze droogden viskuit en vroegen wat dat nou voor zaad was. Die man zei dat ze de volgende week maar op zijn zaaibedden moesten komen kijken want dan had hij het laten kiemen. Toen ze kwamen kijken had hij de hele akker beplant met haringkoppen. Gruwelijk vond ik het. Ik droomde ervan. De opstanding van al die vissen die hij gedood en ontschubd had. Die als vliegende vissen wraak op hem zouden gaan nemen.

Er passeerde hem een bus met toeristen. De chauffeur sprak in de microfoon en keek naar rechts en naar links alsof er een prachtig landschap aan ze voorbijgleed. Maar iedereen keek voor zich. Je zag toch alleen maar mist.

In de winter als je ging schaatsen waarschuwde hij je altijd voor wakken. En dat als je erin gleed, je naar de donkere plekken moest zwemmen. Want waar het licht was, was ijs. Angstdromen. Dat je in paniek altijd naar het licht zou zwemmen. Steeds beukte je hoofd tegen de onderkant van het ijs. De laatste luchtbellen.

Hij dacht er ineens aan dat er nog een naald in het lichaam van zijn vader moest zitten. Hij was erin getrapt. Dat ding stond rechtop in het vloerkleed. Hij was finaal verdwenen in zijn voetzool. De dokter had gezegd dat hij wel ergens in zijn lichaam eruit zou komen. De angst dat die naald naar zijn hart op weg was. De langzaam voortkruipende doodsteek.

Van de eerste flats van de stad zag je de bovenkant niet.

In de buitenwijk stopte hij voor een inloopboekhandel en kocht het laatste nummer van Linea Italiana voor Carla, want dat had hij op haar kamer zien liggen. En bij de groentewinkel ernaast kocht hij een doosje kasaardbeien.

Ze zaten achter cellofaan en zagen er onnatuurlijk wasachtig uit, met witte onrijpe plekken die van kaarsvet leken. Als je erop drukte kreeg je niet de indruk dat het fruit was maar iets levenloos van kunststof.

In de deuropening hield hij van schrik zijn adem in. Ze had een maskertje op van gips. Een rond kapje over haar neus dat met een paar vleugeltjes boven haar wenkbrauwen tot halverwege haar voorhoofd liep. Ze zag eruit als een geblinddoekte priesteres die krijsend in rauwe orakeltaal uit zou kunnen barsten. Ze lag in een zaal met vier bedden, bij het raam, waardoor je alleen maar mist zag. Of er een nat laken tegen het glas gekleefd zat.

Toen hij naar haar toe liep hoorde hij gekrijs van kokmeeuwen maar hij kon ze niet zien. Ze zat rechtop in bed, met haar hoofd achterover in het kussen, haar zwarte krullende haar in een woeste krans tegen de sloop gedrukt. Ze had de violette nachtjapon aan die hij van haar kamer gehaald had. Hij kon niet zien of ze sliep of versuft was. Haar ademhaling was kort en stotend als van een kat die het warm heeft. De zwarte onyx zat als een druppel teer in haar halskuil. Met leukoplast was het masker aan haar gezicht bevestigd. Brede stroken poppehuid over haar wangen. Haar neusgaten zaten volgepropt met watten die doordrenkt waren met waterig bloed. Om haar ogen was het paarsblauw van de bloeduitstortingen bijna zwart geworden alsof ze overvloedig oogschaduw had aangebracht.

Naar die vriendin kan ik nu niet vragen, dacht hij. En het invullen van die aanrijdingsformulieren moeten we ook maar uitstellen.

Voorzichtig ging hij op de stoel naast het bed zitten en

legde het tijdschrift op het voeteneinde met het doosje aardbeien erop. Op het kastje naast haar bed stond de kristallen vaas met gele dahlia's die hij gisteren voor haar had meegebracht. Eronder stond een glas dunne ranja en een beslagen glas water waar halfgesmolten ijsblokjes in dreven.

Ineens hoorde hij uit het bed tegenover haar, waar een scherm omheen stond, een slobberig gekreun opklinken. Door een opening in het scherm zag hij iemand liggen met een in verband gewikkeld hoofd op een kussen waarin een nimbus van waterig bloed zat. Het andere bed was leeg.

In het bed naast Carla lag een slonzige vette oude vrouw met een infuus in haar arm. Met stekende oogjes keek ze hem nieuwsgierig aan alsof ze verwachtte dat hij met een van die halfverdoofde patiënten ontucht zou gaan plegen.

'Maakt u haar toch wakker,' sliste ze dwingend met een slijmerige tong. 'Ze is alleen maar sacherijnig van de narcose.'

Als een uier hing een doorzichtige plastic zak met urine naast haar bed waarvandaan een slang onder de dekens naar haar onderlichaam liep. Ze lag de dekens maar van zich af te woelen en dan zag je uit haar opgeschorte en van haar schouder afgezakte flanellen nachtjapon bleekblauw doorspataderd week vlees bobbelen. Angstaanjagend precies leek ze op een van de heksen uit Macbeth. Fair is foul, and foul is fair. Hover through the fog and filthy air. Ze bleef hem maar met die stekende oude vrouwenogen aankijken en begon, toen hij zelf niet van plan bleek Carla wakker te maken, met een hoge stem tegen haar te krijsen dat er bezoek was.

Carla bleef roerloos zitten en keek hem even flets aan.

Het wit van haar ogen was rood als bloed. Toen deed ze ze weer dicht met trage oogleden.

'Zo'n narcose... is een halve dood,' zei ze met een lijzige verbitterde stem. 'Het is... of er iets stilgezet wordt in je.'

Hij schoof het tijdschrift en het doosje aardbeien van het voeteneinde op haar schoot. Ze keek er even naar of hij haar beledigd had.

'Linea Italiana,' zei ze vreugdeloos. 'Heb je op mijn kamer gezien.'

Ineens ging ze gretig de aardbeien betasten. Met haar vingertoppen drukte ze agressief in het cellofaan.

'Hoe is de operatie gegaan,' vroeg hij voorzichtig, zonder al te veel medeleven te tonen.

'Goed... volgens de dokter dan,' zei ze met een stem of ze op het punt stond weer in slaap te vallen. 'Ik was razend toen ik bijkwam... maar ik kon er niets aan doen omdat ik te slap was.' Ze knikte naar voren en haar ogen vielen even dicht, toen vervolgde ze langzaam, 'Het was ijskoud... ik lag in een kelder... overal witte tegels. Op een monitor zag ik steeds mijn hartslag... zo'n lijn van licht die op en neer ging... ik moest er steeds aan denken dat als dat op zou houden ik dood zou zijn... ik moest lachen, het kon me niet schelen... die stemmen klonken zo hol en hard... ik wilde dat ze hun kop hielden. Ik hoorde steeds roepen... Juffrouw Middelheim, wordt u eens wakker... ik begreep niet wat ze van me wilden... ik begon meteen dat infuus eruit te trekken...'

'Ze heeft gevochten met de zuster,' schalde die dikke heks smakkend met haar tandeloze mond door de zaal. 'Het was net een wilde kat.'

'Laat me in godsnaam met rust,' siste Carla tegen haar.

Toen Paul ook deed of hij haar niet hoorde schonkte ze haar vette rug naar hen toe en ging verongelijkt een fles eau de cologne openmaken. Ze sprenkelde het overdadig op haar hand en ging er wrijvend mee onder het flanellen nachthemd.

'Dat infuus mocht eruit... als ik eerst een paar glazen vocht dronk,' zei Carla. Ze maakte haar lippen nat. 'Een dierendorst krijg je... maar toen ik dat glas aan mijn mond wilde zetten voelde ik de rand tegen het gips stoten. Ik wist niet dat ik een masker op had... dat hadden ze me niet verteld. Het was net of dat glas door iemand tegengehouden werd. Ik schrok me rot... als een razende ging ik om me heen slaan.'

Ze deed haar ogen weer dicht en hij zag dat boven de rand van het maskertje druppels zweet op haar voorhoofd stonden. Een straaltje waterig bloed kwam door dat mooi gevormde snotgootje naar beneden lopen. Hij wilde een papieren zakdoek pakken om het op te deppen, maar hij bedacht zich want hij had het gevoel dat ze plotseling naar hem uit zou kunnen halen. Ondertussen bleef ze maar vinnig in het cellofaan steken. Ineens ging ze erdoorheen, voelde even met haar vingertop en peuterde er toen een aardbei uit die ze gulzig, zonder ernaar te kijken, met kroontje en al in haar mond stak en met kleine vinnige hapjes wegkauwde. Meteen propte ze een volgende in haar mond, en nog een. Dwangmatig was ze ze aan het verslinden. Toen ze het doosje bijna leeg had kreeg de dikke vrouw het in de gaten.

'U moet haar tegenhouden,' riep ze bedillerig. 'Dat mag ze niet. Ze mag helemaal niets hebben.'

Toen hij voorzichtig het doosje beetpakte alsof hij een

gevaarlijk stuk speelgoed uit de handen van een kind probeerde te krijgen, deed ze haar ogen open. Als een furie
greep ze het doosje, drukte het tegen zich aan en propte de
laatste aardbeien in haar mond. Ondertussen bleef de dikke vrouw maar vogelachtig krijsen.

Ineens schoot Carla haar hoofd kokhalzend naar voren
en in een grote gulp kwam de aardbeienmoes vlokkig in
groen slijm naar buiten. Paul greep een paar papieren zakdoeken en spreidde die erover uit.

'Ik heb al gebeld,' riep de dikke vrouw kwaadaardig
opgewonden. 'Dat komt er nou van als je eigenwijs bent.'

Er kwam een grote blonde verpleegster binnenzeilen die
met één blik overzag wat er aan de hand was en snel en
gedecideerd een verchroomd niervormig bekken uit de
kast pakte en dat Carla hardhandig in haar handen drukte
en toen onder haar mond duwde. Tegelijkertijd greep ze
met haar andere hand de sprei, frommelde die in elkaar en
gooide die op de grond.

'Ik heb ze nog zo gewaarschuwd,' riep de dikke vrouw.
'Ze zat zichzelf net zo lang te voeren tot ze er weer uit
kwamen.'

'Wil die mevrouw daar in dat bed achter me zo vriendelijk zijn zich met haar eigen zaakjes te bemoeien,' zei de
verpleegster vinnig. Toen zei ze kortaf tegen Paul, 'U kunt
beter een eind aan het bezoek maken.'

Hij stond op en zei tegen Carla dat hij morgen weer zou
komen en liep naar de deur. Toen hij langs de dikke vrouw
kwam keek ze hem genotzuchtig aan en lachte toen besmuikt met een scheve kwijlerige mond als een kind dat
een standje gehad heeft.

De doos met spullen van het reformhuis zette hij op het aanrecht. Met tegenzin bleef hij er een poos naar kijken en ging toen de teksten op de etiketten lezen. Op alle zakken en pakken stond exact het aantal vitaminen B en E per ons en een uitvoerige analyse van het percentage eiwitten, koolhydraten, mineralen en sporenelementen, maar nergens stond dat het een stimulans was om de door rouwbeklag verstoorde eetlust op te wekken, of dat het zo smakelijk en zuiver was dat je van zijn leven niet meer taalde naar een moot verse gepocheerde zalm overgoten met gewelde boter of lamszadel op een bed van waterkersmoes.

Uit iedere zak haalde hij met zijn vingertoppen een pluk, gooide dat in een soepbord en roerde het met een lepel door elkaar. Toen deed hij de koelkast open maar er was geen yoghurt. Toen hij die bleke geelroze kippelijven in rilvel onder het lichtelijk beslagen plastic folie op elkaar gepropt zag zitten, wierp hij met een klap de koelkast weer dicht. Met een vies gezicht nam hij een schep van dat droge spul. Maar toen hij de lepel in zijn mond stak ademde hij tegelijkertijd in waardoor een wolkje van het poeder zijn keel binnenschoot. Halfstikkend in een hoestbui, waarbij een stofwolk van gistvlokken en tarwekiemen door de keuken spoot, strompelde hij voorovergebogen naar de kraan, nam een slok water en gorgelde. Met betraande ogen liep hij hijgend naar buiten. Het leek wel of hij geen hap meer door zijn strot kon krijgen. Hij spuugde een paar keer op de stoep om de stopverfachtige specie kwijt te raken en liep toen de tuin in.

Het begon al duister te worden. Geen avondschemering, de mist werd alleen maar grijzer. Tussen de vergelende en rottende planten en staken door, waartussen draden

hingen waaraan een snoer van speldeknopkleine water-
druppeltjes zat, liep hij tot aan het warrige okerkleurige
bos waterige stengels van de wolfskers. Glazig hingen er
nog een paar donkergele bladeren tussen naar beneden. Zo
hier en daar zat nog een carbonpapierzwarte vrucht. Ju-
weelgrote druppels pek. Het viel hem weer op hoe precies
ze leken op de zwarte onyx van Carla. Zachtjes kneep hij in
een. Zo week als een aambei. Dat zwarte vlies hield nog
maar net het rottende vruchtvlees bij elkaar. Toen hij erdoorheen ging had hij dieppaarse vingertoppen van het
sap. Atropa belladonna. Het werd nog steeds bij oogon-
derzoek gebruikt om de pupillen te vergroten. In een engels boekje, Language of Flowers, had hij eens gelezen dat
de wolfskers, the deadly nightshade, 'silence' symboli-
seerde. De vergetelheid, de stilte des doods, want in de
Flora stond dat de bes zeer vergiftig was. Vet gedrukt en
met een uitroepteken van die bezorgde Jac. P. Thijsse erachter. De stervende Hamlet. The rest is silence.

Achter in de tuin ging hij op de homp rottend hout
zitten. Hij rook de paddestoelen achter zich in de venige
uithoek van zijn tuin. De sterke geur van de halfverdropen
inktzwammen. Hij vroeg zich af of die miniatuurschaduwwereld niet een substituut was voor de winkel van zijn
vader zoals hij die als kind had beleefd. Die vormen, kleu-
ren en geuren. De bakken met peulvruchten. Kapucijners
en witte en bruine bonen waar je je arm tot je oksel in kon
steken. Met je ogen dicht kon je het verschil voelen. De
gedroogde zuidvruchten. De kwasten in de kistjes van
goedkoop waaibomehout waarin ze aankwamen. De ge-
brandmerkte letters. Kleverige abrikozen en gerimpelde
peren en de sponsachtige gedroogde appeltjes die bedwel-

mend naar appel roken. De brokkelige stijfselgrot met een enkel stukje paarsblauw papier van de verpakking ertussen. Het licht door een klont zachte zeep. De blikken custard van Chivers. Dat groen vergeet je nooit meer. Als je het ziet op een schilderij van Veronese ruik je die custard.

Hij spuugde de smaak van de gistvlokken nog een paar keer tussen zijn voeten op de grond en luisterde naar een blad dat ritselend, vallend van tak naar tak, naar beneden kwam. Het was zo stil dat hij de kraan in de keuken hoorde lopen in de steelpan. Een lieflijk geluid. Een snaar van water.

Hij liep weer het huis in, deed het licht in de keuken aan en draaide de kraan uit. Daarna veegde hij de op de grond gehoeste tarwekiemen en gistvlokken op en liep de kamer in waar hij alle lampen aandeed en de gashaard hoog zette. Door de honinggeur van de dracaena heen dacht hij nog de vette lucht van die sardines te ruiken.

Hij ging op bed liggen en sloot zijn ogen. Doodmoe was hij. Of hij de hele dag ergens achteraan gejaagd had. Zijn maag voelde hij krampachtig wringen.

Hij zag zijn moeder zitten, grijs, alsof ze van gedroogde moppen klei op elkaar gezet was. Onverzettelijk en onmenselijk als een kolos van Memnon. De diepe emotie om de eenzaamheid en het leed bleef verborgen. Dat weggesleten gezicht zou zich nooit openen. Hij hoorde haar stem, hard en toonloos, 'Paul, vis jij nog wel eens?' Hij verstarde en kneep zijn ogen dicht. Hij zag de hengel van zijn vader met de rode lak om de top waarmee het snoer vastgemaakt was. Hij hoorde een profetische stem schallend roepen, 'Ik zal u tot vissers van mensen maken!' Van de brug af keek hij over het kanaal heen. Glashelder was het. De weerspiegeling was gelijk aan de werkelijkheid. Naast een rietkraag zat zijn vader met zijn hengel. Heel scherp kon hij de dobber op het water zien drijven. De pen bewoog zachtjes op en neer. Grote rustige kringen ontstonden eromheen en vervloeiden traag. Plotseling haalde zijn vader de hengel op zonder dat Paul gezien had dat hij beethad en haalde een grote brasem, die hij altijd naar de kant sleepte en met het net schepte, loodrecht omhoog. Het leek wel of die zware donkere vis zichzelf met zijn staart afzette tegen het water, zo gemakkelijk en luchtig rees hij op. Zijn schubben glommen als barnsteen. Met eerbied pakte zijn vader hem vast en haalde voorzichtig het haakje uit de bovenlip. Toen boog hij voorover en zette hem terug in het water. Daarna legde hij zijn hengel in het gras, rekte zich loom uit en riep over het water, 'Ik eet niemand!' De echo hoorde Paul onder zich in de brug tegen de wanden weerkaatsen. De trilling ervan voelde hij in zijn voeten.

Hij sprong op en liep naar het raam. Hij had het gevoel of hij net op tijd onder een verstikkend dek dat over hem heen geworpen werd uitgeschoten was. Werktuiglijk pakte hij de hoorn van de haak en draaide het nummer van Laura. Hij hoorde de hese stem van Charley en zag hem staan met z'n gelooide pokdalige huid voor de grote foto van Sitting Bull die bij hem in de gang naast de telefoon hing. Zelf ook bijna een halve Indiaan. Toen Paul hem vroeg of hij Laura even kon spreken, vroeg Charley openlijk wantrouwend waar dat voor was.

'Haar grootvader is gisteren gestorven,' zei Paul rustig.

'Haar grootvader,' zei hij verbaasd. 'Had ze dan een grootvader. Man, daar heeft ze me nooit wat van verteld.'

Het bleef even stil, toen zei hij, 'Dat is jouw vader, dus.'

'Mijn vader, ja.'

'En waarom moet Laura dat weten?'

'Misschien wil ze mee naar de begrafenis. Als kind was ze nogal gek op hem.'

Het bleef weer even stil, toen zei hij gehaast, terwijl die hese stem van hem oversloeg, 'Dat vindt je dochter anders helemaal niet jofel hoor, begrafenissen. Het is een teer poppetje. Voor je dochter is dat helemaal geen okaye toestand. Die man kan toch ook zonder haar begraven worden.'

'Dat moet ze zelf dan maar beslissen,' zei Paul gelaten. 'Geef haar nou maar even.'

De hoorn werd neergekletterd en hij hoorde Charley door de holle gang roepen. Er werd een poos onverstaanbaar gesmoesd, toen kreeg hij Laura aan de telefoon.

'Goh, is opa dood,' zei ze luchtig meisjesachtig. Toen vroeg ze ineens angstig, 'Hij heeft toch niet geleden?'

Paul blies wollig in de hoorn en zei, 'Zo is hij weggegaan. Hij heeft nog een kop bouillon gedronken en een peer gegeten en toen is hij opgehouden met ademen.'

'Goh, wat schattig.'

'Ja, verrekte schattig,' zei hij. 'Maar waar ik voor bel is om te vragen of je hem nog wil zien.'

'Zien,' vroeg ze verwonderd.

'Voor het laatst. Voordat hij begraven wordt.'

'In de kist,' vroeg ze. 'Als een lijk?'

'Bijvoorbeeld,' zei hij.

Hij hoorde een poos de doffe stilte van haar handpalm op de hoorn, toen was ze er weer.

'Charley zegt dat het niet okay voor me is om daarnaar te

gaan kijken,' zei ze.

'Denk je dat dat voor mij zo okay is,' zei hij.

Ze smoesde weer even wat buiten de hoorn, toen zei ze, 'We willen wel op de begrafenis komen. Maar Charley zegt dat ik kleren moet kopen en dat hij een zwart pak moet huren.'

'En dat kost poen,' hoorde hij Charley haar voorzeggen.

'Die ouwe van jou heeft toch geld zat. Die zit tot over zijn oren in die kikkervellenmaatschappij,' riep hij bijna rechtstreeks tegen hem de hoorn in.

'En dat kost poen,' zei ze braaf.

'Komen jullie maar langs.'

Ze moest weer even overleggen want haar hand ging weer op de hoorn. Toen was het in orde.

Paul was naar buiten gelopen toen hij een auto voor de deur hoorde stoppen. Maar toen hij halverwege het bruggetje was zag hij dat het een personenwagen was en niet het als een koekblik gebutste met deco-motieven beschilderde Volkswagenbusje. De auto reed langzaam verder, met zijn verstralers van tijd tot tijd een melkwitte kegel voor zich uit werpend, keerde bij het parkeerplaatsje aan het eind van de weg en kwam weer langs. Toen het geluid weggestorven was hoorde hij ineens de stem van Charley.

'Godverdomme, daar zit ik bijna in de sloot.'

Hij hoorde Laura giechelen.

Snel liep hij ze over de brug tegemoet. Charley zei dat ze met de bus gekomen waren want dat hun busje naar de garage was.

Toen ze over het bruggetje de voortuin inliepen vroeg Charley luid door de mist, 'Wat doet het je nou als je ouweheer de pijp uitgaat?'

'Dat is helemaal geen okaye toestand,' zei hij zonder grimas.

Terwijl hij de hal inliep keek Charley hem even aan en knikte ernstig, maar Laura draaide zich om en lachte engelachtig naar hem in de spiegel.

Achter Paul aan liepen ze de keuken in en toen hij even door het raam de donkere tuin in keek, zei Charley, 'Man, vergeet die vochtige glibbertroep toch van je. De natuur is oerburgerlijk. Ben je daar nog steeds niet achter. Ik ben godsblij dat het mist. Dan zie ik die gore kledder tenminste niet. Je moet zo onnatuurlijk mogelijk leven. Decadentie is toch prachtig. Wij komen nooit de stad uit. Weet je dat ik me zou schamen om me tussen bomen en planten op te houden. Ik zou me gewoon lullig voelen.'

'Vorige keer zei je dat je een paardrijschool wilde beginnen,' zei Paul. 'Maar niet met zo'n onnatuurlijk zadel en zo'n metalen bit tussen de nobele tanden van het paard. Gewoon met je blote kont op zo'n verdomd jofele paarderug en je een beetje aan de manen vasthouden, weet je nog wel. Direct contact tussen jou en dat beest. Net als bij de Indianen.'

'Weet je wat het met jou is,' zei Charley. 'Jij weet het verschil niet tussen vorige keer en nu.'

Hij trok wild de koelkast open en keek met walging naar de kippelijven.

'Jezus, een concentratiekamp,' zei hij. 'Wat moet je nou met al die dooie kippelijken, man.'

'Gisteren zouden hier wat leerlingen komen om te bespreken wat we in de werkweek zouden gaan doen. Na afloop zouden we gaan barbecuen. Maar toen kwam dat telefoontje dat mijn vader overleden was.'

'Daar zit je dan behoorlijk mee in je maag.' Hij ging op zijn hurken voor de koelkast zitten en begon te tellen. 'Vijf, zes, zeven, notabene acht van die krengen. Je zal er toch maar mee opgezadeld zitten. Dat wordt tot Sint Juttemis kip vreten.' Hij pakte een halve kip uit de kast, stak zijn vinger door het plastic folie en ritste het open. Toen snoof hij luidruchtig. 'Volgens mij zijn die niet meer voor consumptie geschikt,' zei hij en stak de bleke hap op het schaaltje van piepschuim onder Pauls neus die zijn hoofd met een overdreven vies gezicht afwendde. 'Hier, ruik eens wijffie,' zei hij toen tegen Laura.

Ze stak haar neus bijna tussen die kippevlerk en zei, 'Het ruikt zalig. Naar kippebouillon.'

'Ach, sodemieter op, aan jou heb ik ook niks, ze stinken zo zuur als een ouwe paardedeken,' zei hij, gooide de halve kip weer in de koelkast en trok er twee flesjes bier uit die hij in de schootopening van het slot van de deur openwipte. Hij gaf een flesje aan Laura en zei tegen Paul, 'Jij neemt zeker whisky.'

'Ik drink niet,' zei Paul. 'Ik neem een glas bronwater.'

Charley klokte de helft van zijn flesje bier naar binnen en schoof toen vadsig met zijn achterwerk het aanrecht op.

'Zullen we niet even naar binnen gaan,' vroeg Paul. 'Daar brandt de kachel.'

'Man, het is hier toch lekker. We komen alleen maar even die poen vangen en dan donderen we weer op. Ik word zenuwachtig van al die boeken daar. Ik ben een geheide analfabeet, dat weet je toch.'

Hij keek in de doos met reformhuisspullen en rommelde tussen de pakken en zakken en las zo hier en daar wat.

'Ga je daar aan beginnen? Veel te laat hoor. Dat had je dertig jaar geleden moeten doen. Je bent al veel te lang aan het aderverkalken. Dat krijg je nergens meer mee weg.'

Zorgvuldig legde hij een sigarettevloeitje op zijn dijbeen, sprenkelde er tabak op uit een doormidden gebroken filtersigaret en haalde uit een klein rond blikje een stukje hasjiesj dat hij even met het vlammetje van zijn aansteker verwarmde. Hij kneep er een paar stukjes af en verkruimelde die over de tabak.

'Ook een joint,' vroeg hij terwijl hij Paul spottend aankeek en een reepje van het omslag van het pakje vloeitjes scheurde waar hij een kokertje van draaide dat hij als een filter in de sigaret meerolde. Hij stak dat plompe ding aan en inhaleerde met rituele precisie. Daarna gaf hij hem aan Laura door en blies de rook langzaam en nadenkend naar het plafond.

Meteen die schroeilucht met de stank van een gummetje op een kachel.

'Ben je wel voorzichtig met mijn knappe dochter,' kon Paul niet nalaten te zeggen terwijl hij naar Laura keek die haar longen volzoog.

'Jouw dochter is okay,' zei Charley. 'Daarom moet ze niet naar die dooie ouweheer van je gaan kijken.'

Nadat hij Laura en Charley naar huis had gebracht reed hij een paar keer door de Utrechtsestraat om te kijken of Liz, het meisje dat hij zo nu en dan mee naar huis nam, er liep te tippelen. Zomaar om wat te kletsen want zijn kruis voelde levenloos aan. Hij zag alleen een paar schichtige uitgeteerde horsegirls door de mist dwalen die met hongerige ogen naar hem loerden door de voorruit.

Toen hij bij het te voorschijn halen van zijn sigaretten de sleutels van Carla's kamer nog in zijn jaszak vond, reed hij meteen naar haar huis alsof hij plotseling besloten had naar een spannende film te gaan.

In het portaal bleef hij staan luisteren of er iemand naar beneden kwam. Daarna liep hij bij drie treden tegelijk geruisloos de trappen op.

Voor de deur van haar kamer bleef hij hijgend een tijd staan nadenken of hij wel in haar spullen kon gaan snuffelen. Maar hij moest het doen, de sleutel brandde in zijn hand.

Hij deed de deur open, knipte het licht aan en deed de deur snel achter zich dicht want hij meende die gebakken schollenlucht nog op de overloop te ruiken.

De kamer was klam en koud. Hij wipte het haakje omhoog en deed het raam dicht. Het OB-tje was zacht en vochtig geworden. Hij rook er even aan. Het was niet reukloos meer. Het rook naar een zakdoek die je als je een bloedneus gehad had vroeger de volgende dag nog vochtig en als een prop in je broekzak vond.

Voor een lage kast ging hij op de grond zitten en trok de deurtjes open. De planken lagen vol boeken en mappen. Hij bladerde even in De Eerste Leerschool der Liefde van Flaubert en Het Dierlijke in de Mens van Zola in de onsterfelijkenreeks. Toen bekeek hij een stapel platenboeken. Renoir, mit 48 Bildtafeln, Five Centuries of Great Art in Full Colour. Een aangebroken pak Unbreakable Cotton Swabs zat ertussen en declaratieformulieren van een uitzendbureau. Weer een map met Les Belles Dames dessinées par Ramah. Iemand had de proporties van die roze dames met potlood trachten te veranderen. Slankere heupen en kleinere borsten. Hij vroeg zich af of Carla dat procrustespotlood had gehanteerd.

Ineens schoot zijn hand begerig tussen de boeken en mappen toen hij een paar brieven en ansichtkaarten zag zitten. Hij herkende haar handschrift. Een brief die ze geschreven had en niet verstuurd. Of misschien was dit het klad. Met nonchalante woeste halen neergepend.

Lieve Suzie,

Ik begrijp niets van je belachelijke houding van vanochtend. Waarschijnlijk gaat het over zondagavond. Ik ben langs geweest, zag je auto staan en licht branden, belde echt twintig keer en toen je niet opendeed ging ik naar huis, belde je onderweg nog op, was zeer ongerust en kwaad en begreep er geen reet van. Als er iets anders is waardoor je denkt je zo te kunnen gedragen moet je je mond opendoen. (bovendien had je me het hele gelul hierboven bespaard) Je hebt volstrekt niet het recht me zó de mond te snoeren en zó lullig te behandelen.

Carla

Hij moest een beetje pijnlijk lachen en las die brief nog een keer over en hoorde hem haar met dat maskertje op en woeste krullen om haar hoofd als een banvloek voorlezen.

Onder die brief zat een kaart met Mickey Mouse erop die koket een pakje bij het lint draagt. De andere kant was met rood ballpoint beschreven.

Lieve Carla,

Je bent een schat, een jofel wijf! Heel erg bedankt voor je aanwezigheid, je hulp, je warmte.

Heel veel liefs,

Suzie

Het moest dezelfde Suzie zijn aan wie ze die woedende brief geschreven had. Hij hield het poststempel naar het

licht. Hij kwam uit Amstelveen en was op 15 juni afge-
stempeld. Innige vriendschap, dacht hij. Hij vroeg zich af
of dat de vriendin was die zich in haar kut gesneden had.
Het moest bijna wel.

Langs de Amstel zag hij plotseling midden op de linker-
weghelft een zwaan onder een straatlantaarn liggen. In het
wazige licht leek het grote verenlichaam uit broos piepschuim gevouwen. Zijn hals stak recht omhoog alsof hij
dobberde. Paul reed naast hem de berm in en deed zijn
hazardlight aan. Hij stapte uit en joeg de zwaan met zijn
armen wijd met fladderende bewegingen het gras op,
maar het beest waggelde met zijn sissende kop laag, drei-
gend naar hem toe, naar de weg terug. Aan de overkant
van de rivier, op een van de onzichtbare woonboten, begon een vrouw kijfachtig te gillen. Verwijtend en schril.
'Daar ligt het allemaal! Daar ligt het allemaal!' Ertussen-
door mompelde verontschuldigend een mannenstem.
Paul kon niets zien. Het leek wel of daar geesten door de
mist krijsten. Hij moest aan zijn vader denken die vroeger
altijd voor Kerstmis een zwaan uit de jodenbuurt in Amsterdam haalde. Een bloederige homp in grauw pakpa-
pier, net zo groot als zijn borstkas onder die glanzende
sprei. Het was of andere goden dan waar hij in geloofde
hem ter verantwoording riepen. Pallas Athene, die schel
schreeuwde over het dampende water van de Styx dat hij
een god vermomd als zwaan geslacht had en gegeten. Die
zwaan was ondertussen weer in het lamplicht op de weg
gaan liggen. Uit een berg afval van een verbouwing trok
hij een stuk deurpost en rende er woest zwaaiend mee op de
zwaan af. Geschrokken waggelde hij snel voor hem uit het

gras op, zette ineens vaart en was op de wieken. Met een paar klapperende slagen verdween de witte gedaante in de mist. Hij hoorde alleen nog een regelmatig ruisen waardoorheen de kijfstem van die vrouw over het water opklonk.

Zwetend en buiten adem liep hij naar zijn auto en bleef geleund op het geopende portier de mist in staren. Ineens hoorde hij een geruis dat aanzwol tot een machtig geklapper. Rakelings kwam de zwaan over hem heen. Hij zag de vleugels traag en krachtig door de mist roeren. Even later hoorde hij hem achter de rietkragen met gebruis op het wateroppervlak landen.

Hij stapte in, knipte het hazardlight uit en reed naar huis.

Hij vulde een glas halfvol met ijs en goot het vol whisky. Daarna liep hij ermee terug naar de kamer en zette het op het tafeltje. Hij maakte zijn bed op, spoelde de peuken door de wc en kleedde zich uit. Op de rand van het bed dronk hij het glas whisky halfleeg. Maar het smaakte hem niet op zijn lege maag. Hij deed het licht uit, kroop onder de dekens en deed meteen zijn ogen dicht. Ieder beeld probeerde hij te verdringen. Van Carla, van zijn treurende moeder, van Laura, van zijn dode vader. Maar terwijl hij in slaap viel zat hij al bij hem voorop de fiets als kind en voelde hij de zwoegende ademhaling in zijn nek. Ze reden zo hard en zonder stoten dat het was of ze vlogen. Ineens liep hij als jongeman door een omhooglopende straat waarvan de ramen van de huizen geblindeerd waren met grijze schotten. Plotseling zakte er een zwart doek weg voor een zijetalage alsof het een onthulling was. Achter het raam hing een metergrote pasfoto van Jenny zoals ze eruitzag op de foto op haar paspoort toen ze achttien was en als bruid naar Amerika ging. Hij ging die winkel binnen en stond met Jenny in de slaapkamer thuis voor het doodsbed van zijn vader. Maar het was niet die eenvoudige slaapkamer waar hij in werkelijkheid lag. Het was een boudoir met pluche wanddoeken en grote kandelaars dat als chapelle ardente was ingericht. Tegen de achterwand stond een pijporgel dat uit zichzelf speelde. Jenny keek heel innig naar dat dodenmasker maar ineens trok haar gezicht samen in horizontale plooien alsof ze geen gebit meer had. Nu moet het gebeuren, fluisterde ze dwingend en ging op de grond liggen voor het doodsbed. Toen hij weg wilde rennen greep ze hem bij zijn jas die van zijn lichaam stroopte. Kleumend dwaalde hij door het ouderlijk huis. Als hij door de gang kwam pakte hij steeds een andere hoed van zijn vader van de kapstok, zette die op en keek ernstig in de spiegel. In de keuken hoorde hij Jenny iets klefs in een pan kledderen en die op het gas zetten. Met schrik besefte hij dat hij dat geluid kende. Hij durfde de slaapkamer niet meer in. Hij wist dat zijn vader daar lag, ontbloot, met afgesneden geslacht. Hij zag een geplooide lendendoek waar bloed introk dat zich met vurige bloembladen in het weefsel uitbreidde. Toen zag hij door het bloed heen de afdruk van het gezicht van zijn vader met een gehavende huid alsof hij met doornetakken was gegeseld. Zijn vader opende zijn mond en zei, 'Die uw jeugd vernieuwt als eens arends.' Maar het klonk niet heroïek zoals hij het zijn vader zo vaak uit de bijbel had horen voorlezen, maar ongelovig en stamelend als een spottende aanklacht.

Met een kreun waarvan hij de naklank zelf nog hoorde schoot hij wakker. Hij ging op de rand van zijn bed zitten en wrong zijn voeten in zijn tennisschoenen. Daarna trok hij zijn judojas aan en liep naar de keuken. Hij deed het licht niet aan. Hij rook nog de zoete stank van de hasjiesj. Hij opende de deur en ging in de deuropening staan. De kou trok langs zijn lichaam naar binnen. Niets was er te zien van de tuin. Hij zou voor een onmetelijke afgrond kunnen staan.

3

Paul lag in bed na te denken over de tijd omdat je door de mist niet kon zien hoe laat het was. Hij had een fantasie over de tijd waarin hij iemand pochend, op een manier alsof hijzelf er al niet meer was, hoog hoorde opgeven over zijn vermogen om de juiste tijd te raden. 'Ik wandelde een keer met Paul door een duindal en toen kwam er een meeuw voorbij en hij keek naar het licht op de veren van de meeuw zoals een ander op zijn horloge kijkt en hij zei, "Het is al zes over halfvier." Ik keek hoe laat het was en zag tot mijn verbazing dat het vijf over halfvier was. Ik zei dat tegen hem maar hij hoorde de bewondering in mijn stem niet maar dacht dat het een terechtwijzing was en antwoordde geërgerd, "Dan loopt of je horloge een minuut achter of die meeuw vloog een minuut voor."'

Hij probeerde te achterhalen wie hij dat in die fantasie over hem hoorde zeggen. Dolf of een van zijn collega's, Carla, Laura of die caissière uit de supermarkt. Hij wist zelfs niet of het een mannenstem was geweest of de stem van een vrouw. Hij vroeg zich af hoe laat het was. Misschien tien over zeven. Hij keek op de wekker. Het was vijf minuten voor halfacht. Waarschijnlijk was het licht een kwartier minder sterk dan zonder mist.

Grijnslachend deed hij de lamp naast zijn bed aan en haalde het halflege whiskyglas van OVER DE METHODE van Descartes af. In het gele omslag zat een opgezwollen cirkel van het condenswater dat gisteravond van zijn glas was gedropen. Bladerend viel zijn blik op een opmerking over de tijd. *Ook een uurwerk immers dat slechts uit veren en tandwielen bestaat, kan veel beter dan wij, met al ons inzicht, de uren tellen en de tijd meten.* Maar toen hij verder probeerde te lezen dwaalden zijn gedachten af naar Jenny, naar die droom van de afgelopen nacht. Hij hoorde het kleffe geluid weer van het geslacht van zijn vader in de pan. Hij probeerde zich haar in die nachtclub voor te stellen achter het hammondorgel in groen en rood aan en uit flakkerend licht. Als meisje was ze de trots van zijn vader geweest omdat zij de enige was die zijn muzikale aanleg had geërfd. Heel handig toccata's en fuga's van Bach op het harmonium pingelen en Ik zal U o God mijn Dank betalen, U prijzen in mijn Avondlied. Met haar hete broekje op de roodfluwelen bekleding van het orgelkrukje. Maar als zijn vader niet in de buurt was hoorde je ineens Honeysuckle Rose of South of the Border uit dat plechtige wandmeubel deinen. Zij was ook de enige geweest die ertussenuit geknepen was. Vanaf haar scheiding had ze bijna nooit meer iets van zich laten horen. Een nieuw land en een nieuw leven. Van kerkmuziek tot nachtclubdreun. Hell's Paradise.

Hij zwaaide zijn benen buiten bed, ging op de rand zitten en schoof zijn voeten in zijn tennisschoenen. Daarna stond hij op, rekte zich gemelijk uit en trok, terwijl hij naar de keuken liep, zijn judojas aan.

Hij had al een sinaasappel in zijn hand en het broodmes om hem door te snijden toen hij zich bedacht. Hij had helemaal geen trek in sinaasappelsap en geen zin om koffie te zetten. Hij pakte de Orange Cappuccino Instant Coffee van de plank en bekeek het blik. Hij had het niet gekocht om ooit te gebruiken maar omdat het zo'n mooi rood-wit-groen blok was dat zo lekker zwaar in de hand lag. In gouden letters stond erop IT'S OUR FLAVOR THAT MAKES US SPECIAL. Hij goot wat van het bruingrijze stof in een kop, liet er heet water uit de geiser op lopen en liep ermee de tuin in. In de mist werd de koffiegeur sterker. Erbovenuit rook je een kunstmatige sinaasappelgeur. Of er iemand goedkope sinaasappellimonade naast je stond te drinken. It's our flavor that makes us special. Het was zo stil dat het leek of je doof was. Niets bewoog. Het water in de vijver leek te dampen door de mist die erboven hing. De laurierboom was behangen met beparelde vlerkjes van rag, dakpansgewijs, alsof een kluwen fladderende zilveren kolibries op dat stammetje verstard was tot een te verfijnde kerstdecoratie.

Langs de vijver en de schuur liep hij naar het linkerzijpad, schuifelend over het glibberige met dorre bladeren belegde mos, met zijn ene hand zijn judojas dichthoudend en in de andere de dampende kop koffie. Soepel boog hij onder een web door dat over de volle breedte van het pad gespannen zat. De geometrie van de kruisspin. In ijl glasdraad uitgevoerde trapeziums en parallellogrammen.

Hij dacht aan het verhaal dat zijn vader vroeger van tijd tot tijd vertelde van een christenslaaf uit de romeinse tijd die gevlucht was. Hij wilde zich verschuilen in een grot en kroop, uit eerbied voor een spin in een web die voor de opening zat, voor het nietigste schepsel van God, plat op zijn buik over de grond onder die luchtige nimbus door naar binnen. Meteen werd hij beloond voor zijn milieubewustheid want toen zijn achtervolgers bij de grot kwamen zeiden ze dat die slaaf daar niet naar binnen kon zijn gegaan omdat anders het spinneweb vernietigd zou zijn.

Achter in de tuin ging hij op de boomstronk zitten. Waarschijnlijk was hij de enige mens die in een judojas met alleen maar een hemd eronder eind oktober in de mist buiten zat.

Hij zag Carla met dat afschrikwekkende maskertje rechtop in bed zitten nadat ze voor dag en dauw was gewassen. Ze zou wel razend zijn dat het zo hardhandig en lomp gedaan werd zoals altijd in ziekenhuizen. Vernederend, met gespetter op je laken, zodat als je weer onder de dekens kroop je het gevoel had of je in een pisbed lag. Hij hoorde de kokmeeuwen voor de ramen krijsen en zag haar wrevelig kijken naar die onberedeneerde homp slap vlees in het bed naast haar. Hij hoorde haar zinnen zeggen uit die woedende brief aan haar vriendin. 'Ik begreep er geen reet van. Je had me het hele gelul hierboven bespaard.' Ze herhaalde het steeds. Haar bewegende bovenlip die haar snotgootje deed omkrullen. Hij werd er geil van maar het was net of het niet tot zijn onderlichaam door kon dringen.

Hij dronk zijn koffie op en liep nog even over de krakende takken met bleekroze denneroest tussen de vlieren rond, kijkend naar die zwammenwereld. Iedere dag smolten er weg en kwamen er nieuwe bij. Onder de sponzige humus moest het een netwerk van zwamvlokken zijn.

Toen hij met zijn hoofd tegen een tak stootte trilden de judasoren. Hij kneep zacht in een. Koud en toch levend. Ineens hield hij zijn lege koffiekop eronder en sloeg dat gelatineachtige ding erin terwijl hij mompelde, 'Doet dit tot mijn gedachtenis.' Plechtig liep hij met de kop voor zich uit alsof die kon overlopen naar binnen en zette hem zonder erin te kijken op het aanrecht.

In de douche draaide hij, nadat hij zich met overvloedig schuim gewassen had, de warme kraan uit en zette de koude kraan zo hard mogelijk. Toen stapte hij eronder.

De hersens laten uitschakelen, dacht hij. De verdoving en de wedergeboorte. Zwemmen in zee vroeg in het voorjaar. De zomervakantie aan zee toen hij Laura meegenomen had om haar van die rotzooi af te helpen. Toen hij ook die doodshoofdvlinder in het aardappelveld achter de duinen gevonden had. Ze zat de hele dag naar de golven te staren als een aangespoelde zeemeermin. Naar de schelpen die door de vloed aangevoerd werden en waar het water weer door terugstroomde met zangerig getinkel. Je zag al die schelpen tussen het bruisende vloeibare zand buitelen alsof er kopergeld in zee gestrooid werd. Ze was er niet bij weg te slaan. Ze zei dat ze er net zo high van werd als van heroïne. Ze had toch weer aan die rotzooi weten te komen. Daarom wilde ze niet de zee in met hem.

Hij droogde zich vinnig af en besteedde geen aandacht aan het kleine paarse plekje op de binnenkant van zijn dij waar een paar maanden geleden een spataderachtige bloeduitstorting was begonnen en die ineens gestopt was. Zonder dat halfnarcistische gezeur kleedde hij zich aan, stak een sigaret op en ging naar buiten. Midden op het bruggetje bleef hij zijn sigaret op staan roken. Hij gooide de peuk in de sloot en liep naar zijn auto.

Star staarde hij door de mist naar de rijbaanmarkering en de mistlampen van de auto's voor hem. De vochtige kou van de zitting kwam door zijn kleren heen.

Er passeerde een vrachtwagen waarop stond HORIZONTAAL EN VERTICAAL VERVOER. Noortman – Weesperzijde 118.

Het was of de doodkist van zijn vader voor hem in de mist verdween, wanstaltig vrachtwagengroot. De gevallen god. Een lijk van twintig meter. Als die vrachtwagen plotseling zou moeten remmen zou hij zo dat bedorven vlees binnenrijden.

Die keer tijdens de wandeling in het park dat zijn moeder op knappen stond. Een blozend gefluister met zijn vader. Ze zal wel weer zo'n trappelend mormel boven haar blaas gehad hebben. Alle kinderen moesten doorlopen zonder om te kijken. Paul zag nog net de blauw-witte nopjesjapon van zijn moeder tussen de struiken verdwijnen terwijl zijn vader met zijn rug naar dat bewegende struweel op wacht ging staan. Plotseling kwam er een man aangewandeld. De vredige zomeravondzon leek als zalf op zijn gezicht te zitten. Verstrooid liep hij langs die sliert kinderen. Maar plotseling stond hij tegenover die man die hem met gespreide armen de weg versperde.

'So loving to my mother, That he might not beteem the winds of heaven, Visit her face too roughly,' mompelde hij glimlachend.

Hij haalde het pakje Tigra uit het dashboardkastje en stak een sigaret op.

Bij het kerkhof stopte hij en stapte uit. Toen hij het hek

binnenging hoorde hij schrammend en gierend een motorzaag. In de houtsingel was de doodgraver bomen aan het rooien.

Tussen de grafstenen door liep Paul naar de berg aarde naast het voor zijn vader gedolven graf. Er kwam een cyperse kater om zijn broekspijpen slijpen. De berg aarde was afgeplat. Met zijn voet woelde hij erdoorheen. Er was geen stukje bot meer te bekennen. Het leek wel of het gezeefd was. Het was zo fijn als gemalen nootmuskaat.

De doodgraver gooide de motorzaag uit, legde hem op een grafzerk en kwam naar hem toe. Een jonge man met een slordige snor en baard alsof hij gulzig van een bord met haar had zitten happen.

Paul maakte hem een compliment over de grafkuil. Dat hij die zo feilloos met zijn schep in de aarde had uitgestoken. Hij knikte zelfverzekerd en vroeg of Paul familie was.

'De oudste zoon,' zei hij.

De doodgraver knikte en sloeg het zaagsel van zijn kleren en zei, 'Het is moeilijk werken hier, want als zo'n boom op een grafsteen komt krijg je onherroepelijk brokken. Het is hier echt opletten en kijken hoe je moet zagen.' Hij boog voorover en keek in de grafkuil.

De witte spikkels van de doorgesneden wortels van de heg waren bruin verkleurd als het vruchtvlees van een doormidden gesneden appel.

Terwijl Paul bukte en de cyperse kater aanhaalde, vroeg hij, 'Heeft de begrafenisondernemer nog contact met u gehad over de stoffelijke resten van mijn broer en zusje?'

'Die had het over een beenderkistje,' zei de doodgraver. 'Maar waarom zou je botten die al die tijd in de aarde hebben gezeten weer opgedoft in zo'n kistje gaan stoppen.

Het is een graf voor drie eigenlijk. Als uw vader er vrijdag bij komt zou het praktisch gesproken vol geweest zijn. Maar uw moeder schijnt gedacht te hebben, ik moet erbij. Daarom heb ik die botten gewoon een gaatje laten zakken.'

Paul dacht aan de Prediker. Eer dan het zilveren koord ontketend wordt, en de gulden schaal in stukken gestoten wordt, en de kruik aan de springader gebroken wordt, en het rad aan de bornput in stukken gestoten wordt. Met een droog krakend geluid zag hij een roestige schep een schedel de aarde in stampen. Hij zag het gezicht van zijn broer zo duidelijk voor zich dat hij aan zijn huid kon zien dat het winter was. Terwijl hij de kater bleef strelen vroeg hij of er een schedel gevonden was.

'Een schedel kan je wel vinden,' zei de doodgraver aarzelend.

'Hebt u hem gevonden,' vroeg hij en keek de doodgraver van onderaf aan.

Met zijn rustige grijze ogen keek de doodgraver hem aan en terwijl hij naar hem bleef kijken zei hij langzaam, 'Die heb ik wel gevonden. Die heb ik dus gevonden in de aarde. Die heb ik eruit gehaald en een gaatje dieper gestopt.'

Paul boog zich over de kater heen en zag dat er tranen op de pels vielen. Hij wreef ze erin en kwam overeind.

Hij wist dat hij die schedel zou herkennen aan de voortanden van zijn broer. Gelijkmatig en sterk, met een klein beetje ruimte ertussen. Hij had die schedel wel willen laten opgraven om te zien of het werkelijk waar was. Zo sterk had hij het gevoel dat zijn broer altijd in hem was blijven leven. Hij hoorde de stem van zijn vader, bestraffend en profetisch, 'Wat zoekt gij de levenden bij de doden.' En hij zag de onsterfelijke goudvis, die zo genoemd werd omdat hij een keer met het groezelige water van het aquarium door de afvoer gespoeld was en weken later verbleekt maar nog springlevend uit het putje was gehaald, bekjes zand van de bodem van het aquarium nemen en ze iedere keer als een wolkje uitspugen.

Toen de kater langs het been van de doodgraver streek stak hij zijn bemodderde laars onder de buik en lichtte hem een paar keer voorzichtig verend op.

'We gaan weer aan het werk,' zei hij en slenterde naar zijn zaag.

Met zijn springerige haardos zag Paul hem door de mist dolen, de kater lenig achter hem aan. Even later hoorde hij de zaag. Gierend metalig klonk het als de vleessnijmachine vroeger in de winkel als hij door een zeen in de ham ging. Als kind de angst dat ze bij je voetzolen zouden beginnen.

Hij passeerde het kanaal en zag vaag het wateroppervlak en de grijze kanten met rietkragen die oplosten in niets. Het chinese perspectief.

Die leefnetten vol vis. Gebogen in de ronding van het net. De kromming van de doodsstrijd. Het lichaamsslijm. Bij brasem komt er vaak bloed tussen de schubben vandaan als ze lang uit het water zijn. Het fladderige vel als de schubben eraf gekrabd waren. Versleten kunstleer waar de kat zijn nagels op gescherpt heeft. In het visseizoen zaten er altijd dofglinsterende doorzichtige schilfers op de mouwen van zijn viskleding.

Voor het ouderlijk huis stond alleen de auto van Anna. In de gang kwam hij haar tegen. Haar gezicht stond strak, de rimpeltjes leken barstjes in oud droog hout.

'Wat ben jij vroeg,' zei ze. 'Alleen Karel is er al maar die is broodjes aan het halen. Ik wilde juist even rustig de rouw-kaarten gaan schrijven.'

'Hoe gaat het met moeder?'

'Die zit maar steeds voor zich uit te staren zonder iets te zeggen. En als ze iets zegt zijn het psalmregels waarvan ze zich afvraagt of die het waren die vader het laatst gezegd heeft. Maar ze heeft het gewoon niet kunnen horen. Weet je wat het met haar is? Ze kan niet huilen. Ze ziet er zo hardvochtig uit. Er is nog geen traan naar beneden geko-men, Paul.'

'Gisteren heeft ze gehuild. Toen Dolf en ik met haar bij de kist stonden. Hij maakte een grapje en toen moest ze huilen.'

'Die gaat echt te ver,' zei ze vinnig. 'Een begrafenis is geen bruiloft. Dat schijnt hij te vergeten. Ook als hij met jou bij vader is. Miep zei gisteren nog, het lijkt wel of hij een voorstelling aan het geven is.'

Met haar hoofd wrevelig rechtop liep ze door naar de keuken om koffie te gaan inschenken, hij ging de kamer in.

Zijn moeder keek niet op toen hij binnenkwam. Ze zat in het licht van de schemerlamp door de opening tussen de dichtgeschoven overgordijnen naar de strook beslagen raam te kijken. Op een stoel lagen een kussen en een paar wollen dekens. Miep had vannacht op de bank geslapen.

Hij vroeg zich af of ze 's nachts wel eens naar hem ging kijken. Of dat die dochters van haar, die bij toerbeurt in het ouderlijk huis sliepen, haar dat beletten. Hij had ze onder elkaar horen zeggen dat moeder niet alleen met vader thuis moest blijven. Dat ze dan misschien gek ging doen. Wat in godsnaam? De waanzin om een lichaam dat stijf en stom blijft?

De kandelaar was van het harmonium op tafel gezet, de kaarsen flakkerden even toen hij de deur achter zich dicht-deed. Ervoor lagen stapels enveloppen en kaarten met een grijze rouwrand en een lijst met namen en adressen.

Pas toen hij zich over zijn moeder heen boog om haar een zoen te geven zag ze hem.

'Hoe ben jij binnengekomen, Paul,' vroeg ze verwon-derd.

'De deur staat toch aan,' zei hij en hij vroeg zich meteen af waarvoor dat was. Uit praktische overwegingen voor al dat bezoek of uit bijgeloof. Dat de ziel het lichaam kan verlaten en naar buiten gaan. Opgeruimd staat netjes. Maar de geest waait waarheen hij wil.

Hij knuffelde zijn moeder even maar ze gaf niet mee. Ze voelde kil en onverzettelijk aan. Hij dacht dat zijn buiten-luchtgezicht minder koud was dan het hare.

'Waar is Anna,' vroeg ze.

'Koffie aan het inschenken!'

'Wat zeg je,' vroeg ze met haar hand achter haar oor. Toen keek ze naar de deur en zei met een verborgen sluwe uitdrukking om haar mond, 'Kan jij me even zo'n kaart van tafel geven, Paul?'

Hij liep naar de tafel en pakte een rouwkaart van de stapel. Hij zag het meteen. INGEGAAN TOT HET FEEST VAN ZIJN HEER. Hij bleef ermee staan en keek naar de trouwfoto van zijn ouders alsof hij er iets bijzonders aan ontdekte. Maar ze bleef geduldig zitten, haar arm naar hem uitge-strekt.

Ik moet haar een vraag stellen, dacht hij. Iets dat haar overrompelt. Maar er kwam niets anders in hem op dan, 'Moeder, tot aan welke leeftijd kan je met een man... hij kon niet zeggen, naar bed gaan... tot welke leeftijd kan je met een man leven?' Maar hij wist op voorhand al dat ze weer net zou doen of ze het niet hoorde of niet begreep. 'Tot aan zijn laatste snik,' zou ze zeker zeggen. Hij keek naar haar gezicht. Hij zag dat ze die kaarten toch al gelezen had. Met een berustend gebaar stak hij de kaart tussen haar vingers. Ze keek er even naar en schudde haar hoofd, koppig en triest.

'Heb jij gelezen wat daar staat, Paul?'

'Dat zijn toch de rouwkaarten,' zei hij luid.

'Dat zijn de rouwkaarten, dat zie ik ook. Maar heb jij gelezen wat daar staat?'

Hij knikte en liep naar de deur om die voor Anna open te doen. Toen ze de koffie voor zijn moeder neerzette hield ze meteen de kaart voor Anna op.

'Nou geeft Paul me zo'n kaart en kijk eens wat erop staat. Ingegaan tot het feest van Zijn Heer. Dat was niets voor je vader, dat heb ik al verschillende malen gezegd. En nou lees ik het hier toch.' Ze schudde haar hoofd en keek Anna haatdragend aan. 'Hier, ga jij maar verder met schrijven,' zei ze kwaadaardig en wierp de kaart op het dienblad.

'Zal ik jouw koffie hier neerzetten, Paul,' vroeg Anna gemaakt opgewekt, maar toen hij was gaan zitten siste ze hem zachtjes toe, 'Moest je de boel weer opstangen.'

'Ze vroeg erom,' mompelde hij. 'Ik heb nog geprobeerd hem uit haar handen te houden. Maar volgens mij had ze het toch al gelezen.'

'Dat kan bijna niet. Ze waren net aangekomen. Dan zou ze meteen opgesprongen moeten zijn toen ik de kamer uitging en erna weer in die treurhouding zijn gaan zitten. Dat mag je bijna niet aannemen.'

Ze nam een slok van haar koffie en begon gedecideerd de adressen op de rouwenveloppen te schrijven.

'Maar met haar weet je het nooit,' zei ze zacht. 'Je denkt dat ze helemaal afwezig is, maar ze houdt alles en iedereen in de gaten. Toen ik vanmorgen kwam om Miep af te lossen en even bij vader binnenwipte stak ze meteen haar hoofd om de hoek van de deur. Ik kan geen moment alleen met hem zijn.'

'Wie heeft dat beslist, van die tekst?'

'Wij met elkaar, Paul,' zei ze kortaf. 'We hebben Dolf en jou ook nog proberen te bereiken.'

'Jullie hadden dat nooit zonder toestemming van moeder moeten doen.'

'Iedereen vond die tekst hopeloos ouderwets, Paul. Zoiets lees je nooit meer. En moeder is gewoon onbereikbaar. Als ik wat aan haar vraag zegt ze alleen dat ze het nog steeds niet kan geloven, dat het net een droom is. Nou, dat vinden we allemaal.'

In één teug, zonder te proeven, dronk hij de koffie op en liep naar de deur.

'Waar ga je naar toe, Paul,' vroeg zijn moeder.

'Ik ga even bij vader kijken, gaat u mee?'

Ze schudde haar hoofd en staarde wrokkig en weerloos naar de strook beslagen raam.

'Ze gaat alleen als ik ga,' zei Anna zacht voor zichzelf heen.

Hij rook de openstaande fles eau de cologne. De slaapkamergeur van vroeger, vertrouwd en verstikkend. Aan de kaarsen zag je het pas. In het weinige licht leken de rozen zwart, de bladeren zwarter.

Hij liep naar het hoofdeinde van de kist en schrok. Het gezicht van zijn vader was monsterlijk vervormd. Zijn rechteroog zat in elkaar gedrukt en de onderkant van zijn gezicht was scheef uitgerekt met een mond die zwakzinnig leek te lachen. Toen zag hij dat er een plasje vocht op het glazen deksel lag dat die walgelijke vervormingen veroorzaakte. Precies boven zijn gezicht. Het moesten tranen van Anna zijn. Het leek wel of er een hand water op uitgesprenkeld lag.

Hij pakte een papieren zakdoek en depte het op, maar hij had een tweede nodig om het glas droog te krijgen. Toen zag hij het gezicht van zijn vader weer in al zijn statige rust. Het was niet veranderd. Alleen was het net of hij weer kleur gekregen had.

Als iemand vlak voor zijn dood nog gegeten heeft blijft het lijk langer goed, dacht hij. Omdat de cellen dan verzadigd zijn. Bij veel doden moeten ze de kist al na de eerste dag sluiten omdat het niet meer om aan te zien is. Het vlees van de wangen zakt naar beneden en de mond wordt onherkenbaar vervormd zodat er een onbekende met niet al te vrolijke gelaatstrekken in de kist ligt. Een kwelduivel die door je dromen gaat spoken met zijn gruwelijke mimiek. Maar hij heeft zo ascetisch geleefd. Er zit geen druppel vet onder dat masker. De spieren van zijn gezicht zijn pezig van het psalmzingen.

Ineens zag hij dat er een takje hulst op het voeteneinde van de kist op de zwarte schouderdoek van zijn moeder lag. Het voelde dor en droog aan. De verzenen tegen de prikkels slaan. Door de stekels werd je tegengehouden om het leerachtige sappige blad te voelen. Er zaten niet veel bessen aan.

In het voorjaar wist hij al of het een goed hulstjaar zou worden, dacht hij. Dan keek hij naar de onooglijke bloemetjes in het warrige hulstbos achter in de tuin, dat verstarde brandende braambos waar tegen de winter wat rode vonken in gingen gloeien. Als er vogels van de bessen wilden eten joeg hij ze weg. Een dag voor kerstfeest kwam hij met een handvol takjes binnen die hij zorgvuldig met zijn zakschaartje had afgeknipt en stak achter de lijsten om de foto's van familieleden die in de kamer hingen een paar van die onnatuurlijk gave glanzend groene blaadjes met vuurrode kralen.

Paul hoorde de glazen tochtdeur slaan en dacht dat het Dolf was. Hij liep naar de deur en toen hij die opendeed stond Karel erachter, die zo schrok van zijn plotselinge verschijnen op de drempel van die dodenkamer dat de kleur uit zijn wangen wegschoot. Een plastic zak met kadetjes en een paar zakken met vleeswaren vielen uit zijn handen op de grond. Hij knipperde een paar keer met zijn ogen. Toen bukte hij als in trance om de boodschappen op te rapen.

'Ik wist niet dat jij daar was,' zei hij ijzig beheerst. 'Ik stond juist even aan vader te denken.' Terwijl hij naar de keuken liep zei hij alweer belerend, 'We hebben afgesproken dat we bij toerbeurt zullen zorgen dat er iets is om de inwendige mens te versterken, Paul. Zou jij dat voor morgen op je willen nemen. Zo'n twintig broodjes en beleg ervoor.'

Paul zei dat hij dat zou doen en liep achter hem aan de keuken in.

Karel legde de kadetjes en vleeswaren op de broodplank op het aanrecht en trok de la open waar hij de broodzaag en

136

een mes uithaalde. Het waren nog dezelfde van veertig jaar geleden. Alleen was het namaak-ivoren heft van de brood-zaag zo geel geworden als de tanden van een oude ijsbeer.

Karel sneed de broodjes met precisie door en smeerde ze met een zuinige schraap. Daarna legde hij op ieder kadetje één plakje ham en klapte ze dicht. Zijn handen trilden niet, maar Paul wist dat hij nog nooit zo geschrokken was van zijn leven.

Hoe bemind de doden ook zijn, als ze zouden terugko-men uit die met een glasplaat afgesloten kist zouden het afschrikwekkende demonen zijn die je zouden doen ver-stenen van schrik. De dood is een grens die je maar in één richting mag overschrijden. De dag der opstanding moet tot in der eeuwigheid uitgesteld worden.

'Die messen ken jij ook nog wel van vroeger,' zei hij.

'Jazeker,' zei Karel afgepast.

'Ik dacht alleen dat het handvat van de broodzaag een beetje los was gaan zitten.'

'Dat heb ik nog niet zo lang geleden voor ze vastgezet met wat kit,' zei Karel. 'De wegwerpmaatschappij is ge-lukkig nooit in dit huis doorgedrongen.'

Paul bleef even naar dat strenge sobere gezicht staan kijken en vroeg zich af of die opmerking nou op zijn schei-ding sloeg die Karel hem op zo'n zwijgzame manier kwa-lijk was blijven nemen. Altijd als hij naar Laura vroeg klonk dat verwijt erin door. Zeker omdat hij tegen zijn dochter, toen haar nichtje niet meer op kwam dagen op de verjaardagen van opa en oma, had moeten vertellen wat daarvan de reden was. Dat hij haar niet kon beschermen tegen de woeste werkelijkheid van het leven als zijn collec-tie bonsaiboompjes.

'Wij zijn eigenlijk de twee meest uiteenlopende karak-
ters van onze familie,' zei hij een beetje gemoedelijk tegen
Karel. 'Ik laat alles maar aan groeien en jij beknot alles.'

Karel dacht even na, keek toen kritisch naar het onge-
schoren gezicht van Paul en zei met een zuinige mond, 'Dat
ben ik wel met je eens. Alleen laat ik de formulering voor
jouw rekening. Want je zou ook kunnen zeggen dat jij
gods water maar over gods akker laat lopen en dat ik de
natuur probeer te vormen.'

'Ik dacht dat jullie bonsai-kwekers altijd een harnas van
ijzerdraad om de takjes deden om het gewenste resultaat te
krijgen.'

Hij lachte even schamper en zei, 'De bedrading, bedoel
je. Daar wordt geen ijzerdraad voor gebruikt hoor, maar
soepel koperdraad. En soms doe je er nog vloeipapier onder om de bast niet te beschadigen. En dat is heus geen
dwingelandij van, die boom moet en zal die of die vorm
krijgen. Je gaat uit van het karakter van de boom. Het is
filosofie. Bij miniatuurbomen wordt de strijd tegen de
natuur uitgebeeld. Ik heb op 't ogenblik zo'n klein appel-
boompje daar zitten elf van zulke appeltjes aan...'

Hij stopte ineens alsof hij zijn ontroering niet wilde laten
merken en legde voor zijn doen vrij wild de broodjes op de
schaal.

Paul liep naar de keukendeur en keek de mist in en zweeg
een hele tijd. Toen zei hij, 'Ik ben bij het graf van Hugo
geweest.'

'Zo,' hoorde hij Karel achter zich zeggen.

'Ik heb een stukje gebeente van hem gevonden,' zei hij
en draaide zich om.

Karel knikte en schraapte een beetje boter van zijn duim

en streek dat aan de rand van de botervloot.

'Wat herinner jij je nou nog van Hugo,' vroeg Paul.

'Ik was toen pas acht of negen. Een paar weken voor zijn dood stond hij in de open deur en spuugde net naar buiten toen ik langskwam. Toen zei ik, 'Hugo, spugo.' Hoe ik het durfde bij mijn grote broer weet ik nog niet. Het ontsnapte me zomaar. Hij kwam me achterna en gaf me een ongenadig harde trap tegen mijn achterwerk. Dat heb ik hem nooit vergeven. Toen hij doodging dacht ik, "Dat komt ervan." Het vreemde is, dat ik er nog net zo over denk.' Hij keek Paul even onbewogen aan en vroeg toen, 'Heb je al gehoord dat Jenny gebeld heeft uit Amerika dat ze komt.'

'Schiphol zit potdicht,' zei Paul.

'Die mist zal niet tot in der eeuwigheid duren. Anders wijken ze wel uit naar Brussel.'

Hij legde de broodjes op de schaal nog even zo dat ham en kaas duidelijk gescheiden waren en zei, voor hij ermee de keuken uitliep, 'Jij wil er zeker nog geen een, hè.'

Over het stenen plaatsje liep Paul de tuin in. Het leek wel of er wat wind stond. Er zat golving in de mist en de bloeiaar van de naald van Cleopatra bewoog statig heen en weer. Hij slenterde langs de border met dahlia's. Ze waren glazig aan het verdruipen. Verraderlijke roestplekken in die onttakelde pronkstukken. Je zou ze als een spons kunnen uitwringen. Het slijmerig edik van de vergankelijkheid. Ertussen was de aarde regelmatig aangeharkt. Je kon zien aan de sporen van de tanden dat het een poos geleden was. Misschien was het het laatste dat hij gedaan had.

Van achter uit de tuin keek hij naar het huis. Het raam van de dodenkamer. Je moest weten wat voor gruwelijke inhoud het had, anders was het gewoon een huis in de mist als ieder ander. Hij kon zich niet losmaken van de gedachte dat er door die iets donkerder rechthoek van dat raam naar hem gekeken werd. Hij liep naar de oude hulstboom. De duisternis binnenin werd aan het oog onttrokken door glinsterend spinrag dat als weefsel overal tussen zat. Hij keek of hij de plaats zag waar dat takje dat op het voeteneinde van de kist lag, afgeknipt was. Hij kon het niet ontdekken. Nergens was dat rag beschadigd. Het moest gisteren al gebeurd zijn.

Voor hij terugliep bleef hij bij de bloeiaar staan. Een machtig dor gewas in de mist, bleek als gebeente. De zaadbolletjes glommen van het vocht. Een vredig gevoel kwam over hem dat zijn vader die zilverroze bloesemstaf nog een paar zomers had zien bloeien. Hij dacht er ineens aan dat hij die zeesterachtige knol uit zou moeten graven en op het graf van zijn vader zetten. Hij zag die bloeiaar omhoogschieten door de wolken naar de stratosfeer en met zijn top het sterrengruis bij elkaar vegen. Hij dacht weer aan wat hij bij Wittgenstein had gelezen. Hallucinations must be the exception.

Om het warm te houden had Anna zijn tweede kop koffie op de kachel gezet. Er zat een donkerbruin vel op dat middelpuntvliedend met kleine plooien strak trok. Hij pakte het tussen duim en wijsvinger, liet het uitdruipen en stak het vlerkje in zijn mond. Een geconcentreerde koffiesmaak in rul vel verpakt.

Karel, die naast Anna aan tafel zat en haar hielp de rouwkaarten in de enveloppen te doen en er postzegels op te plakken, keek hem even met een lichte samentrekking van zijn mond aan.

'Als je een broodje wil,' zei Anna.

'Straks,' zei Paul en pakte de koffie van de kachel, maar het schoteltje was zo heet dat hij het een beetje abrupt voor zijn moeder op de lage tafel neer moest zetten. Ze schrok even op en keek hem toen verwonderd aan.

'Ik heb al voor de tweede keer koffie gehad, hoor Paul,' zei ze.

'Ik kom mijn koffie even bij u opdrinken, moeder,' zei hij en ging op de wip op de statige stoel van zijn vader zitten. Hij voelde dat hij dat niet alleen deed uit angst voor de kou die uit de rugleuning in zijn lichaam door zou kunnen dringen maar ook omdat er een schilfertje roos in zijn haar terecht zou kunnen komen.

'Ben jij bij vader geweest, Paul,' vroeg zijn moeder terwijl ze afwezig door het stuk beslagen raam bleef staren.

'Ja moeder, ik ben bij vader geweest.'

'Wat ligt hij er rustig bij, hè Paul. Het is net of hij slaapt.'

'Vader heeft er nog nooit zo vredig uitgezien, moeder.'

'Dat hoor ik ook niet voor de eerste keer,' zei Karel zacht.

'Je kan zien dat hij helemaal geen strijd gehad heeft, hè Paul. Als ik dan aan zijn broer denk. Vreselijk was dat. Dat zal ik van mijn leven niet vergeten. Het was net of de duivel in de kist lag.'

'Kunt u die oom Hendrik er niet eens buiten laten, moeder,' zei Anna bits.

'Wat zeg je,' vroeg zijn moeder met haar hand achter haar oor.

'Ja, het is goed hoor,' zei ze. Toen riep ze, 'Ik vroeg of u nog koffie wilt!'

Zijn moeder bleef haar onbewogen zitten aankijken tot Anna haar ogen neersloeg en verder ging met de kaarten in de enveloppen te doen.

Terwijl Paul naar de fruitschaal op het dressoir keek waar een paar peren op lagen, zag hij zijn moeder in een wijd spijkerpak voorovergebogen op een racefiets de puy de Dôme beklimmen. Ze ging op de pedalen staan en staarde in uiterste concentratie naar het doel in de nevelige verte. Toen zag hij ineens dat ze bij iedere meter die ze moeizaam omhoogklom haar jeugd herwon. Het was of het oude grijze vlees met het zweet van haar gezicht stroomde. Tot ze op de top boven de wolken als jong meisje als eerste door de finish ging. Toen ze de gele trui aangetrokken had, die in de namiddagzon als goud glinsterde, en ze haar blonde haren voor haar gezicht vandaan streek, zag hij dat ze sprekend leek op zichzelf als bruid op de trouwfoto. Op de trui stond een reclametekst die hij niet kon lezen. Ineens zag hij dat ze achter aan haar fiets een kistachtig karretje had op fietswielen. Met een kloppende keel liep hij erheen. Zijn moeder lag erin in haar gebloemde mouwschort, oud en afgeleefd. Verwrongen en verstijfd in een verschrikkelijke doodsstrijd.

Snel pakte hij zijn koffie en begon als een bezetene te roeren terwijl hij naar de nar op de laatste doos Hofnarsigaren van zijn vader staarde.

Toen Dolf kwam ging hij de kamer uit en liep achter hem aan de slaapkamer in. Dolf raakte even het takje hulst aan.

'Dat maakt hij ook niet meer mee,' zei hij. 'Kan je je dat kerstlantaarntje nog herinneren dat hij in elkaar geknutseld had. Figuurzaagwerk met gekleurd glas erachter. Een papegaai, een molen in de sneeuw, een kerkje, ook onder de sneeuw... maar die vierde kant, wat stond daar nou op? Dat vraag ik me wel vaker af. Toch zie ik dat geval duidelijk in de erker hangen. Zo kritisch als je als kind al bent. Want ik zag het een keer in de schuur liggen en toen dacht ik, dat is ook niet helemaal goed doordacht vakwerk.'

Plotseling keek hij met afkeer naar de bos rozen in de kristallen vaas, toen boog hij over de kist en keek naar de roos op het lichaam van zijn vader.

'Die rozen gaan niet eens helemaal open. Ze beginnen nu al te hangen. En die roos in de kist ziet er perfect uit. Of hij nog aan de struik zit. Misschien houden bloemen alleen nog maar van dode mensen.'

Dolf liep naar het hoofdeinde van de kist en keek naar dat gezicht dat ondergedompeld leek in een afgronddiepe slaap.

'Weet je wat me zo meevalt,' zei hij opgewekt. 'Dat zijn gezicht zo goed blijft. Het lijkt wel of die meiden hem van tijd tot tijd met Tintje Zacht behandelen. Als je m'n schoonvader gezien had. Nog voor het kisten sprongen er al vaten en kwam er bloed uit zijn oren. Ze hebben de kist voortijdig moeten sluiten. Het was net een bedorven riblap. Lenie heeft er nu nog last van. Midden in de nacht gillend wakker worden. Daarom heb ik meteen gezegd toen ze me belden dat het zo goed als afgelopen was met vader, jij blijft thuis met de jongens. Maar zoals vader erbij ligt, daar kan je rustig een boek naast zitten lezen.'

'Dat komt omdat vader nog gegeten heeft vlak voor zijn dood,' zei Paul. 'Dan zijn de cellen verzadigd en blijf je langer goed.'

Dolf trok even met zijn mond of hij in een zure appel beet

143

en zei, 'Dan zal ik ervoor zorgen dat mijn galgemaal behoorlijk calorierijk is.' Hij ging op de rand van het bed zitten en zei fluisterend, alsof hij bang was dat het door de kist heen te horen zou zijn, 'Weet je wat nou zo vreemd is? Als jij over dat eten van hem praat dan kan ik gewoon weer razend worden. Dan zie ik dat langzame kauwen van hem voor me. Verschrikkelijk! Eerst dat zorgvuldige geprak en dan ging zo'n afgepaste hap naar binnen. Dan zat ik naar hem te kijken en hem in gedachten op te jagen. Kauwen... kauwen! Dan had ik hem wel een knal voor zijn kop kunnen geven.' Hij ging languit op bed liggen en stak zijn handen onder zijn achterhoofd alsof hij thuis op de divan lag. 'Weet je dat dit een verschrikkelijk lekker bed is,' zei hij behaaglijk zijn rug over de sprei schurkend. 'Die ouwe die wist het wel. Een beetje vering zit erin, maar niet zo veel dat je 's ochtends als een driehoek wakker wordt.'

'Als Anna of Miep binnenkomt heb je de poppen aan het dansen,' zei Paul.

'Die komen niet. Als wij hier zijn, komen die niet. Is dat je nog niet opgevallen. Wij schijnen de sfeer te ontwijden door over vader te praten zoals we deden toen hij er nog was.'

'Wij?! Jij bedoel je.'

'Toegegeven, maar jij leent me een willig oor. En dat is voor hun al erg genoeg.'

Hij sprong ineens overeind en liep de slaapkamer uit terwijl hij mompelde, 'Het wordt me hier te kil.'

Paul trok de lichaamsvorm van zijn broer uit de sprei en bleef toen nog even naar zijn vader staan kijken. Door zijn grijze gezicht heen zag hij de weerspiegeling van de kaarsvlammen in het glazen deksel. Het leek of hij zelf heel rustig opbrandde. Aandachtig keek hij naar de roos. Hij was inderdaad verder opengegaan en zag er verser uit dan de rozen in de vaas. Het leek wel of hij met zijn doornige steel in een vochtige bedding gestoken zat. Hij sloeg de schouderdoek van zijn moeder en de paardedeken op. De steel van de roos stak de grijze binnenhoes in die bijna tot halverwege het lichaam van zijn vader dichtgeritst was. De bladeren die in het donker hadden gelegen waren glanzend groen gebleven.

Zou die kille wasem beter voor een bloem zijn dan water, dacht hij.

Hij sloeg de deken en de schouderdoek terug en zag het takje hulst niet meer. Hij bukte zich en tastte over de grond. Tussen de poten van de schraag greep hij in de stekels.

De blauwe zeedistel, dacht hij.

Terwijl hij het op zijn plaats legde zag hij zichzelf weer met Hugo aan het kerstdiner, verscholen achter het kerststukje en de grote braadpan, bessen van de hulst in de vlam van een kaars houden tot er een spuitje gas uitbarstte dat de kaarsvlam blauw opzij deed sissen. En na het dessert de olie uit de schillen van de mandarijnen erin knijpen. Een klein knettervuurwerk van vlammetjes in de lucht. Een miniatuuruitstorting van de heilige geest. Toen vader het merkte keek hij ons met zijn duistere blik aan. Dat was voldoende. Waarom mocht dat godverdomme niet. Zo'n eenvoudig natuurkundig experiment. Dat beetje onderzoekingslust werd meteen in de kiem gesmoord. We moesten alvast met onze handen gevouwen klaar gaan zitten voor het gebed. Zo konden we ze tenminste niet meer misbruiken.

In de bloemenwinkel rook het of er pannen met bladaarde op een laag pitje stonden te stomen. Een man in een vaalgroene stofjas, met haar als een te streng getrimde grijze poedel, kwam van achteren uit een aangebouwde kas, handenwrijvend alsof hij verwachtte dat er een klant voor een bruidsboeket was. Toen Paul zei dat hij een rouwkrans wilde bestellen bleef de man zijn gezicht opgewekt maar het kreeg iets zalvends alsof zijn huid van binnen uit gesmeerd werd en zijn handen vielen stil als was hij van plan voor de overledene in gebed te gaan. Daarna keek hij peilend naar een paar kransen van geprepareerde bruinzwarte bladeren van de laurierkers, van die pekkransen waarmee je iemand de eeuwigheid in slingert, en vroeg zoetsappig met gedempte stem, 'Wat had u daar voor bloemetje op willen hebben?'

Paul liep naar de vazen met bloemen die opzij van de toonbank op een soort staantribune stonden.

'Wat er heel geschikt voor is dat is de alstroemeria,' zei de man. 'Dat vind ik persoonlijk een heel fijn bloemetje.'

Bedrijvig haalde hij een paar takken uit een vaas, hield ze naar Paul toe en streelde luchtig in de bloemen met zijn vingertoppen.

'Echt een rustige pasteltint die je goed kan combineren met andere bloemetjes.'

Hij bukte zich en pakte zo hier en daar wat bloemen uit een vaas weg die hij beurtelings flemend tegen de alstroemeria drukte.

'Je kan de kant opgaan van lila,' zei hij verlekkerd. 'Pasteltintjes bij elkaar. Je kan natuurlijk ook een warm tintje ertussen zetten. Het kan naar rood of crèmekleurig gaan en zelfs een combinatie van drie kleuren is erg goed.'

146

Hij keek even naar het stroeve gezicht van Paul.

'Het moet u natuurlijk zelf een beetje aanspreken,' zei hij. 'Maar die alstroemeria is een lieflijk bloemetje, er gaat rust van uit. En toch is het geen wit, er zit een roze gloed in. Het geeft echt een beetje warmte. En dan zou u als diepte-bloem dat paarsblauw kunnen nemen. Dan krijg je die lichte tinten met een donkere ondergrond.'

'Doet u er maar vijftig van die witte rozen op,' zei Paul.

De man keek hem even teleurgesteld aan als een schilder die zijn palet afgepakt wordt en stak niet zonder wrevel de bloemen terug in de vazen.

'Vijftig witte rozen,' herhaalde hij zonder geestdrift. 'Daar gaan we keurig voor zorgen. En dan zou ik u een wit lint aanraden. Nu kunt u daar een spreuk op zetten, maar je kan ook de bloemen laten spreken. De bloemen als het ware als laatste groet en als tekst de naam van degene van wie het afkomstig is. Ik zeg altijd, er moet wat rust van uitgaan. Laat de bloemen de rust geven en op het lint alleen de naam.'

'Zet u er dan maar op, Ik ben de wijnstok, gij zijt de ranken,' zei Paul.

De man fronste zijn wenkbrauwen en keek even weg in de alstroemeria's.

'Dat is een tekst uit de bijbel. Johannes 15 vers 5.'

'Dat is me duidelijk,' zei de man. 'Wilt u die tekst dan hier even opschrijven.'

Terwijl hij een kaartje en een ballpoint voor Paul neer-legde kreeg de zalvende trek om zijn mond een uitdruk-king van peinzende wrok.

Toen Paul de tekst op het kaartje geschreven had en het aan de man teruggaf, vroeg hij of die Aglukon plantenpijltjes tegen spint die in een bak op de toonbank stonden, inderdaad hielpen.

'Wat zal ik u daarvan zeggen,' zei de man afwezig, terwijl hij met halfdichtgeknepen ogen de tekst nog eens overlas. 'Als u hier zo'n jong dingetje koopt en u zet daar zo'n pijltje bij, dan zal dat zeker wel effect sorteren.'

'Ik heb thuis een metershoge dracaena die onder de spint zit.'

De man schudde zijn hoofd en zei, 'Een volgroeide dracaena die spint krijgt, daar is geen kruid voor gewassen. Dat gaat gegarandeerd door tot aan het laatste blad in de top. Al zou u er die hele voorraad pijltjes bij in de aarde steken.'

De mist was minder dik. Op de voorruit kwamen kleine spetters. Hij zette de ruitewissers aan maar moest ze steeds weer uitdoen omdat het vocht niet voldoende was om ze soepel over het glas te laten glijden. Een akelig zeemgeluid.

Hij haalde een sigaret uit het pakje Tigra, stak die op en deed de radio aan. Een statige pavane moest het opnemen tegen het slaan van de wind langs het open raam. Op de maat van de muziek zag hij zijn vader dansen met een zwartgelakt hondemasker op. Paul had hem maar één keer van zijn leven zien dansen. Op hun gouden huwelijksfeest. Met de sprietige dochter van Karel, feeëriek uitgedost in een wit jurkje met een etagerokje. Hij danste meer stijf dan statig. Als de dood op een houtsnede van Dürer. Iedereen stond er ontroerd naar te kijken. De plooien in zijn plechtige streepjesbroek bij zijn knieën als hij een stram knekelachtig bokkesprongetje maakte. Je kon zien dat er niet veel vlees meer om dat gebeente zat. En de sterke mannen zichzelven zullen krommen. En hij opstaat op de stem van het vogeltje. En de zangeressen nedergebogen zullen worden.

Toen hij een papieren zakdoek uit zijn jaszak haalde om zijn van de naar binnen spetterende mist nat geworden linkerwang droog te vegen, voelde hij de sleutels van Carla's kamer. Hij nam zich voor ze haar straks meteen terug te geven.

Met grote snelheid passeerde hem een auto met een rek jasjes achterin. Even de illusie dat er een gigantische figuur met een brede rug schrijlings achter het stuur op de voorbank zat.

Hij zag ineens het stuk aluin dat zijn vader altijd na het scheren gebruikte. Het leek niet te slinken. Alleen sleten de hoeken een beetje rond op den duur. Waar rook het naar. Zurig-bitter? Naar zeealsem? Frisheid heeft zijn eigen geur. Hoeveel van die stukjes heeft hij tijdens zijn leven verbruikt? Misschien maar een paar. Je dacht dat het glad was omdat het eruitzag als een blokje ijs. Maar het voelde stroef aan. Hij heeft een keer een beetje op mijn wang gedaan toen hij een vrolijke bui had. Je huid voelde je samentrekken. Witte uitslag als van opgedroogd zeewater. Hij had eens gelezen dat je huid ervan gelooid werd. Onvergankelijk leer. Over tweeduizend jaar. Het aluinmasker van de man van smarten. In processie meegedragen.

'Valkuil, een spel om te onthouden,' mompelde hij terwijl hij het probeerde te laten klinken zoals Dolf altijd die reclameteksten nadeed. 'Superjohn. Voor elk avontuur trekt hij een ander pak aan.'

Er passeerde hem een rood busje. In witte letters stond er

achterop DUTCH RHYTHM STEEL & SHOW BAND. Toen de auto zelf alweer onzichtbaar was kon hij de letters nog lezen. Alsof de mist zich daar verdikte tot schrift. Mene, mene, tekel upharsin.

Carla zat rechtop in bed en keek fel naar de deur met die donkere oogholten vanonder het maskertje. Ze had haar lippen gestift. Vurig rood.

De oorlogskleuren zijn alweer aangebracht, dacht hij.

Terwijl hij naar haar toe liep zag hij de kolossale vormen van de dikke vrouw onder de dekens. Gecapitonneerde steenklompen. Ze lag met haar rug naar het raam snorkend te slapen met haar duim in haar slap openhangende mond. Een kruiswoordpuzzel lag in de schaduw van dikke plooien. Het scherm om het bed van de vrouw tegenover Carla stond zo dat hij niets kon zien dan een smalle hand die doorzichtig en wit tegen de witte sprei afstak. Het leek wel of die hand van een marmeren beeld afgebroken was en in de vormeloze mouw van een nachtjapon gestoken.

Aan het voeteneind van Carla's bed bleef hij staan, glimlachte ingehouden en zei dat ze er alweer een stuk beter uitzag dan gisteren.

'Hoe zag ik er dan gisteren wel niet uit,' zei ze ijzig. 'Ik heb een rotnacht gehad. Splijtende koppijn. Van de nawerking van de narcose.'

Ze kneep even vermoeid haar ogen dicht en keek toen met haat naar die hompen in het bed naast haar.

'Toen ik eindelijk sliep maakte dat sekreet me wakker. Midden in de nacht stond ze aan die schermen te rukken. Ze miste haar man. Ze dacht dat ze thuis was en wilde naar de kamer om te kijken of hij daar was. Het had weinig gescheeld of ze had die zak met pis aan flarden getrokken.'

Hij trok de stoel naast het bed dichter naar het raam en ging zitten. In de diepte was de botanische tuin achter het ziekenhuis alweer vaag waar te nemen. Een schemering van grijsgele en bruine tinten.

'Moet je nooit werken,' vroeg ze. 'Wat doe je eigenlijk?'

'Ik ben leraar, ik geef engels,' zei hij. 'We hebben herfst-vakantie.'

'Verdomd, ik dacht wel dat je een schoolfrik was. Zo rustig als je was toen ik tegen je aan kletterde. Echt iemand die gewend is orde te houden.'

Hij lachte een beetje, haalde de sleutels uit zijn jaszak en wierp ze met een luchtige boog tussen haar handen op het laken.

'Stop die sleutels maar weer bij je,' zei ze en gooide ze terug op het voeteneinde. 'Morgen mag ik uit bed. Ik heb een jurk nodig, andere schoenen en m'n bontjas. Als je die even voor me wil halen en bij de portier afgeven. Onder in de klerenkast ligt wel ergens zo'n grote mexicaanse tas. Het hoeft niet vandaag meer. Het kan ook morgenoch-tend.'

Hij knikte en stopte de sleutels weer in zijn zak.

'Die vriendin van jou, zeg nou eens wat daar mee was,' zei hij bijna bevelend en bleef haar aankijken.

Ze haalde haar schouders op maar sloeg haar ogen niet neer.

'Ik wist niet eens dat ik dat gezegd had,' zei ze. 'Ik wist helemaal niet wat er met me aan de hand was. Ik dacht dat ik alleen maar een bloedneus had. In de ziekenwagen zei-den ze het, toen werd ik razend. Ze lieten het me zien in een spiegel.'

'En die vriendin?'

Ze knikte langzaam en nadenkend en zei, 'Die heeft zich inderdaad in haar kut gesneden. Ze had er al zo vaak mee gedreigd. Toen deed ze het echt. Ik ben haar huis uitgerend en in de auto gesprongen. Ik was razend. Ik zag niks meer. Ik reed zo hard mogelijk door de mist.'

Verkrampt balde ze haar vuisten.

'Hoe is het met haar?'

'Ik heb haar van hieruit gebeld. Ze ging meteen weer ruzie maken, dus toen wist ik dat het niet zo ernstig was als ik dacht. Ze zei dat ze genoeg watten in huis had om het bad mee te vullen en als ze wilde doodbloeden dat ze dan zou doodbloeden en dat niemand haar dat kon beletten.'

'Wat doet ze?'

'Ze is fotografe.'

'Wonen jullie samen?'

'Soms. Ik heb toch mijn eigen kamer. Iedere keer als ik een vriendje heb krijgen we ruzie. Dan denkt ze dat het komt omdat ze ook niet zo'n ding heeft waarmee ze me kan pakken. Maar dat heeft er totaal niets mee te maken. Dat wil ze niet begrijpen. Het is altijd hoogspanning tussen ons. We leven als duivelinnen. Het is gewoon verspilling van energie.'

'Ben jij lesbisch?'

'Half om half.'

'En je vriendin?'

'Die is zo lesbisch, die koopt geen onderbroekjes in de Hema omdat ze vlak bij de warme worst liggen.'

Ze begon schril te lachen en drukte met haar vingertoppen tegen de zwarte onyx.

Bonkend en woelend kwam de dikke vrouw overeind.

Genotzuchtig keek ze naar Carla en zei, 'Krijgt ze het weer.'

Toen ze Paul zag klampte ze zich met haar slaperige steekoogjes aan hem vast. In haar linkerneusgat zat een groenkleurige prop watten. Het leek wel of er een stuk snot zat te verkorsten.

'U moet weten, meneer, dat ik in de nacht van zondag op maandag een slagaderlijke neusbloeding heb gehad,' bulkte ze kwijlerig met haar tandeloze mond. 'We zaten aan tafel te zwikken. Ik had niet in mijn neus gepulkt. Dat zegt mijn man steeds. Maar dat is pertinent niet waar. Ik voelde ineens wat kriebelen. Ik moest niezen en toen spoot het zo in de blokkies kaas. Ze hebben het hier van binnen dicht moeten branden.'

Carla kokhalsde en zoog haar wangen naar binnen.

'Ga je nou alweer overgeven kind,' vroeg de dikke vrouw verlekkerd.

'Mens, hou je kop,' snauwde Carla.

De dikke vrouw schonkte zich verongelijkt met haar reusachtige kont naar hen toe. De pisbuidel aan haar bed schudde als een uier. Ze pakte de kruiswoordpuzzel, mompelde wat en draaide zich toen weer zuchtend om.

'Een boom van zeven letters, wat kan dat nou zijn. Ik ken alle bomen, maar die hebben allemaal minder. Eik, iep, beuk, els, linde. En kastanje, maar die heeft er weer acht, en het moeten er zeven zijn.'

'Esdoorn,' zei Paul toen ze hem maar bleef aankijken.

'Laat haar toch stikken,' zei Carla kwaad.

'Esdoorn,' mompelde ze schrijvend. 'Zo help je me tenminste.' Toen draaide ze zich weer om en zei bevelend, 'Een hoofdstad van acht letters. In Europa.'

Carla begon fluisterend tegen Paul te praten over het slechte eten en dat je op zo'n metalen po in bed moest zitten pissen. Terwijl je zo slap bent als een vaatdoek en je evenwicht niet kan bewaren.

'Ze zijn daar zeker doof geworden,' zei de dikke vrouw mokkend. 'Narrig zeker. Ik heb toch duidelijk om een hoofdstad van acht letters gevraagd. Ze is hem aan het opstoken. Ik hoor jullie heus wel,' schreeuwde ze ineens. 'Ze heeft de nachtzuster een stomp gegeven omdat ze niet op de pot wilde. Als ze was gaan vechten was dat masker ook kapot geweest.'

'Kop houden,' schreeuwde Carla.

'Wat een kapsones! Help me liever met het vinden van die stad, dan houd ik mijn mond vanzelf wel.'

Ineens stond Carla naast haar bed en schreed in haar nachtjapon als een furie naar de dikke vrouw, boog zich over haar heen met het masker tot vlak bij haar angstige gezicht en spoog eruit, 'Warschau!' terwijl de krullen om haar hoofd sidderden. Toen wankelde ze terug, schoof onder het laken en bleef met gesloten ogen roerloos zitten.

Met een glas bronwater liep hij de tuin in. Omdat de mist dunner was werd het vroeger donker. In de schemering was het of de afgevallen suèdeachtige blaadjes van de zilverpopulier licht afstraalden. Een patroon van bladeren in dayglow uitgevoerd. Het rook bitter. Een galnotenlucht. Hij liep naar de achterkant van de tuin en ging op het stuk boomstronk zitten.

Planten zijn een illusie, dacht hij. De grootste plant kan je met een moker in een paar minuten op een stuk steen verpulveren tot wat drabbig groen sap. Waterige schim-men die zelfs een weke slak die geen tand in zijn mond heeft kan wegvreten. Morgenochtend moet ik die bollen er even in gaan zetten. Ze liggen nu al dagenlang in die zeiknatte mist te rotten. De ontsnapping. Wat ik meteen moet doen na de begrafenis als de mist opgetrokken is. Het vliegtuig naar Londen nemen. Regelrecht naar Kew Gardens. Kan ik tot zondagmiddag rondlopen. Eruit, weg. Ineens dacht hij aan Carla en zag haar alleen met dat dikke heksachtige monstrum op die kamer liggen en hij wist dat hij hier zou blijven en op ziekenbezoek zou gaan.

Hij stak een sigaret op en bleef die een beetje suffig de mist in starend zitten oproken. Daarna dronk hij zijn glas leeg, ging naar binnen, kleedde zich uit en ging de badkamer in.

Terwijl hij onder de douche zijn haar stond te wassen en hardhandig zijn schedel met schuim masseerde voelde hij ineens weer die vervloekte pijn in zijn nek. Met zijn vingertoppen kneedde hij in zijn nekspieren maar er was geen bepaalde plaats die pijnlijk was. Het leek wel of er van binnen iets ontwricht was. Hij nam zich voor om morgenochtend naar het spreekuur van de dokter te gaan.

Hij gooide de hendel van de douche om, draaide de warme kraan uit en hield zijn lul een poos onder de kraan in het ijskouwe water.

Wielrenners doen het altijd, dacht hij. Dat die hele klotentoestand omhoogzwelt en dicht tegen hun lichaam komt te zitten zodat hun ballen niet in de vellen van hun zak over de punt van het zadel komen te zwalken.

Toen hij aangekleed was, maakte hij het bed op en verliet het huis.

Er waren niet veel andere hengstende chauffeurs. De mist had ze thuisgehouden. Love for sale. Dat had hem vroeger zoiets armoedigs geleken. Maar sinds zijn scheiding was hij eraan gewend geraakt.

Hij reed nu al voor de derde keer de Utrechtsestraat op en neer op zoek naar Liz.

Een koninkrijk voor een stijve lul, dacht hij grimmig terwijl hij over zijn kruis wreef.

Hij dacht al dat ze het door de mist af liet weten toen hij haar zag staan. Dat kordate lichaam in die korte leren jas. Haar opgestoken roodblonde haar als een mijter van vlas. De traditionele hoer.

Hij knipperde even met zijn licht en stopte bij haar. Zonder iets te zeggen stapte ze in. Toen ze wegreden haalde ze een pakje mentholfiltersigaretten uit haar tas. Hij drukte de sigareaansteker in, wachtte met zijn vingers op de knop tot hij omhoogveerde en hield die roodgloeiende cent in dat metalen kokertje voor haar op. Ze pakte even met haar lange rode nagels zijn hand vast. Het voelde aan of ze een prothese had. Een haakachtige klauw. Toen blies ze de rook tegen de voorruit. De vertrouwde geur van mentholsigaretterook en pancake. Anders kreeg hij daar in de auto al een erectie van.

'Ik zit gewoon te vernikkelen,' zei ze. 'Mag dat raam dicht.'

Hij zei dat dat moeilijk ging omdat er geen raam in zat. Dat was gebroken en hij wachtte op een nieuwe. Hij had geen zin om over die aanrijding te praten.

Bij het verkeerslicht, toen hij zat te suffen toen het op groen sprong, zei ze aanmanend, 'Groentje!'

In de hal keek ze liefdeloos naar zichzelf in de spiegel en

ging alleen maar symbolisch even met haar handen over het luchtige kapsel alsof ze het licht dat het opving en weer af leek te stralen een beetje indrukte.

Hij keek naar haar nek en voelde heimelijk in zijn kruis. Hij had net zo goed een etalagepop kunnen betasten. De stof van een gulp zonder zwelling.

In de kamer nestelde ze zich meteen met kussens in haar rug op bed. Hij pakte glazen, zette die op het tafeltje naast het bed en ging sherry en whisky uit de keuken halen. Toen hij terugkwam had ze zoals altijd de gordijnen dichtgedaan. Hijzelf dacht er nooit aan omdat er zelden iemand langs dat bijna doodlopende stuk weg kwam. En dan zat er als een scherm nog die dichtbeplante voortuin tussen en die sloot.

Terwijl hij de glazen inschonk zei hij dat zijn vader eergisteren gestorven was.

De stemmige dagen van rouw, dacht hij. Zomaar wat kletsen. Nu staan wij aan de top van de piramide. Een hoer is een moeder met een kut.

'Hoe oud was hij,' vroeg ze onbewogen.

'Zesentachtig,' zei hij en gaf haar haar glas.

'Een hele oude baas dus,' zei ze van haar sherry slurpend. 'Oude mensen die doodgaan dat doet me nou niks. Het is alleen vervelend zolang ze nog boven de grond staan.'

Ze pakte haar grote tas van namaak-slangeleer en haalde er het pakje mentholfiltersigaretten uit. Toen hij haar vuur gaf pakte ze weer even met haar lange rode nagels zijn hand vast.

Hij dronk zijn glas leeg, schopte zijn schoenen uit en ging naast haar liggen. Maar nog voor hij steunend op zijn elleboog een praathouding had kunnen aannemen, boog ze zich over hem heen met de sigaret losjes tussen haar lippen en maakte met kalme routine zijn broekriem los. Daarna ritste ze zijn gulp open. Hij bleef maar een beetje naar haar kapsel liggen kijken dat net een grote cocon was waar haar gezicht uit te voorschijn kwam. Egyptisch. De Nefertete van de aftrekkerij.

'Lui vanavond,' zei ze toen hij zijn onderlichaam omhoogboog zodat ze zijn broek en onderbroek naar beneden kon stropen. Ze woelde door zijn kruis en probeerde zijn pik overeind te krijgen maar steeds viel hij weer om als een geknakte paddestoel. Bij iedere beweging van haar hand kwam zijn schaamhaar pijnlijk tussen zijn voorhuid en eikel.

'Zo sloom hebben we hem nog nooit meegemaakt,' zei ze.

'Kleed je maar uit en kom maar tegen me aan liggen,' zei hij.

Ze stond op en drukte haar sigaret uit. Paul kleedde zich verder uit en zette de gashaard hoger. Daarna ging hij op zijn zij liggen kijken hoe ze zich zakelijk en gracieus uitkleedde, naar de paarse schaduwen over het roze vlees. Ze stroopte haar onderbroekje naar beneden en stapte eruit.

Nu krijgt de pruim ruimte, dacht hij. Dat roodblonde schaamhaar als een schaduw van donkerder vlees. Geen vrouw met een mooiere kut. Geen ons gesneden rosbief van opzij. Alles bleef binnen. Het was een mollige welving met een kerf. Het was niet te geloven dat die kut te koop was. Het leek de kut van een maagd, van een middeleeuwse madonna. En hij had kutten van maagden gezien die eruitzagen of er de hele dag de smerigst denkbare dik onder de kopkaas en de etterende zweren zittende lullen ingestoken werden. Het mysterie vrouw zeker. De glimlach van de Mona Lisa.

Ze wipte haar royale borsten uit haar bh en draaide hem met de sluiting naar voren. Even had ze die twee luchtige cups als schijnborsten onder haar schouderbladen zitten. Toen maakte ze het haakje los en gooide hem op de stoel.

'Wat gaat je maag tekeer,' zei ze toen ze naast hem lag.

'Sinds de dood van mijn vader heb ik niets meer naar binnen kunnen krijgen.'

'Vandaar dat je zo slap bent,' zei ze. Gemoedelijk schudde ze aan zijn rimpelige lul. 'Je hebt geen kracht meer over.'

'Geef me maar een beetje spuug van je,' zei hij.

Hij drukte haar gezicht aan die haarcocon boven het zijne. Toen hij een klodder tussen haar lippen vandaan zag komen deed hij zijn mond open en keek naar haar ogen die nauwkeurig mikten. Ze lagen in groene schaduwen waarover een zilveren glans aangebracht was. Hij voelde haar speeksel op zijn tong komen. Een smaak van luchtbelletjes en likken aan zilverpapier.

'Vind je het niet vreemd,' vroeg hij.

'Ze vragen er wel meer om,' zei ze moederlijk geruststellend.

'Geef me nog maar wat.'

Ze liet weer zo'n zilveren dotje tussen haar lippen vandaan kwijlen terwijl ze over zijn lichaam tastte. Ze voelde dat hij een erectie gekregen had en greep hem vast alsof ze hem vertrouwelijk een stevige hand gaf. Toen schoot ze overeind.

Hij hoorde de knip van haar tas en wat geknisper. Daarna schoof ze een condoom over zijn eikel. Meteen zakte zijn pik weer in de slurfstand. Ze gaf er een teleurgesteld klapje tegen, zuchtte en ging naast hem liggen.

Hij dacht eraan dat hij tegen haar zou zeggen dat het kwam omdat hij het ijskoude voorhoofd van zijn dode vader gezoend had en dat ze dan nuchter zou zeggen, 'Waarom doe je dat dan ook.'

Hij begon ineens verschrikkelijk te lachen en moest overeind komen om lucht te krijgen. Tranen liepen langs zijn gezicht.

'Als je erom gaat liggen lachen lukt het nooit,' zei ze.

'Het hoeft ook niet te lukken,' zei hij en veegde zijn wangen af.

Met zijn hoofd schoof hij over de welvingen van haar lichaam naar het voeteneinde van het bed. Hij stak even zijn tongpunt in haar navel en begon toen die roodbehaarde kut te zoenen en te likken.

'Wat ruikt jouw kut toch lekker.'

'Dat zeg je ook altijd. Ja daar,' zei ze hijgend.

Haar hele lichaam voelde hij onder zijn mond werken en draaien.

'Doe je billen maar omhoog,' zei hij en schoof zijn handen onder haar samenknijpende kont. In dat zachte vlees werd haar clitoris hard als een pit. Langs zijn kin voelde hij het vocht uit haar lopen. 'Vloei maar, schatje. Laat je sap maar op mijn tong stromen.'

'Godallemachtig,' zei ze hees. 'Daar ga ik.'

Ze kreunde en haar lichaam werd hard als rubber. Alsof ze een mond vol spuug inslikte kwam het klaarkomsnikje. Meteen ontspande ze zich en werden haar billen en dijen weer van week vlees. Ze bleef stil liggen, alleen haar gekromde vingertoppen gingen met de nagels heel zacht door zijn haar glijden als een grove kam.

Hij hoorde haar een sigaret opsteken en kwam naast haar liggen. Aandachtig keek hij naar haar gezicht waarvan de opwindingsblos door het beheerste inhaleren en bedachtzame uitblazen van de rook leek te verdwijnen. Op zijn tong proefde hij de zilte smaak van haar kut.

Nadat hij Liz in de Utrechtsestraat had afgezet, haalde hij een sigaret uit het pakje Tigra in het dashboardkastje, en rookte die bedachtzaam op terwijl hij bijna stapvoets weer de stad uitreed.

Altijd nam hij zich voor om als hij haar had afgezet, nog een keer langs haar standplaats te rijden of vanuit de verte te kijken of ze door een ander opgepikt werd. Maar hij had het nooit gedaan. Niets wist hij van haar af. Hoe laat ze ook bij hem wegging, hij mocht haar niet naar huis brengen. In het begin, toen hij gevraagd had hoe oud ze was, had ze gezegd, 'Dat vraag je niet aan een dame,' en was gruwelijk hard gaan lachen. Ze had alleen gezegd dat ze Liz heette en dat zou wel niet haar echte voornaam zijn.

Thuis gooide hij de asbak leeg in de wc en trok die mentholpeuken door, zette de gashaard laag en schoof de gordijnen weer open. De ramen waren beslagen. Hij zette het raam open en deed het licht uit. Toen liep hij naar het raam terug en bleef een poos de kille mistlucht uit de polder inademen. Met zijn linkervoet sloeg hij tegen zijn rechter, toen maakte hij, met zijn gestrekte armen steunend op de vensterbank, een sprongetje en sloeg in de lucht de zijkant van zijn voeten tegen elkaar. Hij deed het nog een paar keer terwijl hij luisterde naar het holle geluid van de zijkanten van zijn schoenen tegen elkaar.

'Gij vaders, tergt uwe kinderen niet opdat zij niet moe-

deloos worden,' zei hij de mist in, sloot het raam en liep
naar zijn bed.

4

Op de grens van fantasie en werkelijke planning was Paul in gedachten bezig zich van die kille kippen te ontdoen. Terwijl Liz kikkerachtig, met doorgezakte knieën en haar benen van elkaar, in die onelegante naneukwashouding met het washandje bezig was, propte hij ongemerkt de braadkuikens in haar tas van namaak-slangeleer. Maar toen hij de koelkast opendeed lagen ze er allemaal weer in terwijl hij Liz vlak bij zijn oor schel hoorde zeggen, 'Een tas is een kut. Dacht je soms dat ik niet weet wat er bij me naar binnen gaat.' Hij liep met die bleke beesten het huis uit en legde ze, voordat de man van de accuwacht kwam, onder de motorkap. Toen de man die omhoogdeed riep Paul aanmoedigend, 'Voor de eerlijke vinder!' Maar met walging maaide hij dat kille pluimvee met zijn grote hand de zanderige olieachtigheid van de motorruimte in terwijl hij verontwaardigd zei dat hij niets at dat niet geleefd had voor het geslacht werd. Ten einde raad ging hij er de supermarkt mee in en legde ze achteloos in het koelvak terug. Maar meteen klonk de stem van de winkelchef naargeestig en bestraffend door de luidsprekers, dat eens gekocht altijd gekocht was. Hij riep de caissière op om ze onmiddellijk aan hem terug te geven. Ze stond als uit de lucht gevallen naast hem, haalde steeds een halve kip uit het koelvak, rook er even aan en gooide hem daarna in zijn winkelwagentje. Ineens zag hij zichzelf ermee in het duistere sterfvertrek van zijn vader staan. Hij schoof het glazen deksel van het voeteneinde van de kist en liet ze één voor één onder de roos op zijn onderlichaam vallen, zodat niemand het zou zien als de schouderdoek van zijn moeder er weer overheen lag. Hij beleefde het zo werkelijk dat hij de kou uit de doodkist tegen zijn lichaam voelde komen.

Hij rilde, stapte uit bed, deed zijn judojas aan en liep naar het raam. Door de struiken en bomen in de voortuin heen kon hij weer tot in de polder kijken. De mist was dun geworden als een wolk poedersuiker. Hij dacht zelfs vaag koeielijven door die ragfijn getamponneerde verte te zien bewegen. Donkere vlekken die in graastempo raadselachtig vooruitschoven.

Hij stond zo afwezig te staren dat hij zonder dat hij het zich bewust was een doosje lucifers van de vensterbank gepakt had en een lucifer aangestoken. Hij stond ineens met die brandende lucifer voor zijn mond zonder dat hij er een sigaret in had. Zijn verstrooidheid schokte door hem heen door die zinloze vlam waarvan hij de hitte tegen zijn lippen voelde. Hij blies hem uit, haalde een sigaret uit het pakje op tafel en stak hem aan. Heftig, met naar binnen gezogen wangen, inhaleerde hij, blies met kracht de rook tegen het raam en liep naar de keuken.

Met de zeem veegde hij de beslagen ramen schoon. Het voorste gedeelte van de tuin had weer kleur, maar achterin was het nog vaag en grijs, alsof het daar uitgerekt was tot in het oneindige.

Hij maakte een kop instantkoffie en wilde naar de kamer gaan om zijn tennisschoenen aan te doen, maar liep ineens onverschillig op zijn blote voeten de tuin in. De ijzige kou liet hij in zijn gedachten niet verder dan zijn voetzolen komen.

Laag aan de hemel kwam de zon vaag door zilvergemarmerde wolkstructuren. De hoge sparren leken in glas gedompeld. Ertussen wolkte de mist alsof hij zich daar in het duister tussen de bomen ging terugtrekken. En dat de geest wederom tot de aarde keert. De werkelijke transsubstantiatie.

Hij vroeg zich af wat zijn vader nou gezongen had de nacht voor zijn sterven. Misschien wist zijn moeder het wel maar was het te gruwelijk om te vertellen. Een kinds oudemannenlied. Omdat de geest al tot God was teruggekeerd die hem gegeven had.

Terwijl hij met zijn blote voeten door de gele vochtige bladeren slenterde hoorde hij duidelijk alsof het vlak bij zijn oor was het trillen van de grote paarsgebloemde koffiekop van zijn vader op het schoteltje als hij het oppakte. Wanneer de wachters des huizes zullen beven. A touch of Parkinson. Hij merkte dat hij liep te klappertanden van de kou. Met vochtige ogen keek hij naar de dorre bloeistaken. De spinnewebben hingen er slap tussen in sierlijke bogen, zwaar van de waterdruppels. Welluidend vielen er druppels uit de noteboom in de vijver.

Hij huiverde en was niet meer in staat om de kou door die gedachteloosheid tegen te houden. De ijzige kilte van de onder een dun laagje bladeren bedekte kleigrond voelde hij optrekken tot aan zijn enkels.

Hij liep naar binnen, zette zijn koffiekop onder de kraan en gooide zijn peuk in het kopje op het verschrompelde judasoor. Daarna ging hij de badkamer in, schoor zich en ging toen douchen.

Op het rooster boven de afvoer zaten gele blaadjes die aan zijn voetzool gekleefd hadden gezeten. Ze waren zo intens geel dat het leek of er licht door scheen, of er een spotje in de afvoer zat. Terwijl hij ernaar keek zag hij een grote vaalwitte hond met lenige sprongen de kist van zijn vader volgen. Kwispelstaartend alsof hij blij was. Hij herkende er de hond in die hij een keer toen hij uit school kwam mee naar huis genomen had en van zijn vader weer buiten moest zetten. Met zijn kop scheef bleef hij urenlang aan de rand van het trottoir naar de winkeldeur staan kijken.

Dat vergeef ik hem nooit, dacht hij met tranen van woede in zijn ogen.

Na het douchen droogde hij zich ruw en liefdeloos af. Het weeskind in de harde wereld.

Terwijl hij zijn bed aan het opmaken was belde Karel om hem eraan te herinneren dat hij broodjes en beleg mee moest nemen. Paul zei dat dat geen moment uit zijn gedachten was geweest. Karel vertelde ook dat Jenny aangekomen was. Toen Paul vroeg hoe ze eruitzag, zei hij zuinig, 'Dat moet je zelf maar beoordelen, Paul. Daar laat ik me liever niet over uit.'

Toen hij langs de vakken met biscuits en koekjes liep zag hij dat de naam van de mousselientjes was veranderd. FON-DANT CAKE'S stond er in krullerige gouden letters op het cellofaan. Het geglaceerde laagje was ook minder roze geworden. Vleeskleuriger. Hij bukte zich en drukte erop. Ze waren weker. Er kwamen geen barstjes in het fondant. Je vingertoppen zakten erin weg alsof het smeerbaar was.

Bij de vleeswarenafdeling haalde hij zes pakken achterham uit het koelvak. Naast hem stond een oude vrouw die twee grote stukken gekookte worst in krimpfolie tegen elkaar hield.

'Is dit stuk nou groter dan dat,' vroeg ze vertrouwelijk aan Paul alsof ze met hem aan het winkelen was.

'Dat zal wel niet, op allebei staat zevenhonderdvijftig gram,' zei hij en liep snel door omdat hij allesbehalve in een Heel de mens-stemming was.

Vanuit de verte zag hij de caissière zitten. Ze leek op Carla, maar als haar verbleekte en getemde tweelingzuster. Bij haar kassa ging hij in de rij staan.

Hij zag ineens dat boven de kassa's een bord gekomen was waarop stond REGELMATIG HOUDEN WIJ TASSENCONTROLE. Er was een geopende tas bij getekend waaronder stond GELIEVE UW TAS GEOPEND TE TONEN.

Toen hij aan de beurt was en naar de caissière keek terwijl ze de prijzen van zijn boodschappen aansloeg kwam er een gevoel van wanhoop over hem omdat ze door dat beeld van Carla zo verbleekt was. Alsof je met een van je eerste meisjes naar een film met Claudette Colbert ging, en na afloop zag met wat voor gewoon wezentje je het moest doen. Alsof het gevoel van verwachting waarmee hij altijd door de supermarkt liep omdat hij uiteindelijk bij haar met z'n boodschappen terechtkwam, volkomen waardeloos en vals was geweest. Toch vroeg hij haar nog toen ze hem het wisselgeld teruggaf, hoe lang je een braadkuiken goed kon houden in de koelkast. Ze keek hem even onnozel aan vanonder die verschroeide wimpers.

'Dat moet u aan de winkelchef vragen,' zei ze kortaf en was alweer met haar aandacht bij de boodschappen van de volgende klant.

Bij de uitgang zat een vormeloos straathondje met grijze haren van ouderdom om zijn snuit, met zijn riem aan de haak in het kozijn van de etalageruit, suffig te wachten. Bij iedere klant die naar buiten kwam keek hij verwachtingsvol op. Paul sloeg hem vettig op zijn kop, haalde een zak achterham uit zijn tas en probeerde het plastic open te scheuren, wat pas met veel moeite en verslonzing van de regelmatig neergevlijde plakken lukte.

Toch handig als je zo'n wit zakmesje bij je zou hebben, dacht hij.

Hij trok voorzichtig een plak ham uit die plastic envelop en gaf die aan de hond die hem kwispelstaartend ging verslinden.

'De vader van het baasje is overleden en nou rouwen we even feestelijk samen,' zei hij zacht tegen de hond.

Hij bleef even kijken naar het schrokkerige genieten van het dier maar zorgde dat hij weg was voor de plak ham helemaal op was, want hij zou die smekende blik om meer niet kunnen weerstaan.

Bij de warme bakker haalde hij twintig broodjes en bij de inloopboekhandel kocht hij het christelijk ochtendblad, maar hij ging er pas in bladeren toen hij in de auto zat.

INGEGAAN TOT HET FEEST VAN ZIJN HEER.

Nou weet iedereen waar mijn vader gebleven is, dacht hij grimmig.

Hij keek even naar zijn naam tussen die van zijn broers en

zusters en legde de krant toen naast zich op de bank boven op de tas met broodjes en ham.

Haar schoenen en jurk deed hij in de grote van kleurig touw gevlochten mexicaanse tas en dekte die luchtig af met die armoedige bontjas. SALOME – CARNABYSTREET stond er op het merkje boven de zoom. Hij zette de tas bij de deur, stak een sigaret op en ging nog eens overal rondkijken, want hij had het gevoel dat hij hier nooit meer zou komen. Een meisjeskamer zonder meisje.

Op de plank in de klerenkast vond hij tussen oude nummers van Linea Italiana en andere modebladen een oranje map van fotopapier. Er zaten naaktfoto's van haar in, zes dezelfde, en hij vroeg zich af of die door haar vriendin gemaakt waren. De een was donkerder afgedrukt dan de ander. Wisselende stemmingen. Of eigenlijk waren het geen naaktfoto's. Ze stond erop met ontbloot bovenlichaam terwijl ze een lichte spijkerbroek naar beneden stroopte. Ze keek op of ze in de spiegel naar zichzelf keek, koel en vijandig. Alsof ze een vreemde zag die ze op het eerste gezicht vreesde. Haar haren zaten krullend opgestoken, laag over haar voorhoofd. Een noodlotsgodin. Hij keek naar dat perfecte snotgootje boven de uitdagende mond. Ze had mooie soepele armen en handen die zonder inspanning luchtig die broek leken af te stropen. Een perfecte pose, zo echt dat je het geloofde. Haar borsten stonden recht naar voren met kleine spitse tepels in een donkere rozet. In haar broekje zag je de welving van haar kutje. Een schelp in satijn verpakt. Hij dacht dat die onyx van haar best in haar navel zou blijven klemmen. Hij bekeek de afdrukken een voor een aandachtig. Het viel hem op dat hoe donkerder de afdruk was hoe minder naakt ze leek. Minder vlezig. Een beeld van klei. Hij nam de lichtste foto en legde die omgekeerd voorzichtig op het bont. De andere stak hij terug in de map en stopte die weer tussen de tijdschriften. Daarna drukte hij zijn sigaret uit tussen de stevig in elkaar gedrukte Tigrapeuken in de asbak op het bed.

Het laatste dat hij van haar kamer zag was dat omgewoelde bed met De Goede Aarde met de haarspeld ertussen naast het kussen.

Voor hij de tas op de achterbank zette liet hij haar sleutels erin glijden en stak haar foto in de krant naast zich op de voorbank.

Bij het ziekenhuis gaf hij de tas bij de balie af en reed de stad uit naar de autoweg.

Het verkeer raasde langs hem heen want het zicht was vrij goed. De sloten leken verchroomde strips in het bleke zilveren zonlicht. Maar hij kon niet veel sneller rijden dan tijdens de dichte mist. Als hij harder dan vijftig ging had hij het gevoel dat de auto uit elkaar zou klapperen door het slaan van de wind langs het open raam.

Over de Schipholtunnel taxiede een vliegtuig naar de startbaan.

Hij werd ineens beroerd bij de gedachte dat het lijk van zijn vader het middelpunt van de wereld was waar uit alle windstreken mensen op weg naar toe waren als aaskevers naar een kreng. Hij voelde zijn maag omhoogkomen maar er werd alleen maar een stoot zure lucht naar buiten geperst. Hij stak een gat in een van de plastic zakken en trok een stuk van een broodje en propte dat in zijn mond. Terwijl hij erop kauwde moest hij aan die passage denken uit de Belijdenis des Geloofs, 'Een aards en zienlijk brood, hetwelk een Sacrament is van zijn lichaam.'

Hij haalde de foto van Carla uit de krant en hield die tussen zijn handen op het stuur. Steeds keek hij van de weg naar dat meisjeslichaam terwijl hij van tijd tot tijd automatisch een stuk brood naast zich vandaan plukte en in zijn mond stak. De foto was zo licht dat Carla uit de achtergrond opdoemde als uit de mist. Het weefsel van haar huid schitterde feeëriek. Haar afgestroopte lichte spijkerbroek leek rimpelend schuim waaruit ze oprees. Het moest een genot geweest zijn om haar in een bad van ontwikkelaar te zien opkomen. Soms bewoog ze, als de wind de foto tussen zijn handen liet klapperen tegen het stuur.

Het kerkje waar hij morgen begraven zou worden. De baksteen onwerkelijk roze in de heiige atmosfeer. Het hek dat morgen voorgoed achter hem zou dichtvallen. De brug over het kanaal. De foto trilde ervan. De weerspiegeling, mat, alsof het water met calqueerpapier bedekt was. Die mop van hem over dat gezaaide viskuit en de haringkoppen in de akker. Hij zag zijn graf, dichtgeworpen met die poreuze gezeefde aarde. Het was zo dichtbeplant met vissekoppen dat het een grafsteen van grofbewerkt basalt leek. Het woelde daar blauwglinsterend en schitterde van de glazige oogjes. Het geluid van schubben die afgeschraapt worden. Vochtig en taai. Een martelkeldergeluid. Je hoorde dat iedere schub iets levends was dat in de huid geworteld zat.

Hij stak de foto terug in de krant. Hij merkte dat hij zenuwachtig was omdat hij Jenny zo zou ontmoeten. Hij zag haar voor zich zoals ze vroeger was en hij hoorde Anna weer zeggen, 'Van dat lieve zusje van vroeger is niets meer over.'

Voor het ouderlijk huis stond alleen de auto van Karel. Paul parkeerde ernaast. Daarna legde hij de krant met de foto op de achterbank.

Met de tas met broodjes en vleeswaren ging hij naar binnen. Vanuit de kamer hoorde hij een harde vrouwenstem komen. Op de kapstok hing een bontmantel.

Zulk pluis van een lichtgevende parelglans moest chinchilla zijn. Om naakt in gewurgd te worden in de villawijken van Los Angeles.

Hij liep door naar de keuken en legde de broodjes en de ham op het aanrecht. Karel stond voor het raam de tuin in te kijken. Hij pakte meteen de broodplank en begon de broodjes te snijden en te smeren.

'Ik hield het binnen niet meer uit,' zei hij strak.

'Is Jenny alleen met moeder in de kamer,' vroeg Paul.

'Dat kan je wel horen,' zei hij. 'Dat trompettert door tot halverwege de gang. Anna en Miep hielden het ook niet meer uit. Die zijn naar de dominee om de rouwdienst te regelen. Anna zei, het is net of er zich een vreemde bij ons heeft binnengedrongen. Ik begrijp moeder niet. Dagenlang zit ze koppig te zwijgen en je vroeg je al bezorgd af hoe dat verder moest. Maar tegen Jenny schijnt ze ineens weer haar mond te kunnen opendoen.'

'De enige dochter die haar niet in de weg heeft gezeten,' zei Paul gemoedelijk. 'Je weet hoe verknocht vader aan zijn meisjes was. En ze heeft haar dertig jaar niet gezien. Dan valt er heel wat bij te praten.'

Karel keek hem even afkeurend aan terwijl hij vrij slordig voor zijn doen vinnig met het broodmes een plastic pak met ham openritste.

'Jij kan er gemakkelijk filosofisch over doen,' zei hij. 'Jij kan dat mooi afstandelijk bekijken. Hoe vaak kom jij hier per jaar. Twee, hooguit drie keer. Dat is geen verwijt, dat moet je allemaal zelf weten. Maar wij hebben bijna dagelijks met vader en moeder meegeleefd, hoor Paul. En als je dan ziet hoe zij hier even binnen komt waaien. In één woord bespottelijk. Het lijkt Miss Universe wel. Een gouden broekpak, met bont afgezette witte laarzen en een laag rommel op haar gezicht om er als achttien uit te zien, waar een vlieg met zijn pootjes in vast blijft zitten. En ze verspreidt een geur als een goedkope parfumerie. Die komt niet begraven maar de boel op stelten zetten.'

Paul stond verwonderd naar Karel te kijken want hij had hem nog nooit zo fel zoveel achter elkaar horen zeggen.

'Is ze al bij vader geweest,' vroeg hij.

'Toen ze gisteravond aankwam stoof ze meteen door. Of ze Europa deed en niets wilde missen. En een gekwetter in dat yankee-hollands. Dat vader zo'n mooie man was en dat hij niets was veranderd. Iedereen liep weg, ze stond op den duur alleen nog met moeder aan de kist.'

Ineens keek hij verstoord naar het halfafgegeten broodje dat hij tussen de andere aantrof, pakte het tussen duim en wijsvinger vast en bekeek het nog eens aandachtig.

'Wat heb ik hier nou.'

'Daar heb ik onderweg een paar stukjes vanaf geplukt.'

'Zo van buitenaf,' zei hij bestraffend.

'Ik kon niet binnendoor,' merkte Paul op.

'Hier, eet het dan maar verder op ook!'

Karel schoof het stuk brood naar hem toe. Paul pakte het

nog op ook en ging er werktuiglijk van eten. Het schoot ineens door hem heen terwijl hij stond te kauwen, dat hij voor het eerst sinds de dood van zijn vader in het ouderlijk huis iets door zijn keel kon krijgen.

'Weet jij nog wat er op dat kerstlantaarntje stond dat vader vroeger zelf gemaakt had,' vroeg Paul.

'Dat gefiguurzaagde dingetje,' zei Karel onwillig. 'Weet jij dat niet meer,' vroeg hij verwonderd.

Paul liep naar de keukendeur en keek de tuin in. Het leek wel of hier toch nog meer mist stond dan in Amsterdam.

'Snijden ze bij jullie de ham altijd zo dik,' vroeg Karel. 'Vijf plakken in een ons.'

We eat reality sandwiches, dacht Paul. But allegories are so much lettuce. Don't hide the madness.

'Dit pak ham is open,' zei Karel voor zichzelf, maar ook om Paul te laten merken dat het hem niet ontgaan was. 'Wat een soepzootje zit daar in.'

'Ik heb zo'n dikke plak aan een hond gegeven die voor de supermarkt stond. Hij was me er heel dankbaar voor.'

Karel schraapte even zijn keel, daarna bleef het een poos pijnlijk stil. Toen vroeg hij ineens, 'Wat bedoel je eigenlijk met die tekst uit Johannes op dat lint aan die rouwkrans, Ik ben de wijnstok, gij zijt de ranken.'

'O, is die aangekomen,' zei Paul en keek naar de dorre bloeiaar van de naald van Cleopatra die glinsterde in het vage zonlicht.

In de gang bleef hij voor de kamerdeur staan. Hij hoorde Jenny praten, luid en rauw, en de sonore stem van Dolf. Toen hoorde hij de stem van zijn moeder, zangerig, alsof haar nieuw leven was ingeblazen.

Het was of die kamer nu Jenny er binnen was alle belangstelling opzoog. Of die slaapkamer met het lijk van zijn
vader er al niet meer toe deed. Daarom ging hij daar eerst
naar binnen.

Van de krans met witte rozen kwam een frisse bloemengeur. Schuin tegen de schraag stond hij aan het voeteneind-
de van de kist op de grond. Als een wiel dat tijdens een
bloemencorso van een praalwagen afgelopen is. Door het
kaarslicht leken de rozen gelig. De melige theerozen uit
zijn jeugd.

De gordijnen zouden open moeten, dacht hij. Helder
daglicht voor het zuivere groenige wit van ontluikende
rozen. Het was waar wat Dolf gezegd had, dat ze er meteen
een echt doodshol van gemaakt hadden met dichte gordijnen, kaarsen en dichtgeklapte spiegels.

Hij luisterde even en stak toen een sigaret op. De lucifer
stopte hij, tegen zijn principe in, in het doosje terug. Rustig
rokend liep hij naar het hoofdeinde van de kist. Hij kon het
niet laten zijn longen vol rook over de glasplaat waar zijn
vader zo rustig onder lag, leeg te blazen.

Als hij schijndood was zou hij daar beslist wakker van
worden, dacht hij.

Zijn gezicht leek magerder geworden. Het zag er afge-
traind uit. Alsof dood zijn veel energie kostte. Zijn borst
was opgezwollen. Hij vroeg zich af of dat van de gassen
kwam die zich in dat kille kadaver aan het ontwikkelen
waren. Hij zocht naar de door nicotine en peukvuur ge-
bruinde binnenkant van de vingertoppen van de wijs- en
middelvinger van zijn rechterhand. Hij zag dat het daar
nog witter was dan de rest van zijn vingers. Albastwit. Bij
het afleggen moest de begrafenisondernemer het met het

een of andere afbijtmiddel hebben schoongemaakt.

Hij liep naar de wastafel toe, tikte de as in de afvoer en liet de kraan een poos lopen. Daarna liep hij naar de kist terug, ging gehurkt voor de krans zitten en trok het lint strak. IK BEN DE WIJNSTOK, GIJ ZIJT DE RANKEN. JOH. 15:5. Hij kon het niet laten de rozen te gaan tellen. Het waren er vijftig.

Ineens hoorde hij de stem van Dolf op de gang, toen ging de deur open. Geschrokken stond hij op en hield de sigaret achter zijn rug.

'Moet jij je zuster Jenny niet eens gaan begroeten,' zei Dolf. 'Dat is me een meid geworden. Volbloed amerikaans. Wel een beetje verlept, maar op de goeie manier. Grootsteeds. Met glans en glitter en volgesmeerd met Elizabeth Arden de menopauze in.'

Ineens snoof hij dierlijk om zich heen.

'Wat ruikt het hier lekker.'

'Dat zijn de witte rozen.'

'Schitterend zijn die,' zei Dolf terwijl hij zich even naar de krans toe boog. 'Maar dat bedoel ik niet. Sta jij soms te roken?'

Als een betrapte schooljongen haalde Paul zijn hand achter zijn rug vandaan en nam een trekje.

'Geef mij er ook maar gauw een,' zei Dolf. 'We moeten alleen oppassen dat Karel niet onverwachts binnenkomt, want dan breekt de hel los.' Hij nam een sigaret van Paul aan en nadat die hem vuur had gegeven vervolgde hij, 'Trouwens, vader zou daar niets op tegen hebben. Die zou maar wat graag met ons meedoen. Als ik aan de longen van die man denk. Die moeten zo bruin zijn als een roestige fietsketting. Normaal zou ik bij een dode niet roken. Maar vader hield van die lucht, die vond dat lekker.'

Dolf liep naar de wastafel en tikte de as erin. Daarna liep hij terug en keek aandachtig in de kist.

'Je gaat het nu toch echt wel waarnemen,' zei hij. 'Die oren worden blauw en verschrompelen. Ik denk dat ze vanavond de kist moeten sluiten. Het is ook al de vierde dag. Vreemd eigenlijk zo'n tentoonstelling van jezelf. Dat je daar maar te kijk ligt voor iedereen. Ze zeggen wel dat het goed is voor het rouwproces. Dat je dan gemakkelijker afstand doet van de dode als je ziet dat zo'n lichaam achteruitholt. Maar ik zou niet weten waarom ik er eerst als een stuk smeltkaas uit moet zien voordat Lenie en de kinderen afscheid van me kunnen nemen. Weet je wat ik in mijn testament zet? Maar één regeltje. Dood, kisten, deksel erop, weg ermee!'

Paul liep naar de wastafel, tikte de as erin en draaide de kraan even open.

'Even mijn sigaret oproken, dan ga ik naar Jenny kijken,' zei hij.

'Weet je wat ik nou zo leuk vind van die meid. Moeder is er ook weer een beetje bovenop. Ze zit niet meer zo in elkaar gedoken te kniezen en zich af te vragen welke psalm vader nou wel of niet gezongen heeft de nacht voor zijn sterven en alsmaar te herhalen dat toen oom Hendrik in de kist lag het net de duivel in hoogsteigen persoon was. Ze draait weer een beetje mee. Volgens mij kon moeder niet over een bepaald dood punt heen komen. Maar de komst van Jenny heeft gewoon de ramen even tegenover elkaar opengezet.'

Ieder aan een kant van de kist als een dodenwacht, bleven ze zonder iets te zeggen staan roken. In de flakkerende kaarsvlammen zag je de rook omhoogwolken. Van tijd tot tijd tikten ze de as in de wastafel en liepen weer terug. Zonder dat het de bedoeling was had het iets plechtigs. Of ze een laatste sigaret ter zijner ere rookten.

Ineens hoorde Paul de kamerdeur opengaan en de luide stem van Jenny klonk de gang op. Hij schoot naar de wastafel, hield zijn sigaret onder de kraan en legde de peuk achter het stuk zeep. Maar Dolf bleef rustig staan, zijn voeten uit elkaar, zijn sigaret in zijn mond.

'Als het aan mij lag zou ik de spiegels van de kaptafel weer opendoen,' zei hij. 'Dat is puur heidens bijgeloof.'

Langzaam ging de deur open en zijn moeder werd door een gouden arm naar binnen geduwd. Toen verscheen Jenny achter haar. Het was of een van de figuranten op het toneel niet goed geworden was en door de ster van de musical achter de coulissen geleid werd.

Jenny keek meteen naar Paul, gulzig, of ze een vreemde zag. Toen herkende ze hem.

'Paultje, how are you, hoe gaat het jou,' riep ze en liet zijn moeder los en kwam, alsof ze luchtig opgebouwd was uit de glanzend bewegende plooien van haar stijve goudlamé broekpak, kwiek en slank op haar witte laarzen op hem af.

Paul keek haar bijna verschrikt aan. Hij probeerde achter die harde pancakevlakken dat lieve ronde gezicht van vroeger te ontdekken. Die vlezige wangetjes met de mollige kin, dat weke keeltje. Alleen de blik in haar ogen was nog jong en fluwelig. Hij voelde dat zijn ogen vochtig werden.

En hij werd met innerlijke ontferming bewogen, dacht hij. En toelopende viel haar om haar hals en kuste haar.

Hij omhelsde haar en rook haar parfum dat door een golf geblondeerd krullend haar tegen zijn neus naar binnen leek te worden gedrukt. Met zijn handen wreef hij voorzichtig over het rugstuk van haar jasje. De plooien van haar broek voelde hij tegen zijn dijen alsof ze op rollen karton stond.

'Op straat zou ik zo langs jou gegaan zijn. Ik zou jou niet herkend hebben, Paultje,' lispelde ze met die schorre stem vlak bij zijn oor.

Ze zoenden elkaar een paar keer op elkaars wangen. Zij nattig en voluit, hij vluchtig en droog omdat hij de pancake rook en die ook niet nog eens wilde proeven. Ze duwde hem een eindje van zich af en keek hem aan alsof ze kippig was.

'Een ouwe kop heeft hij gekregen, hè,' riep Dolf zachtjes.

'Ik ben ook een oud meisje geworden, hoor Dolf,' zei ze.

Ze moesten alledrie lachen.

Zijn moeder was naar de kist gelopen en keek naar zijn vader alsof hij er nog bij was. Of ze iets tegen hem over Jenny wilde zeggen. Toen keek ze glimlachend naar dat onnatuurlijk bruine gezicht in het kaarslicht.

'Vind je haar niet leuk geworden,' zei ze met een vreemd lachje tegen Paul.

Hij knikte. Hij vond zijn moeder er zielig uitzien. Hoopvol zonder hoop. Alsof ze zich vanuit dat onmetelijke verdriet waarin ze wegzakte en dreigde te verstikken vastklampte aan een steunpilaar van schuim.

'Moeder, uw knapste dochter is berooid naar Amerika vertrokken en komt na dertig jaar bekleed met goud terug,' zei Dolf lachend en stopte meteen resoluut zijn brandende peuk in de vaas met rozen.

'Ze weet ook nog allemaal liedjes van vroeger,' zei zijn moeder. 'Gisteravond heeft ze op het orgel gespeeld. In 't groene dal, in 't stille dal. Net als vader.'

'Allemaal oude liedjes komen naar me terug,' zei Jenny.

'Die komen naar haar terug, hoor je dat schoolmeester,' zei Dolf. 'En durf eens te zeggen dat het niet mooi klinkt.'

'Hoe zeg je dat ook weer,' vroeg ze haar onnatuurlijk witte tanden blootlachend.

'Die komen weer in me op,' zei Paul. 'Of die komen weer bij me boven.'

'Ja, die komen weer in me op. Ouwe ouderwetse liedjes. Weet ik nog. Terrific!'

Ze liep naar de kist en boog zich eroverheen met een gulzige uitdrukking op haar gezicht of ze een etalage in keek.

'Onze vader ziet er zo zacht uit,' zei ze. 'Lief. En ik weet nog, van vroeger. God Almighty, hij was altijd een tough cookie.'

'Toch was het een hele beste man,' zei Dolf. 'Z'n handen zaten in het begin een beetje los, maar die roestten later weer wat vast.'

'Well, ik weet niet hoor. Dat ligt allemaal in zijn aard. Hij was zo damned rigid. Wat is rigid actually in het nederlands?'

'Onbuigzaam of streng,' zei Paul.

'Well, hij was zo damned streng,' zei ze. 'Wij mochten 's avonds nooit de stad in. Je moest binnen zijn, maar je kon toch fun hebben, hoor. Weet je dat. Maar je moest in het geheim. Het is vreselijk toch.'

'Pas maar op, anders hoort hij het nog,' zei Dolf met een hoofdbeweging naar de kist. Toen vroeg hij luid, 'Kunt u het allemaal volgen, moeder?!'

'Wat zeg je,' vroeg ze.

'Zie je wel, nou is ze weer oostindisch doof. Ik vroeg of u kan verstaan wat Jenny allemaal zegt!?'

'Ik kan haar heel goed verstaan,' zei ze. 'Als ze naast me zit hoor ik alles. Ze praat zo duidelijk.'

'We hebben een heleboel oude herinneringen opgehaald,' zei Jenny. 'Allemaal foto's gezien en bewonderd. Ik als meisje. Erg leuk om weer te zien.' Ze boog zich weer over de kist heen. 'Wat is onze vader toch een mooie man. Ik zag nooit iemand met zo'n mooie neus. En zijn handen. Echte vioolhanden. Van die lange mooie vingers.'

'In Amerika zouden ze hem balsemen,' zei Dolf.

'In Amerika, ja,' zei ze. 'Mijn vroegere schoonvader hij is in een mausoleum. Je kan hem alle dagen zien. Er komt geen eind aan. Vreselijk toch. Heeft mij nog geprobeerd te verleiden ook.'

'Bewaar die woeste verhalen even tot moeder er niet bij is,' zei Dolf. 'Dan mag je voor mijn part je hele doopceel lichten.'

'O Paultje, jij moet mij meenemen naar Amsterdam,' riep ze ineens uit. 'Ik heb met mijn vroegere muziekleraar gebeld. Hij wist nog van mij. Dat ik zijn beste leerling was. Hij woont in Amstelveen.'

Plotseling stak Karel zijn hoofd om de deur en zei afgemeten, 'De broodjes staan in de kamer hoor. André is ook net aangekomen. Die is al aan zijn tweede broodje bezig. Als jullie niet gauw komen…'

'Jij bent een goede zorg zeg,' zei Jenny tegen hem.

'Ik dacht, als jullie toch zo luidruchtig bezig zijn, dan kan je beter in de kamer komen,' zei hij ijzig en verdween.

'Karel is helemaal hetzelfde gebleven,' zei Jenny. 'Zo precies. Hij is vreselijk timide.'

'Meer geïrriteerd, hoor,' zei Dolf. 'Hij vindt dat we er hier maar te veel op los praten en dat jij er te feestelijk bij loopt in een sterfhuis.'

'Moet ik zwarte kleren aan dan. Ik heb mijn mooiste kleren aangedaan voor vader. Speciaal mijn fur coat voor de funeral. Moeder vindt het toch goed zo.'

Dolf keek haar even aan, toen keek hij naar zijn moeder en zei, 'Moeder vindt het schitterend, Jenny. En ik ook.'

'In Amerika het is alles hamburger,' zei Jenny toen ze in de kamer broodjes zaten te eten. 'En die proeven allemaal hetzelfde, van Los Angeles tot New York. Zoals dit, dat is er niet. Lekker.'

'Alleen krijg ik pijn in mijn kaakspieren omdat ik mijn mond zo ver open moet doen omdat Karel in zijn grote gulheid er maar tussen blijft stoppen,' zei Dolf.

'Wat zeg je,' vroeg zijn moeder die ook weer gewoon van een broodje zat te eten.

'Dat Karel zo gul van beleggen is! Ik dacht net dat ik een broodje zonder beleg had, toen keek ik voor de derde keer en zag dat er toch ham tussen moest zitten.'

'We zijn hier niet om culinair ons hart op te halen,' zei Karel.

'Dat lijkt me godsonmogelijk,' zei André met een volle mond.

'Je bent anders behoorlijk aan het proppen,' zei Karel. 'Zie jij maar eens dat je zover komt dat het middelste knoopje van je overhemd zonder trekplooien dicht kan.' Hij pakte de schaal op en hield die voor Paul en vroeg,

'Weet je zeker dat je geen tweede broodje wil? Want ondanks dat er van alle kanten kritiek komt verdwijnen ze als sneeuw voor de zon.'

'Ik neem straks wel,' zei hij.

'Weten jullie nog dat vader in de oorlog zelf brood bakte,' zei Dolf. Hij tikte zijn moeder aan en zei, 'Moeder, weet u nog dat vader in de oorlog van dat lekkere brood bakte!'

Ze knikte, keek even naar haar broodje en at toen weer verder.

'Weet jij dat niet meer, Jenny? Ik heb me een lamme arm gedraaid aan zo'n klein poedersuikermolentje. Daar ging maar een handje tarwekorrels tegelijk in.'

Paul zag die met vaseline ingevette broodvormen weer voor zich die eerder gevuld werden met brij dan met deeg. Urenlang moesten ze in het gegalvaniseerde oventje op het driepitspetroleumstel blijven staan. Het zakte meer in dan dat het rees. Zijn vader had er al zijn lichaamskracht voor nodig om die donkerbruine moppen met de broodzaag tot glazige kleffe boterhammen te verwerken en prees het of het manna was dat luchtig uit de hemelen was komen aanzweven.

Toen Anna en Miep binnenkwamen vroeg Jenny uitgelaten, 'Hebben jullie leuk gewinkeld, zeg?!'

'We zijn naar de dominee geweest,' zei Anna koel. 'De huisdienst is morgen om halfelf. In de kerk wordt niet gesproken.'

'Heb je de dominee nog gevraagd of ik op het orgel spelen kan morgen?'

'Nee, beslist niet.'

'Jammer.'

'Het moet wel plechtig zijn wat er gespeeld wordt, hoor Jenny,' zei Miep. 'Ik zeg het maar, omdat jij in een nacht-club speelt... en ik weet niet of je een beetje gedekte jurk bij je hebt.'

'Maar Miep, ik weet toch wat ik spelen moet. Ik maak geen rock music. Thuis, ik speel altijd Bach. Die hele Bach ken ik bijna uit het hoofd. Jij hebt mij toch gehoord op het orgel van vader.'

'Ik stel voor dat Jenny morgen in de kerk speelt,' zei Dolf. 'Dat we de dominee gewoon even laten weten, onze zuster is onze organiste. Wat vindt u ervan, moeder?!'

Ze keek Dolf vragend aan.

'Dat Jenny morgen bij de rouwdienst in de kerk op het orgel speelt!'

'O ja,' zei ze gretig en glimlachte naar Jenny.

'Zie je, moeder vindt dat prachtig. Dat wist ik wel. Die is trots op haar muzikale dochter. Dat is dan beslist. En laat ik even één keer ernstig zijn en zeggen dat jullie niet hetzelf-de geintje uithalen als met die rouwadvertentie, dat er morgen zo'n dooie lul in een zwart pak zalvend op dat orgel zit te jeremiëren, want dan sleep ik hem persoonlijk van die orgelbank af.'

'Zo, dat is krasse taal,' zei Karel. 'Ik denk dat ik nog maar eens met de broodjes rondga, want als iedereen eet kan er niet zo veel gezegd worden.'

Toen Paul Jenny uitgelegd had hoe het kwam dat zijn ruit kapot was en zijn linkerportier verkreukeld in zijn auto klem zat, schoof hij over de middenconsole achter het stuur. Dolf hielp Jenny in de auto.

'Zacht beestje,' zei hij over haar bontjas wrijvend. Toen

legde hij zijn hoofd erop tegen haar schouder en zei, 'I hear music. Je kan wel horen dat ze naar haar muziekleraar gaat.'

Ineens boog hij naar binnen en pakte de krant van de achterbank. Paul probeerde hem nog, zich over Jenny buigend, uit zijn handen te grissen.

'Daar staat alleen maar de rouwadvertentie in, hetzelfde als op de kaarten,' zei hij snel.

'Daar ben ik nou juist zo nieuwsgierig naar,' zei Dolf.

Nog voor hij de krant opensloeg zag hij de foto ertussen zitten en trok hem eruit.

'Als dat een rouwadvertentie is wil ik iedere dag doodgaan,' zei hij. 'Wat een meid. Jij weet je herfstvakantie aardig te vullen.'

Jenny trok de foto naar zich toe en zei, 'Isn't she a lovely piece?! Mieters meisje! Is dat je girlfriend?'

Terwijl hij startte trok Paul de foto uit hun handen, schakelde en reed weg.

'Hé, je krant,' riep Dolf. 'Of was het je meer om de inhoud te doen.'

Hij rende even mee, duwde de krant op Jenny's schoot en gooide met een klap het portier dicht.

Paul gooide de foto op de achterbank.

'Met deze girl word je nooit oud, Paultje,' zei Jenny lachend. 'Doet ze het wel met andere meisjes?'

'Met andere meisjes,' vroeg hij verward. 'Ik weet het niet. Ik ken haar eigenlijk helemaal niet. Ze ligt in het ziekenhuis.'

'Hoe kom jij dan aan die foto, Paultje,' zei ze pesterig. 'Die heeft de dokter je toch niet gegeven.'

Terwijl ze naar het open raam keek dook ze diep weg in

haar bontmantel.

'Ik doe het wel met girls,' zei ze ineens. 'In Amerika, je moet wel. De mannen daar, als ze vijfendertig zijn is het afgelopen. Ze kunnen niet meer. Door de drank en de rat race. Weet je wat ik op the toilet in het vliegtuig las. If you've won the rat race you're still a rat.'

Toen ze over de brug reden keek ze niet opzij naar dat pad waarover zij ook zo vaak met de hele familie gelopen had. Paul zei ook niets, hij zat maar een beetje dof voor zich uit te kijken.

'I hate to sleep alone,' zei ze. 'Vier jaar van nu ben ik eraan begonnen. Ik was aan het begeleiden. Een singer, a nice American girl. A black girl. Ze moest de muziek omslaan en toen ging ze met haar blote arm vlak langs me heen. Toen gaf ik er een kusje op en beet erin. Een hele zachte skin heeft ze. Oily. The difference of skin is interesting. Zij vindt het fijn dat ik zo wit ben en ik vind het mooi dat zij zo zwart is.'

'Hier wordt vader morgen begraven,' zei Paul toen ze langs het kerkje reden.

Ze keek even naar buiten en zweeg.

'In het graf van Hugo,' zei hij.

Met een star masker bleef ze door de voorruit kijken. Ze kneep alleen haar handen in elkaar. Hij zag de knokkels wit worden en de pezen spannen.

'Heb je daar nog wel eens aan gedacht,' vroeg hij. 'Aan Hugo.'

'Paul, ik zal jou zeggen, mijn leven is gewoon in tweeën. De eerste helft is hier gebleven. Ik dacht voor altijd. En nou laat moeder mij al die foto's zien. In Amerika je hebt geen tijd om ergens aan te denken. Het leven voor een musician is hard. En al dat geduvel met mijn eerste man en all that crap. The bastard. Daarom heb ik ook nooit meer geschreven. Wat zou ik schrijven, Paultje. Over hoe het met Jenny ging. Yesterday night I've been licking, sucking, kissing and rubbing my boss's girlfriend while he was fucking me in the ass. Would they've liked to hear that? Oh no, Paultje. Vader, hij was twintig jaar eerder doodgegaan. Want ik wil niet liegen en sprookjes vertellen. En toen ik in het vliegtuig naar hier zat wist ik het allemaal nog. Van Hugo dat hij ziek werd in de oorlog. Die zolder waar al die kinderen sliepen. En die winkel. Verschrikkelijk! The whole decline. Het kwam allemaal weer boven. Ik zag mijn poppen weer, Paultje. I was crying in the airplane. Ridiculous. Het voelde zo vreemd. Suffocating. Ik kon het niet meer aan elkaar krijgen. Mijn leven in Amerika en hier. Je moet alles vergeten als je wilt survive. The whole mess. Maar dat gaat niet. Steeds komt het weer in me terug. Once or twice a year. Makes you feel fucking blue.'

Carla stond beneden in de deuropening naar de terrassen. Afschrikwekkend met dat masker en die wilde haren. Alsof ze niemand door zou laten. Toen ze hem door de hal zag aankomen draaide ze haar rug naar hem toe en liep langzaam naar buiten. Hij keek naar dat wankele lopen in die lange bontjas die door een grote hand tegen de draad in geaaid leek. Toen ze de treden afging naar het gazon snelde hij naar haar toe omdat ze bijna onderuitging. Ze liet zich maar ternauwernood ondersteunen. Hij hield zijn hand zo stug mogelijk onder die onwillige onderarm.

'Morgen loop ik daarover het ziekenhuis uit,' zei ze terwijl ze naar de brede lage buxushagen keek die langs de trap stonden en die zo feilloos strak gesnoeid waren dat ze van groen graniet leken.

Toen ze over het brede grindpad door het gazon liepen liet hij haar weer los.

'Hoe gaat het met je dikke kamergenoot,' vroeg hij.

'Wil je soms van me horen dat ze blaastraining krijgt en met een klem op de slang van die pisbuidel zit. Als je er nieuwsgierig naar bent kan je boven gaan kijken. Dan kan je haar meteen weer helpen met haar kruiswoordpuzzel.'

Schamper begon ze te lachen waarbij er vreemde plooitjes in haar wangen trokken op de plaatsen waar het leukoplast bevestigd was dat het masker op zijn plaats hield. Langs de gevel van glas en beton keek ze omhoog alsof ze in de dunne mist het raam zocht waarachter die weekvlezige heks moest liggen.

'Morgen ga ik naar huis,' zei ze uitdagend. 'Onherroepelijk! Ik houd het geen dag langer uit.'

Voor hem uit liep ze het pad op dat aan het eind van het gazon tussen de bomen doorliep en slofte ritselend door de geelbruine bladeren.

'Mag dat van de dokter,' vroeg hij sullig.

'Mag dat van de dokter! Dat ga ik hem echt niet vragen. Dat heb ik gewoon aangekondigd. Hij sputterde tegen dat er eigenlijk een week voor stond. Dat kan best, zei ik. Maar dan niet met die dikke etter naast me. Die houdt me voortdurend uit mijn slaap zodat ik barst van de koppijn.'

'Mag dat masker er dan al af?'

'Nee, dat houd ik mijn verdere leven op, is het nou goed,' zei ze.

'Het zou je best staan.'

'Moet ik dat soms als een compliment opvatten,' zei ze

en keek even omhoog naar de kruin van een boom waar spreeuwen klapperend uit opvlogen. 'Nee, ik moet het nog tot het midden van de volgende week ophouden.'

'Dus ik zie je nooit meer zoals ik je maar even gezien heb voordat je tegen me aanreed.'

'Heb je me toen gezien,' vroeg ze verwonderd.

'In een flits.'

'Nou, als je dat dan zo'n belevenis vond moet je me maar eens komen opzoeken.'

Toen ze over een houten bruggetje de botanische tuin inliepen kwam de zon helemaal uit de mist te voorschijn. Een zilveren schijf die ineens warm en stralend werd. Het glas van de kassen en platte bakken glinsterde en schitterde. De hele natuur lichtte onwerkelijk op.

Carla bleef staan en keek verrast om zich heen. Voor het eerst zag hij haar glimlachen zonder dat die kwaadaardige deukjes gelijktijdig in haar wangen sprongen.

'Dat dit hier is,' zei ze. Ze wees op de herfsttijlozen die glazig stonden te verdruipen. 'Zelfs crocussen in de herfst.'

Hij glimlachte en zei niets. Hij had geen zin om haar plantkundeles te gaan geven terwijl ze de laatste bloemen van het jaar stond te bewonderen.

Achter haar aan drentelde hij een pad op waarlangs boomstronken lagen om de opgehoogde aarde tegen te houden. Ze zaten vol elfenbankjes, als ouwe krokodillen die aan het afschilferen zijn. Hij ging er even gehurkt bij zitten.

Ze keek om en vroeg, 'Vind je die zo mooi? Wat zijn dat?'

'Dat zijn zwammen die op dood hout groeien. Achter in

mijn tuin heb ik een stuk boomstam vol ermee.'

'Ze zijn mooi voor een jurk. Als je ze aan elkaar rijgt.'

Langzaam liep ze door.

'Waarom mochten je ouders niet op ziekenbezoek komen,' vroeg hij ineens.

Hij zag haar rug in de bontjas onwillig worden en ze ging gehaast lopen. Bij de platte bakken met cactussen hield ze in en keek naar al die bollen en bolletjes bekleed met witdradig spinsel of bezet met stekels.

'Ik zal je één ding zeggen. Toen ik zó klein was en aan mijn kutje zat zei mijn moeder, dat moet je niet doen want dan ruiken je vingertjes vies. Toen ik ouder was en lipstick ging gebruiken, zei ze niet zoals de moeders van mijn vriendinnen, dat ze eruitzagen als een hoer, ze zei alleen maar, een beetje bedroefd, 'Je ziet er liever uit zonder'. Het was een slinkse manier van onderdrukken. Toen ik zeventien was had ik er genoeg van. Toen ben ik van huis weggelopen. Ken je dit,' zei ze, terwijl ze hem fel aankeek en een regelmatig ritme met haar vingers knipte. 'Dat zal wel niet. Het is het begin van de West Side Story. Dan komen al die dansers dat ritme knippend ineens aanzetten. Zo!'

'Val niet,' riep hij en liep al met uitgestoken armen achter haar aan tussen al die glasplaten.

'Ik val niet,' zei ze. 'Ik denk altijd, als ik ooit nog thuiskom dan kom ik zó binnen, op dát ritme. Dan kleed ik me voor m'n moeder uit en dan vinger ik me terwijl ik haar met mijn ogen dwing om te blijven kijken. En dan roep ik, 'Mijn vingers stinken niet!'

Hij was net op tijd bij haar. Uitgeput viel ze tegen hem aan. Hij voelde de neiging in zich opkomen om haar te omhelzen, maar hij sloeg zijn arm krachtig om haar heen en loodste haar tussen de platte bakken vandaan. Toen hij met haar terugliep naar het ziekenhuis voelde hij dat hij een erectie had.

Hij haalde Jenny bij haar vroegere muziekleraar af en zag hem nieuwsgierig met een misprijzende partituurhaviks-blik over de kamerplanten op zijn lage vensterbank naar buiten kijken terwijl ze met haar wufte bontjas door de voortuin wiegde en in de auto stapte. Misschien had ze hem wel verteld dat hij haar impresario was. Toen ze wegreden zwaaide ze uitgelaten naar hem en hij knikte stijf terug.

'Dertig jaar geleden,' zei ze. 'Nog hetzelfde gebleven. Net een kip. Klein hoofdje, net een kippehoofd. Alleen helemaal wit geworden. Hij keek me aan of ik van een andere wereld kwam. Hello, zei ik, kent u mij niet meer. Hij vond het vreselijk dat ik in een nightclub speelde. Ik zei, zo gaat het toch. Toen ik van hem les kreeg dacht hij dat ik een grote zou worden. Hij vroeg of ik nog wel eens Bach speelde. I do. Als de joint dichtgaat. Maar dan heb ik altijd te veel gedronken... lousy.'

Ze lachte haar tanden bloot en zei dat ze trek had en ergens wilde eten. En of Paul haar het red-light district wilde laten zien, want daar had ze in Amerika zo veel over gehoord.

Hij reed de binnenstad in en parkeerde voor Peking.

Pas toen de ober de bestelling kwam opnemen vroeg hij zich af of hij wel iets door zijn keel zou kunnen krijgen. Als ze maar geen chicken wil, dacht hij. Ze bestelde prawns en toen nam hij ook maar grote garnalen.

Onder het eten keek hij van tijd tot tijd aandachtig naar

haar en probeerde weer achter dat onpersoonlijke pan-cakemasker iets van dat lieve meisjesgezicht van vroeger terug te vinden.

'Wat zit jij naar mij te kijken, Paultje,' zei ze plagerig. 'Wij zijn niet meer die leuke jonge mensen van vroeger.'

Hij lachte vaag en keek afwezig naar een tenger chinees meisje dat achter het buffet met een vredig kindergezicht in diepe concentratie aan een jaegerkleurig stuk textiel stond te haken. Zo nu en dan zette ze de afgeruimde schalen en borden in de liftkoker waarin ze rammelend verdwenen. Klappertandend de diepte in.

Toen de ober de bordenwarmers neerzette en de schaal-tjes kwam brengen, stond Jenny op en liep naar het buffet. Terwijl ze tegen het chinese meisje sprak, dat verlegen lachte, draaide ze de kaartenmolen rond en zocht ansicht-kaarten uit.

Onder het eten hield ze er zo nu en dan een op en vroeg waar dat was.

'Daar woon ik vlak achter,' zei hij toen ze de molen aan de Amstel voor hem ophield.

'And who's that guy?'

'Dat is Rembrandt.'

Ze legde meteen haar vork en mes neer en schreef achter op de kaart die ze scheef naar hem toe hield zodat hij het kon lezen, *Hello there! I live in this windmill, I swim in this creek although I keep it rare. The little fisherman is fishing for me. I am fine. How are you?*

'Dat is leuk,' zei ze en ging weer verder met eten. 'Ik wist niet wat ik schrijven moest.'

Paul had ineens het gevoel of hij zomaar bij een wille-keurige bezoekster had plaatsgenomen. Hij legde zijn mes en vork op zijn bord en keek opzij naar de wandschildering. Op een vergulde vliegende draak die langs een vaalblauwe hemel vloog zaten mensen in lange gewaden. Eronder golfde een optocht van een woeste menigte met sjerpen en vaandels achter een waardige grijsaard aan die op een draagstoel krachtig voortgezeuld werd door vier jongemannen met ontbloot bovenlijf. Hoog in de lucht zaten kleinere figuren op een wolk, gedwee als in een volgepakte roeiboot.

Hij vroeg zich af of ze op weg waren naar de hemel. Captain, look, there, there! The fresh and sparkling world!

'Jij hebt ook niet veel gegeten, Paultje,' zei Jenny.

Toen bekeek ze ook uitvoerig de wandschildering.

'Daar wordt vader de eeuwigheid in getransporteerd,' zei hij met een glimlach.

'Dat geloof jij toch niet meer, hè Paul, all that religious crap.'

Hij keek haar nietszeggend aan en haalde zijn schouders op.

'Het doet er niet veel toe of je het gelooft of niet. Je gaat gewoon de grond in.' Hij stak een sigaret op en inhaleerde met gesloten ogen. 'Eergisteren was ik met Dolf op het kerkhof bij de grafkuil. We vonden er een stukje bot van Hugo.'

'A piece of his skeleton,' vroeg ze.

Hij knikte.

Ze legde haar mes en vork neer en schoof haar bord opzij.

'Geef mij ook een sigaret,' zei ze.

Toen hij haar vuur gegeven had zoog ze de rook heftig in, hield hem lang binnen en blies hem toen krachtig omhoog alsof ze er een gat mee in het plafond wilde blazen. Met haar tongpunt haalde ze een sliertje tabak van haar onderlip en blies het op haar bord. Zo bleven ze een poos zwijgend zitten. Toen de ober de borden kwam afruimen griste ze snel de laatste garnaal van haar bord en at die met kleine hapjes op.

'Juicy. Worden die hier gevangen?'

'Die komen uit Azië. Ingevroren.'

'Wij hebben ook alles in de deepfreeze,' zei ze. 'In één keer haal ik alles voor de hele maand.'

'Weet jij nog dat vader altijd viste,' vroeg hij.

Ze kneep even haar voorhoofd in golfjes, toen lachte ze gul.

'Natuurlijk weet ik dat nog, Paultje. Maar ik wilde het nooit zien. Die spartelende worm als hij die aan de hook deed. It gave me the creeps.'

'Ik viste altijd met wormen. Vader viste met maden. Van die dikke witte rupsjes die uit vliegeëieren komen. Hij had toch altijd van dat bedorven vlees achter de schuur in een ouwe pan. Als je de brandgang inkwam ging je bijna over de tong van de stank. Weet je dat niet meer?'

Ze maakte een wegwerpbeweging met haar hand, trok een vies gezicht en knikte.

'Paul, ik heb gelezen in een weekly. In China, daar laten ze hun dode ouders liggen voor that purpose. Horrifying. Ze halen de maden eruit om mee te gaan vissen. It is stimulated by the government. Ze willen moderne mensen van ze maken. Niet meer die ancestor worship. A hard way to change people's attitude. I'd loose my appetite for fish. Zou jij nog visjes lusten, Paul?'

Hij boog zijn hoofd en drukte zijn gezicht in zijn handen.

Hij zag het slappe lijk van zijn vader aan de waslijn hangen terwijl zijn moeder er met de matteklopper tegen zwiepte. Eronder stond een teil vol wriemelende maden.

Ineens begon hij te lachen. Tranen liepen uit zijn ogen.

'Sorry hoor,' zei hij.

'Lachen is het beste,' zei ze. 'Als je huilt, niemand wil jou.'

De atmosfeer leek helder, maar op de Oude Zijds Achterburgwal waren de lichtreclames van de sexbioscopen en sexhallen donzig van een lichte mist. VENUS HARD PORNOFILM – FILM AND LIFE SHOW – LE BOUDOIR. In het buikloopkleurige water van de gracht werden de neonletters tussen de ronddobberende viezigheid weerspiegeld met een trage zwalk. Het wasbord van de poel des verderfs.

Langzaam reden ze achter de flanerende mannen aan die luidruchtig de vrouwen achter de ramen en in de deuropeningen bestudeerden, en parkeerden op het Oudekerksplein. Hij keek naar de krant op de achterbank waar ze zo door het open raam bij zouden kunnen. Maar hij dacht, wie steelt er een krant met de rouwadvertentie van mijn vader.

De deuren van de kerk stonden open. In de hal zat een wasbleke man achter een tafeltje waarop programma's en toegangskaartjes lagen. Iedere keer als er een bezoeker naar binnen ging hoorde je even helder de orgelmuziek opklinken en zag je een strook Pieter Saenredam.

Paul keek naar het luisterende gezicht van Jenny. Het stond hard en onbewogen.

'Weet je wat het is,' vroeg hij.

Ze knikte en zei, 'Ik zou dat hier niet willen spelen.'

Ze liepen verder het plein rond. Er hing een infernale pislucht alsof er aanhoudend tegen de steunberen van de kerk gewaterd werd. Jenny keek onbeschaamd de kamertjes van de hoeren in en liep soms even terug.

'She's better,' zei ze nuchter.

Alle kamertjes zagen er bijna hetzelfde uit. Een wastafel achterin, een bed, een crapaud en een laag tafeltje voor het raam, een asbak in de vensterbank met peuken van halfopgerookte filtersigaretten. Oudbakken stukjes huiselijkheid, waar iedere echte liefdeshijg gesmoord moest worden in de geluiddempende smakeloze stoffering. De magie van het poppenhuis. Het vlees van de vrouwen en meisjes dat buiten de torseletten, bikini's en korte rokjes stak en bubbelde was ongezond bleek en had soms kippevel van de kou.

'Ga jij wel eens naar die vrouwen, Paultje?'

'Ik ben hier in tien jaar niet geweest,' zei hij.

Voor hen barstte een groep zeelui in een jongensachtig gelach uit doorspekt met obscene kreten. Uitbundig sloegen ze elkaar op de schouders. Een van hen moest een opmerking gemaakt hebben over de reusachtige borsten van een negerin die drillerig op de cups van haar korset lagen, want iedere keer keken ze om en dan echode het gierende gelach weer op tegen de muren van de kerk.

'Foolish people,' zei de negerin tegen Jenny.

'Just little boys,' zei ze.

Ze bleef bij haar staan praten en toen Paul omkeek zag hij dat de negerin haar bontjas betastte, luchtig en begerig. Hij keek omhoog naar de gebrandschilderde ramen van de kerk maar er kwam geen licht door. Het leken bas-reliëfs in stoffige steenkool.

Morgen wordt vader begraven, dacht hij. Hij heeft hier ook nog rondgelopen in uniform toen hij na de eerste wereldoorlog bij de amsterdamse politie was. In het Kolkje heeft hij een keer een lijk ontdekt dat al in ontbinding was en hij heeft twee keer een medaille gekregen omdat hij iemand uit het water gered had. Als kind zag ik hem in zijn uniform rondlopen als Chaplin in Easy Street.

Vaag hoorde hij orgelmuziek uit de kerk komen.

Hij slenterde door langs de ramen met die verstarde vrouwen erachter. Soms probeerde er een een gelaatsuitdrukking te produceren die hem ertoe zou moeten brengen bij haar naar binnen te gaan. Een mimiek die geen millimeter onder die maskers doordrong.

Toen hij de hoek omging kwam Jenny achter hem aan. Met die gouden broekspijpen onder die bontjas vandaan en die witte laarzen leek het wel of ze hier ook op klanten liep.

'Nice woman,' zei ze. 'Ze was verliefd op mijn fur coat en wilde hem kopen. Ik zei, dan heb je mij erbij.'

Bij een sexhal, waaruit discomuziek de gracht op deinde, wilde ze naar de peepshow kijken. Bij het loket wisselde hij een paar tientjes voor losse guldens. Links waren de filmautomaten, rechts de peepshow. Hij trok de klapdeurtjes van een box open. Tegen elkaar gedrongen op hun zij konden ze er maar net met z'n tweeën in staan. Paul deed een gulden in de automaat en toen schoot het gordijn omhoog voor het raampje vandaan. Als door de ruit van een aquarium keek je een gangachtige ruimte in. Op een bed lag een naakt slank meisje een sigaret te roken. Naast haar op een tafeltje stonden een ventilator en een geopende fles eau de cologne. Toen ze zag dat er een raampje open was legde ze rustig haar sigaret neer, gleed traag van het bed af en ging voor een grote spiegel balletachtige bewegingen maken op de maat van de muziek. Soms streelde ze even wellustig langs de binnenkant van haar dij tot aan haar kut, maar met zelfbehagen, alsof ze een flinterdunne kous aan deed. Het was of je de kamer van een behaagziek meisje van vijftien binnenkeek.

'Isn't she going to masturbate,' vroeg Jenny.

'Ze ziet er erg moe uit. Misschien heeft ze al een lam handje.'

Ineens zakte het gordijn. Snel gooide Paul weer een gulden in de automaat en toen ging het weer omhoog. Maar het meisje stond al voorovergebogen met haar armen steunend op het bed in de koele luchtstroom van de ventilator. Jenny tikte met haar ring tegen het raam en zonder te kijken begon ze weer voor de spiegel met dansbewegingen.

Paul trok zijn benen een beetje terug van de wand van de box want hij had de indruk dat hier voornamelijk gastarbeiders zich kwamen afrukken. Er hing een benauwde nattedweillucht. Het meisje deed niet veel. Je moest je eigen fantasie meebrengen.

Ineens kreeg hij het te benauwd in die smalle houten box waarin eigenlijk maar plaats voor één persoon was en hij drukte zich door de klapdeuren naar buiten. Even later kwam Jenny er ook uit.

'Dat was niet erg exciting, zeg,' zei ze. 'Daar had vadertje ook nog wel naar kunnen kijken.'

Ze liep meteen door naar een onbezette filmautomaat.

'Wil jij dat niet zien, Paultje, The Horny Dog.'

Hij kwam naast haar staan en gooide een gulden in de

automaat. Op het kleine scherm verschenen drie meisjes om een tafel die vol stond met flesjes ginger ale, glazen en een paar kandelaars met brandende kaarsen. Ze waren strippoker aan het spelen en steeds ging er een kledingstuk uit. Maar voor ze alledrie uit de kleren waren werd het scherm wit en moest hij er nog een gulden in gooien.

Hun huid had de kleur van gekookte varkenspoot. Roze dat te veel pijn heeft gehad. Je zag er de moeten in van hun ondergoed. Een had een heel stroomgebied van diepe lijnen in haar buik gedrukt van haar truitje dat in haar strakke broek gestoken had gezeten.

'Beautiful tits,' zei Jenny. 'The nipples. So beautifully cherry red.'

Toen hij even om zich heen keek naar de andere automaten waar hele kluiten opgeschoten jongens voor stonden, stootte ze hem aan.

'Look, that dog is licking their pussies with his rough tongue. Oh my God, that must tickle!'

Hij zag een onbestemde straathond met kalende plekken zijn kop beurtelings tussen de dijen van de meisjes steken. Een ging er voor hem op handen en voeten staan en toen sprong de hond er wild schokkend met zijn magere onderlijf op.

'He's fucking the hell out of them,' hoorde hij Jenny zeggen en meteen gaf ze een kreetje van teleurstelling omdat de film afgelopen was.

Paul stelde voor om haar naar huis te brengen maar ze wilde met alle geweld nog een filmpje zien. Hij gaf haar wat guldens en ze liep naar een andere automaat.

Toen hij verveeld door de hal langs haar slenterde hoorde hij haar voor zichzelf zeggen, 'Oh yea, she knows how to play that. But the other girl is too plump. You need a skinnier girl for that.'

Hij keek over haar schouder en zag in een soort alpenlandschap twee meisjes die aan de rand van een bruisende heldere beek elkaar probeerden klaar te maken door met de onderlichamen tegen elkaar te wrijven. Hun gezichten hadden een lachwekkend smartelijke uitdrukking die gekmakend genot voor moest stellen maar het leek wel of ze in barensnood verkeerden. Aan de rand van het water dacht hij dotterbloemen tussen het frisse groen te zien bloeien.

Het moet koud geweest zijn voor die meisjes, zo vroeg in het voorjaar, dacht hij. April is the cruellest month, breeding, Lilacs out of the dead land, mixing, Memory and desire, stirring, Dull roots with spring rain.

'Ik ga je nu echt naar moeder brengen,' zei hij. 'Anders kan je niet eens meer orgel voor haar spelen.'

'Sex is the most powerful, the most strong feeling there is,' zei ze wijsgerig toen ze achter hem aan de auto inging. Hij wist niet wat ze daar nou precies mee bedoelde. Die spermastank die uit die boxen walmde of het gedrag van die strippokerende meisjes. Voor haar was het ook kennelijk geen goed overdachte stelling die ze nader wilde toelichten, want ze vervolgde, 'Hoe lang moet jij nog zoals een hond jouw auto in klimmen.'

'Volgende week gaat hij naar de garage,' zei hij. 'Ik heb zolang gewacht omdat ik iedere dag naar vader moest.'

Hij startte en reed weg. De Oude Kerk was gesloten. Het was net of de stroom sexbeluste burgers die hier liep zojuist de kerk verlaten had.

Hij haalde het pakje Tigra uit het dashboardkastje en

bood haar er een aan en nam er zelf ook een. Toen hij het pakje terug wilde leggen nam ze het uit zijn hand.

'Wat een leuke sigaretten zijn dat,' zei ze terwijl ze het pakje bekeek. 'Nice girl. Ze kijkt naar je.'

'Ze kijkt je aan.'

'Ja, ze kijkt me aan. Houd jij van katjes, Paultje.'

'Het zijn belgische sigaretten.'

'Ik zal dat merk opschrijven,' zei ze en ging in haar tas zoeken.

'Neem het pakje maar. Ik heb er toch nog genoeg.'

'Thanks,' zei ze en stopte het in haar tas. 'Ik zal proberen of ik ze hier kan krijgen. Dan neem ik ze mee. Leg ze naast me als ik speel.'

Toen hij de sigareaansteker voor haar ophield en ze met haar roze lange nagels zijn hand even vastpakte viel het hem op dat hij niet als gewoonlijk door de Utrechtsestraat de stad uitreed maar via de Vijzelstraat. Zeker bang dat Liz hem zou zien met een ander in zijn auto.

Op de autoweg wilde ze de veiligheidsgordel niet omdoen omdat dat een moet zou maken in haar pluizige bontjas.

'Kan ik dit morgen aan als ik speel, Paultje,' vroeg ze.

'Ja hoor, beslist.'

'Anna wil een jurk voor me brengen. Maar dat wil ik niet. Dan voel ik me niet fijn. After all, it's a performance.'

Ze reden een poos zwijgend door het donker. Hij zag deze autoweg in de oorlog toen er alleen nog maar duitse legerwagens langs kwamen. Zijn vader in de sneeuw met de ijspegels van zijn tranende ogen op zijn wangen. Zijn fiets afgeladen met zakken tarwe die hij voor het beddegoed geruild had bij boeren in de Haarlemmermeer. Zijn trouwring. Hoe vaak hadden ze ervan kunnen eten.

Ineens zei Jenny, 'Waarom slaapt Miep bij moeder en moet ik bij that terrible husband en die vervelende kinderen slapen. Hypocrite monsters. Ik begrijp het niet.'

'Moeder slaapt in de logeerkamer. Ze willen je natuurlijk niet op de bank neerleggen.'

'Ik wil graag op de bank. Miep kan toch ook op de bank.'

'Misschien denken ze dat je niet goed op moeder zal letten. Ze schijnen bang te zijn dat moeder iets raars doet.'

'Wat raars,' vroeg ze en legde haar hand even op zijn arm.

'Ik weet het ook niet hoor, waar ze nou precies bang voor zijn. Misschien denken ze wel dat moeder door het verdriet haar verstand kwijt zal raken. Dat ze met het lijk van vader gaat sjouwen. Het naast zich in bed legt.'

Ze lachte schril en zei, 'Dat zou moedertje wel willen, zeg.'

Hij begon te lachen en toen lachte ze ook. In het donker keek ze hem even heel jong en guitig aan en toen begonnen ze weer te lachen.

Toen ze langs het kerkje reden zei hij, 'Hier ga je morgen spelen.'

'Wat denk jij dat ik spelen zal,' vroeg ze.

'Speel het allegro maar uit het zevende orgelconcert van Händel. Dat kon je vroeger zo goed.'

'Splendid! Dat is vrolijk, zeg. Dat ga ik straks voor moeder spelen. Good practice.'

Bij het ouderlijk huis zette hij haar af en reed meteen weg.

Op de brug stopte hij toen hij zag dat er geen auto van de

andere kant kwam. Hij zette zijn motor af en luisterde. Hij hoorde het water klotsen tegen de pijlers van de brug. Er was geen maan. Boven de duisternis stond een ongenaakbare sterrenhemel. Duizelingwekkend. Onverbiddelijk werd daar in die onpeilbare ruimte de tijd vermorzeld.

Heeft hij daar wel eens aan gedacht als hij daar zat te vissen, dat hij achter zijn rug begraven zou worden, dacht hij. Het moet wel, want hij liep altijd met de dood op zak. Memento mori was zijn lijfspreuk. Het grootste deel van de lijken die daar liggen heeft hij over de brug zien gaan. Voor de oorlog met koetsen. Het hoefgetrappel moet hol geklonken hebben. Zou hij uit piëteit niet opgehaald hebben als hij beethad wanneer er net een begrafenisstoet passeerde. Voor iedere dode een vis minder.

Hij reikte al naar het dashboardkastje om er een sigaret uit te halen toen hij eraan dacht dat hij het pakje Tigra aan Jenny had gegeven. Hij haalde een sigaret uit het pakje in zijn jaszak, stak die op en reed verder.

Als ik wist dat daar om die donkere kuil dat katertje van de doodgraver op jacht was naar veldmuizen en mollen zou ik er in het donker naar durven gaan kijken, dacht hij toen hij het kerkje passeerde. Voor het laatst kan je vanaf de bodem van die kuil de sterren zien.

Op de autoweg ging hij zo hard mogelijk rijden. Voor het eerst sinds de mist passeerde hij weer andere auto's. Het geraas was bijna onverdraaglijk.

Ik zou was in mijn oren moeten doen, dacht hij.

Hij zette de radio zo hard mogelijk aan. Hij kon niet horen wat voor muziek het was, maar samen met dat helse kabaal werd het een satanische mars waarvan het stampende ritme met gebalde vuisten woest op het plaatwerk van zijn auto leek te worden meegebeukt.

Toen hij de feestverlichting van Schiphol zag, met door gekleurd licht gemarkeerde landingsbanen, ging hij weer langzaam rijden, alsof hij aan de duisternis ontsnapt was, en deed de radio uit. Zijn hoofd bonkte na van die langdurige geluidsexplosie. Zijn linkerwang en oor waren ijskoud. Er zat geen gevoel meer in.

Thuis nam hij een glas whisky met veel ijs en ging de kamer in zonder het licht aan te doen. Hij zette de gashaard hoog, deed het raam open en ging geleund op de vensterbank naar buiten kijken terwijl hij van tijd tot tijd van zijn whisky dronk. Het was zo bladstil dat het water van de vaart rimpelloos was. Maar hij zag er geen ster in weerspiegeld. Het leek wel of het oppervlak van gepolijst hardsteen was. The peace that passeth all understanding.

Als er een zwaan op zou willen landen slaat hij te pletter, dacht hij. De offertafel van de stilte.

Hij hield het beslagen glas tegen zijn voorhoofd en voelde toen aan zijn nek. Hij had er de hele dag geen last van gehad. Hij vroeg zich af of het suggestie was geweest, die pijn die bij zijn halswervels leek te zitten. Misschien had hij alleen maar een spier verrekt bij de klap van die aanrijding.

Zou het iedereen nou zo in verwarring brengen als zijn vader net dood is, dacht hij.

Hij stak een sigaret op en ging weer terug naar het raam. Bedachtzaam en heel bewust inhaleerde hij en blies de rook rustig het donker in. Langzaam verdween het als op een zomeravond. Hij nam een slok whisky en inhaleerde weer en blies de rook de voortuin in. Zo dronk hij zijn glas leeg en rookte zijn sigaret op. Beurtelings drinkend en rokend.

Tussen duim en wijsvinger knipte hij de peuk de struiken in en gooide toen het ijs uit zijn glas erachteraan. Hij sloot het raam en zette de gashaard laag.

Toen hij al in zijn ondergoed op de rand van zijn bed zat, dacht hij er ineens aan dat die naaktfoto van Carla nog achter in zijn auto lag. Hij kon haar niet zo laten liggen, dat zou verraad zijn. Hij zou de hele nacht die vochtige kou voelen. En de foto zou morgen drijfnat zijn.

Hij trok zijn judojas aan en schoot in zijn tennisschoenen. Terwijl hij naar de auto liep, dacht hij, als ze in werkelijkheid zo naakt op de achterbank zat en ik kon haar uit de kou mee naar binnen nemen, zou dan niet alles opgelost zijn. Zou ik dan niet het gevoel hebben dat de dood van mijn vader een gewoon natuurlijk gebeuren is. Een blad dat afvalt terwijl je al de knop voor het nieuwe blad ziet zitten.

5

Over vier uur wordt hij begraven, dacht Paul, en hij zette de wekker weer op het tafeltje naast zijn bed. Hij zag zijn familie als een hossende menigte het kerkhof op stromen met het lijk van zijn vader op hun gestrekte armen boven hun hoofden. Stof wolkte om hun dansende voeten omhoog. Het moest licht zijn dat lijk, want het veerde luchtig op en neer op de opgeheven handen als een takkenbos. Hij vroeg zich af of de begrafenisondernemer gisteravond de kist gesloten had. Hij zag er nog zo goed uit. Streng, in zichzelf gekeerd. Alsof er zich daarbinnen toch nog een soort geestelijk leven afspeelde. Gemummificeerd geloof. Hij moest aan die kille hersenkwabben in die doos van bot denken. Een paar pond stopverf. Een hond zou het als verse waar opeten. Met mes en vork zou je op zoek kunnen gaan naar alles wat erin zat opgeslagen. Hoe kan materie die zo verfijnd is dat je er beelden en gevoelens van tientallen jaren geleden haarscherp mee te voorschijn kan brengen, en emoties, geuren en geluiden, tot een drabbig vocht worden dat amper in staat is om een paardebloem een dag in leven te houden. Hij zag die azteekse schedel van berg-kristal uit het British Museum weer voor zich. Grimmig en gesloten. Het denkende universum. Zo wordt de wereld, dacht hij, als de hele planeet voorgoed de zwarte nacht in wordt gezogen. Een diamant in de steenkool van dikke duisternis. Uitgekristalliseerd tot een glanzende doodskop, zwaar als een heel zonnestelsel. Niets blijft er van al het leven over dan een fractie van een seconde een ruis in de eeuwigheid.

'Life's but a walking shadow,' mompelde hij. 'It is a tale told by an idiot.'

Hij zag zichzelf staan in een immense ruimte en kreeg ineens die schedel van bergkristal in zijn handen gedrukt. Hij was zo zwaar dat hij ermee door het heelal gezogen werd als een komeet, dat hij in een oogwenk opbrandde. Een lichtflits in de oneindige ruimte.

Met een punt van het laken veegde hij het zweet van zijn gezicht en ging op de rand van het bed zitten. De ramen waren beslagen, bleekgoud van de zon. Duizelig liep hij erheen en veegde met zijn hand een stuk schoon en liet zijn voorhoofd tegen het koude glas steunen. De voortuin glinsterde met duizenden kleine druppels die allemaal priempjes zonlicht weerkaatsten. Vlak bij waren koeien aan het grazen. Iedere keer als ze hun snuit in het gras staken zag je de damp uit hun neusgaten opwolken, alsof ze alleen op plaatsen waar iets aan het koken en borrelen was onder de grond, een hap namen. De grazige weiden van de geest. Bijna buiten zijn gezichtsveld zat een man rustig aan de vaart te vissen. Een onbeweeglijk grijs silhouet dat licht vooroverhelde naar het wateroppervlak. Vlak bij hem stond de reiger te wachten.

Wat had zijn vader ook weer met de koelkast gedaan een paar jaar geleden. Die moest ontdooid worden omdat ze de volgende dag met vakantie zouden gaan. Hij had er een kaars in gezet om dat proces wat sneller te laten verlopen. Door de hitte was er toen een element gescheurd. Anna had het hem verteld, een beetje pijnlijk lachend. Je kan wel merken dat hij suffig begint te worden.

Hij trok zijn judojas en tennisschoenen aan en keek even naar de naaktfoto van Carla die hij gisteravond in de boekenkast had gezet. Toen liep hij naar de keuken. Onder het koffiezetten perste hij drie sinaasappels uit en dronk staande in de deuropening het sap op.

Dat verschrikkelijke verhaal van de houtzaagmolen dat hij vroeger altijd vertelde. Toen Laura pas geboren was begon hij het weer op te lepelen. Omdat ze niet gedoopt was en niet in de vreze des Heren werd grootgebracht. Over een man die de houtzaagmolen van zijn vader overgenomen heeft en meteen ook op zondag begint te zagen, tot gruwelijk verdriet zijns vaders. Dan, op een stralende zondagmorgen, terwijl het goddeloos geluid van dik hout dat tot planken gezaagd wordt de gewijde sabbatsfeer bezoedelt, ziet die man ineens dat zijn dochtertje tot vlak bij de meedogenloos op en neer gaande zaag gekropen is en op het punt staat dat moordwapen te gaan omhelzen. Gewoontegetrouw en omdat er toch niets anders aan te doen is, perst er zich een kreet om Gods hulp over zijn verkrampte lippen. Meteen staat de zaag stil. Zijn vader had de sluis dichtgedraaid om eens te kijken of zijn zoon door zo'n abrupte ingreep niet tot andere gedachten te brengen was.

Een schandelijk lulverhaal, dacht hij, terwijl hij koffie

inschonk. Dat blijft gewoon maar tussen Hamlet, Macbeth en Wuthering Heights in je kop hangen. Ze hebben vergeten erbij te vertellen dat die dochter later aan de heroïne is geraakt of dat ze de meest perfide hoer van het westelijk halfrond geworden is. Omdat ze een op en neer bewegende glimmende staaf ineens tot stilstand had zien komen en meteen daarop door haar vader met gewelddadige apeliefde halfdood geknuffeld was onder het prijzen van de naam des Heren.

Hij lachte hardop en liep met zijn kop koffie de tuin in. In de schaduw was het donkerblauw maar waar de zon de tuin inkwam en langs de heesters en planten streek hing een glinsterend filigrain van gele bladeren. De damp die van de grond opsteeg bleef tussen de met spinnewebben bespannen dorre staken hangen. Hij rook de kruidige verrottingsgeur van de paddestoelen.

In gedachte zag hij die visser die daar voor aan de vaart zat beethebben. Hij haalde een ondermaats visje op, niet groter dan een sardine. Toen hij het van de haak haalde zag Paul dat het het witte mesje van zijn vader was. De reiger die naast hem had staan wachten kwam met fladderende vleugels dansend als een kraanvogel in de paringstijd op hem af en sperde schreeuwend zijn bek open. Toen liet de visser het mesje erin vallen.

'Wat niet iedereen van de hengelsport en de vissen weet,' mompelde hij, liep de tuin verder in en ging onder de vlieren op de boomstronk zitten.

Eén lichte nachtvorst en de hele verglaasde stengeltroep gaat neer, dacht hij. Ik moet die bollen verdomme nou eens in de grond stoppen anders rotten ze weg. A host of golden daffodils voor het voorjaar. Si le grain ne meurt, enzovoort, tot in der eeuwigheid. Zo'n rotkist houdt alles tegen. Als je as verstrooid wordt na de crematie ben je er zo weer bij, je wordt zo weer door de wortels van planten en bomen opgenomen. Na een paar jaar kan je alweer in het roekenest hoog in de boom kijken. Maar als je in een kist de grond ingaat kan het tientallen jaren duren voordat je weer mee mag doen met alles. Iemand die op een kerkhof werkte had hem eens verteld dat het afgrijselijk was wat er bij het ruimen de grond uitkwam. De begraafplaatsen zitten zo volgestouwd met lijken met z'n drieën en vieren boven elkaar dat er niet genoeg zuurstof in de grond aanwezig is om ze behoorlijk te verteren. De meesten komen er ogenschijnlijk net zo uit als ze erin gegaan zijn. Alleen weerzinwekkend verglaasd tot adipocirelijken. Ze moeten ze vaak met mokers als gruwelijke misbaksels van aardewerk aan barrels slaan. Vooral als ze met een lichaam vol medicijnen de pijp uitgegaan zijn, zijn ze niet weg te branden. Dan lijken ze wel voor de eeuwigheid geprepareerd.

Hij liep naar binnen en ging douchen met zoveel schuim dat hij het bijna niet door de afvoer weggespoeld kreeg. Daarna trok hij schoon ondergoed, een schoon overhemd en schone sokken aan en haalde zijn donkere pak uit de klerenkast. Toen hij het aan had bekeek hij zichzelf aandachtig in de spiegel in de hal.

Ik zou me eigenlijk moeten scheren, dacht hij. Maar ik doe het niet. Op de dag dat je vader begraven wordt kan je je misschien het beste met een potscherf krabben. Zo'n herfstvakantie kost je tien jaar van je leven.

'Ik geef je nog twintig jaar,' zei hij onverbiddelijk tegen zichzelf. 'Op zijn hoogst.'

Terwijl hij de ramen van zijn auto met de ruitewisser schoonmaakte zag hij dat de visser beetgehad moest hebben en toen te wild had opgehaald. Zijn snoer zat in een hoge over het water hangende tak van een es vast. Wanhopig stond hij te rukken alsof hij de hele natuur beethad. De reiger vloog verschrikt op. Zijn weerspiegeling gleed over het water weg.

Paul liep langs de zijkant van het huis en trok de hoogsnoeier onder de rommel vandaan in de schuur. Toen hij ermee terugkwam stond de man nog wilder te trekken en te rukken.

'Ik heb hier een apparaat dat heb ik speciaal aangeschaft voor vissers met pech,' zei Paul.

'Dat is toch een hoogsnoeier,' zei de man. Hij nam hem van Paul over en stak hem voorzichtig tussen de takken. 'Als ik nou mijn snoer mee doorknip moet je even een eindje verderop gaan staan want dan begin ik heel hard te vloeken,' zei hij. 'Ik had zo'n echte zuiger. Je kent dat wel. Twee keer aanslaan, niks. Maar wel je aas foetsie. De derde keer dacht ik, nou zal ik je hebben.' Hij trok het touw van de hoogsnoeier aan en de tak met bladeren viel aan het snoer in het water. Met een vies gezicht haalde hij op.

'U hebt in ieder geval een mooie tak gevangen,' zei Paul.

Toen hij wegreed zag hij in zijn achteruitkijkspiegel de man weer rustig zitten vissen. Hij grinnikte maar voelde meteen het vocht door zijn broek heen komen. Door dat gedoe met die visser had hij vergeten de zitting droog te wrijven.

Bij de molen op de hoek waren een paar toeristenbussen leeggestroomd. Om het bronzen beeld van Rembrandt klitten groepjes mensen die zich lieten fotograferen.

Hij moest aan Jenny denken. Hello there! I live in this windmill, I swim in this creek although I keep it rare. The little fisherman is fishing for me. I am fine. How are you? Misschien had ze die ansichtkaart al op de bus gedaan vanmorgen terwijl ze even het sterfhuis ontvlood.

Bij de RAI kwam hij in de drukte voor de Efficiencybeurs terecht. Een poos moest hij stapvoets rijden tussen het in de bleke herfstzon glimmende verkeer. Hij deed de radio aan en zocht de zenders af naar een beetje waardige muziek waarbij hij naar de begrafenis kon rijden. Maar het was allemaal walgelijk gesproken woord en sloddervosmuziek doorspekt met de krijsende keelkanker van discjockeys. Hij deed de radio weer uit en stak een sigaret op.

Toen hij langs het kruispunt kwam zag hij dat de stukjes glas nog net zo tegen de vluchtheuvel lagen. Als een restje sneeuw. Alleen glinsterden ze nu in de zon.

Als hij vanmiddag Carla uit het ziekenhuis ging halen en naar huis brengen zou hij er met haar langsrijden. Zoals je met een hond doet om hem van zijn fouten te laten leren, dacht hij met een glimlach. Hij vroeg zich af hoe haar neus eruit zou zien als het masker afging. Of ze weer zou lijken op dat gezicht dat hij maar een fractie van een seconde gezien kon hebben maar zo duidelijk onthouden had. Het demasqué.

Op de autoweg probeerde hij harder te rijden omdat hij nogal laat was, maar het klapperde alsof hij in een zeilboot zat die bij een stugge bries overstag ging. Het leek wel of het geluid overdag nog harder was.

De Schipholtunnel had niets meer van dat vochtige angstaanjagende karkas waar hij met de mist doorheen gereden was. Modern zoevend de wijde wereld in op de zonnige dia af aan het eind van die gang. Een vliegtuig denderde vlak over de weg heen, schoot omhoog en loste op in het zilveren licht.

'The fresh and sparkling world,' mompelde hij.

Bouwland met doorgeschoten groente. Waaierachtige bloeiaren die glinsterend van de dauw in het zonlicht stonden te dampen. Je zou er dwars doorheen willen rennen tot aan de horizon. Praatpaal 615, zonder mist zo geel als een banaan bij neonlicht. Bomen langs de weg, goudgeel. Een herfstdag zoals je je de herfst denkt. Alles was weer briljant in de zon. Alles leek kleiner omdat het zichtbaarder was. Een wand van gele blaadjes doorzichtig als pruim, die hingen te trillen alsof ze loszaten. Pas geploegd land. Het perspectief van de voren draaide weg. Zwermen meeuwen erboven.

Ik moet straks in de eerste volgauto naast mijn moeder zitten, dacht hij. Ik zal mijn arm troostend om haar heen moeten slaan. De zwijgende zeemeermin. Maar misschien heeft Jenny haar wel zo opgevrolijkt dat het toch nog een beetje hossen wordt. De geesten op een dwaalspoor brengen. Er is maar één remedie tegen de eenzaamheid voor haar. Weduwenverbranding.

Hij ging van de autoweg af en onder het viaduct door. De hekken van het kerkhof stonden al wijd open. Het fijne grind op de oprit was geharkt, zo gelijkmatig en strak dat het wel een breiwerk leek. Er was hem nog geen dode voorgegaan vandaag. Toen hij over de brug reed keek hij snel eerst naar rechts en toen naar links. Glashelder.

Aan beide kanten van de weg voor het ouderlijk huis stonden auto's geparkeerd.

Al die aangetrouwde familie, dacht hij. Waarom is de rest ook niet fatsoenlijk gescheiden. Het is juist goed dat de mens alleen zij. Toen zag hij het met deco-motieven beschilderde busje van Charley staan. Hij parkeerde erachter, stapte uit en keek er even in. Vuile schapevachten op de banken. Een kleine foto van Sitting Bull zat tegen de tussenplaat geplakt. Op het dashboard lag een stuk stokbrood, van twee kanten aangeplukt.

Anna had hem zeker langs zien komen want ze verscheen in de deuropening, bleek en stil in een plechtige japon.

'Die lui zijn al binnen, Paul, maar ze wachten op jou met het sluiten van de kist,' zei ze. 'Je kan vader nog voor het laatst zien.'

'Is moeder er al voor het laatst bij geweest?'

'Aan de arm van Jenny,' zei ze en ging naar binnen.

Hij liep achter haar de gang in en zag door de openstaande deur een hele stoet kleinkinderen op klapstoelen in de kamer zitten. Verwende Pepsidrinkers. Van die gezichten om treiterig tegen te jengelen, 'Ik Tjolk in het speelkwartier. En ik Tjolk bij de begrafenis van mijn grootvader.'

'Die schatten,' zei Anna toen ze hem de kamer in zag kijken naar die nazaten. 'Ze hebben net allemaal even afscheid van opa genomen. Die begrijpen er ook helemaal niets van. Opa slaapt, zei die kleine van André. Ik zeg, ja hoor schat. Opa slaapt.' Ze hikte even een snikje op en liep de kamer in waar hij haar beheerst hoorde vragen, 'Dominee, u nog een kopje koffie?'

Achter in de gang stond Dolf in een zwart pak bedrijvig voor de open keukendeur te gesticuleren. Hij hoorde de stemmen van Jenny en Charley. Toen Dolf hem zag stak hij zijn hand naar hem op en zei spottend, 'Dat staat je goed, een broek met een vouw.' Meteen verscheen het hoofd van Laura om de deurpost en ze lachte engelachtig naar hem.

Hij ging de slaapkamer van zijn ouders binnen. Er stonden twee mannen van de begrafenisonderneming in het halfduister. Hun hoge hoeden lagen naast elkaar op het bed. Een van hen stond de paardedeken op te vouwen, maar legde die weer snel over het voeteneinde van de kist. Achterbaks keken ze hem even aan of ze met iets verbodens bezig waren, mompelden iets terwijl ze hun hoge hoeden van de sprei gristen en stapten de kamer uit alsof ze op een tien centimeter dik tapijt liepen.

Paul zag dat het deksel van de kist tegen de wastafel stond. Op de kaptafel lagen verchroomde vleugelmoeren. Hij ging voor het deksel staan met zijn armen strak langs zijn lichaam, kneep zijn ogen halfdicht en haalde diep adem.

'Ik ben de opstanding en het leven,' mompelde hij. 'Die in Mij gelooft zal leven, al ware hij ook gestorven.'

Hij pakte het deksel op om te voelen hoe zwaar het was.

Goedkoop fineer, dacht hij. Het weegt bijna niets. Je zou erop kunnen plankzeilen.

Hij zette het deksel weer neer en liep naar de kist. Hij vroeg zich af of zijn moeder die zwarte schouderdoek zelf meegenomen had toen ze voor het laatst was gaan kijken. Het gezicht van zijn vader was ingevallen. Het was of zijn jukbeenderen door zijn huid heen kwamen. Je zag nu pas de schedel erin, alsof hij vlak voor hij verdween duidelijk wilde laten zien dat ze hem toch echt te pakken hadden. De roos was niet verlept maar in elkaar gekleefd of hij gesmolten was. Boven de handen van zijn vader lag het takje hulst. Zijn oogleden waren zo dun en kleurloos geworden dat het was of hij erdoorheen probeerde te kijken.

Nu zien we elkaar voor het laatst, dacht hij. Het voorhangsel van de tempel scheurt en ergens moet een romeins legeraanvoerder zeggen, 'Waarlijk, deze was Gods zoon.'

Hij zag zijn vader door een bar winterlandschap trekken in een boetekleed zoals tegen het einde van het jaar op prenten in de kranten uit zijn jeugd het oudejaar dat ging verdwijnen afgebeeld werd. Door die verstarde woestenij van ijsschotsen en met ijspegels behangen boomstronken lichtte hij zichzelf bij met een lantaarn die maar een spaarzaam licht verspreidde. Hij zag hem recht op een wak aflopen waarin een zwalking was van vissen. Toen zag hij waarom zijn vader zo blindelings op dat donkere watergraf afliep. De lantaarn die hij in zijn hand had was het kerstlantaarntje dat hijzelf gefiguurzaagd had. Er kwam bijna geen licht door het gekleurde kerkje en het takje hulst. Paul wilde schreeuwen maar hij beet zijn tanden op elkaar.

Hij merkte dat hij stond te klappertanden en dat er tranen ijskoud langs zijn gezicht liepen.

Ineens liep hij naar het raam. Hij struikelde bijna over de grafkrans die op de grond gelegd was. Wild trok hij de gordijnen open en schoof het raam zover mogelijk omhoog. Hij stak zijn hoofd naar buiten in het bleke zonlicht en keek de tuin in. De bloeiaar van de naald van Cleopatra glinsterde als een scepter. De glazige stengels van de dahlia's leken met de zon erdoor van gekleurd glas. Damp kwam van de aarde af.

'Dat had al vijf dagen eerder moeten gebeuren,' hoorde

hij Dolf achter zich zeggen. 'Eindelijk die bedorven muffe lucht eruit.' Met gestrekte armen steunend op de venster-bank kwam hij naast Paul naar buiten hangen. 'Heerlijk,' zei hij terwijl hij luidruchtig zijn longen volzoog. 'Het is of je de zon naar binnen zuigt.' Zo bleven ze een poos staan, toen zei hij dromerig, 'Weet je wat me de laatste dagen nóu zo opvalt als ik de tuin in kijk. Die hulstboom. Volgens mij is die vanaf dat ik zó was geen millimeter gegroeid. Het was toen ook al zo'n enorm warbos.'

Hij boog zijn hoofd even naar binnen en keek naar de rouwkrans achter hem op de grond.

'Zie je hoe schitterend wit die rozen nu zijn. Kaarslicht maakt alle kleuren zo vuil. Net of het door van die ouder-wetse beige dameskousen komt. Wit is het bewijs,' zei hij met een grimas.

Paul zag ineens zijn vader fanatiek een wesp in huis ach-tervolgen en met de zwabber platdrukken tegen de ruit van het bovenlicht in de serre. Zijn woede als Paul een wesp op zijn vinger liet lopen en ermee naar buiten ging en hem vrijliet.

'We mogen hier bij toerbeurt wel de tuin komen doen,' zei Dolf. 'Want ik zie moeder nog niet op klompen de schoffel hanteren. Na de begrafenis kunnen we meteen beginnen met de dahliaknollen op te graven en in een kist met zand in de schuur te zetten. God, wat heb ik hem dat vaak zien doen. Daar had hij zo'n delftse slaoliekist voor van lang voor de oorlog met kroppen sla erop en een olifant met een fles slaolie in zijn slurf. En als hij die dan in het voorjaar weer te voorschijn haalde was steevast de helft verblubberd.'

Hij kreeg ineens een lachbui, liep snel naar de wastafel,

zette resoluut het deksel van de kist tegen de muur en nam een slok water. Toen kwam hij weer terug.

'Weet je wat ik nou voor me zag. Dat hele stel met hun drol op een schepje naar de moestuin lopen. Weet jij dat nog? In de oorlog, dat je niet mocht doortrekken van vader na een grote boodschap, maar je uitwerpsel uit de plee moest scheppen en achter in de tuin begraven. Zelfbemesting. Als ik zeg dat het stonk daar tussen de struiken andijvie, zeg ik niets. Het was een helse stank. Ik moest het nog achter de kleintjes hun kont opruimen ook. Volgens mij heb ik zo'n smalle neus gekregen van het dichtknijpen. Moeder mocht doortrekken. Die had een vrijstelling. Wat ik nooit begrepen heb. Je zou zeggen, zo'n volumineus vrouwmens, dat tikt juist lekker aan.'

Ze lachten en Paul zei dat hij daar nooit bij geweest was. Dat hij toen waarschijnlijk het huis uit was en ondergedoken.

Dolf liep de kamer in, pakte de krans op en legde die op het bed naast een paar andere bloemstukken die vanmorgen gebracht moesten zijn. Het lint spreidde hij zo uit dat de tekst goed te lezen was. Daarna liep hij naar het hoge tafeltje met de kandelaar en blies de kaarsen in één ademstoot uit. Toen boog hij over de kist maar schoot meteen weer rechtop.

'Die staat een dag te lang open. Vooral nu bij daglicht zie je dat. Daarnet met die hele groep eromheen had ik dat niet eens zo in de gaten.'

'Heb jij dat takje hulst op vader gelegd,' vroeg Paul.

'Waar zie je me voor aan. Ik ga nou dat deksel er niet meer afhalen. Dat hebben die meiden gedaan. Direct stoppen ze ook nog het kruidenbuiltje bij hem naar binnen.'

Hij liep naar de kaptafel, sloeg de spiegels open en keek even naar zichzelf met ingehouden tevredenheid. Toen keek hij naar het ouderlijk bed in de spiegel.

'Ik vraag me af of moeder zich daar weer in ter ruste gaat begeven,' zei hij. 'Ik zou dat bed en die matras verbranden en alles opnieuw laten stofferen. Niet om te vergeten, maar om te voorkomen dat de verkeerde herinneringen je blijven achtervolgen. Want zo'n hele dodencultus dat gaat me echt te ver. Vijf dagen lang. Steeds die meiden hier naar binnen en dan jankend weer eruit stormen. Ze geven elkaar geen vingerbreed toe. Als je al die tranen op had gevangen zou je je voeten erin kunnen wassen.'

Hij pakte de fles eau de cologne van het nachtkastje en sprenkelde er even in het wilde weg mee rond.

'Hebben Laura en haar vriend hem nog gezien,' vroeg Paul.

'Die jongen stond er zo'n beetje gek bij te grijnzen. Wel goed eigenlijk. Net of hij de boel in de maling stond te nemen. Ik zeg tegen hem, straks grijnst hij terug. Dat vond hij mooi.'

Hij lichtte de paardedeken op en keek naar de ritssluiting in de binnenhoes.

'Daar zou ik niet bij willen zijn als ze die straks gaan dichtritsen. Kom,' zei hij terwijl hij de paardedeken losliet en op zijn polshorloge keek, 'Die gasten staan maar in de gang te wachten tot ze het rijk weer alleen hebben. Die krijgen lood in hun armen van het vasthouden van hun hoge hoeden.'

Ze gingen de slaapkamer uit en Dolf hield de deur open voor de beide mannen van de begrafenisonderneming. Toen liep hij de kamer in, waar meteen de kleinkinderen luidruchtig werden door zijn komst.

Paul bleef met zijn rug tegen de deurpost geleund staan. Hij hoorde allerlei geluiden uit de slaapkamer komen.

Die laat een vleugelmoer uit zijn poten op de kaptafel vallen, dacht hij.

Toen hoorde hij ineens een geluid dat als een mes dwars door zijn kleren in zijn ruggegraat kerfde. De ritssluiting van de binnenhoes die dichtgetrokken werd. Het was geen geluid of er een dode met piëteit voorgoed de eeuwige nacht in werd gestuurd. Het klonk alsof die ritssluiting met ver uitgestoken arm en half afgewend gezicht grof dichtgetrokken werd.

In de keuken stond Karel broodjes te smeren. Laura stond naast hem en mocht ze onder zijn wakend oog van beleg voorzien. De keukendeur was open. Op het stenen plaatsje stond Jenny geanimeerd met Charley te praten. Zo sophisticated. Zij in haar goudlamé broekpak, hij met een zwart jak met een draak op de rug geborduurd in lichtblauwe en oranje zijde.

Paul sloeg even zijn arm om de heup van Laura en knuffelde haar. Ze boog haar hoofd naar hem toe en hij voelde een lichte kus. Alsof er een vochtig blad langs zijn wang streek.

'Je raspt,' zei ze. 'Je had je moeten scheren vanmorgen.'

'Je weet toch dat je vader een verschrikkelijke hekel heeft aan snoeien,' zei Karel en er gleed een zuinig lachje naar zijn kin.

'Dat jij oom Karel mag helpen...,' zei Paul. 'Je mag er zeker maar één plakje kaas of ham tussen doen.'

Ze keek hem lachend aan en knikte.

'Die dochter van jou die trok gewoon een ons kaas in tweeën en wilde dat tussen twee broodjes steken. Ik zei dat ze dat maar over vijf broodjes moest verdelen. Een begrafenis is geen schranspartij.'

'Hij is streng hoor,' zei Laura en stak zonder dat Karel het zag een in elkaar gefrommelde plak ham in haar mond. Toen pakte ze er nog een en stak die Paul heimelijk toe, keek langs hem naar buiten en zei met een volle mond, 'Wat een leuke tante heb ik er vandaag bij gekregen.'

Karel keek haar meteen onderzoekend aan en zei, 'Een beetje te leuk. En niet van dat beleg staan snoepen. Het is precies afgepast.'

Paul at zonder al te duidelijk te kauwen zijn mond leeg en zei toen tegen Laura, 'Jij bent nog bij opa geweest, hè.'

'Charley wilde eerst niet dat ik naar binnen ging, maar tante Anna zei dat ik het toch moest doen omdat ik er anders later spijt van zou krijgen. Charley dacht zeker dat ik zou bezwijken of zo.'

'Geen okaye toestand,' zei Paul.

Ze lachte even naar hem en zei, 'Maar ik vond het helemaal niet eng. Gewoon een ouwe man die lag te slapen. Ik zou opa nooit meer herkend hebben.'

'Dat komt omdat je hier tien jaar of langer niet geweest bent, schatje,' zei Karel.

'Is dat zo lang geleden,' zei ze onnozel met een verwonderde glimlach. 'Het lijkt net of het maar zo kort geleden is.'

'Nou, voor je opa niet,' zei hij vinnig. 'Die heeft je wat gemist. Vorige week had hij het nog over je.'

'Goh, wat schattig,' zei ze.

Paul zoog de binnenkant van zijn wangen naar binnen en

beet erop om niet te lachen en liep snel naar buiten de kraaiende verwelkoming van Jenny tegemoet.

'Paultje, how are you! Jij krijgt een geweldige son-in-law, zeg,' zei ze terwijl ze gretig naar Charley keek.

'Die zuster van jou dat is een stoot onder de gordel,' zei Charley. 'Eerlijk gezegd begrijp ik niet hoe jij zo komt.'

'Ik heb het met de dominee doorgesproken, Paultje,' zei Jenny. 'Over Händel. Hij vond het een goeie keus, zeg. Ik heb het gisteravond voor moeder gespeeld. Uit hetzelfde boek van vroeger. En Johan de Heer. Vreselijk toch! Die christelijke people, zij hebben Bach. Waarom Johan de Heer. Je kan je hele leven Bach spelen en dan is de helft van jouw leven voorbij, en als je dan opnieuw begint is de andere helft voorbij.'

Ze lachten en liepen de tuin in.

'Die boom daar, is that an apple tree. Ik ben erin geklommen. Maar het mocht niet van vader. Hij tikte tegen de ruit. Je hoefde niet te kijken. Je hoorde dat hij het was.' Toen zei ze zacht terwijl ze even naar de keukendeur keek, 'Ik heb Charley verteld dat wij gisteravond naar die vrouwen gekeken hebben.'

'Ik dacht dat jij je gasten altijd meenam naar het Rijksmuseum,' zei Charley.

'We zijn niet verder gekomen dan de buitententoonstelling,' zei Paul.

Anna verscheen bleek en stijf in de opening van de keukendeur en zei, 'Komen jullie. De huisdienst gaat beginnen.'

Paul liep achter ze aan, maar op het stenen plaatsje bleef hij staan en keek door het open raam de slaapkamer van zijn ouders in. Er was niemand meer. De zwarte katoenen doeken waren door de mannen van de begrafenisonderneming meegenomen. Misschien hadden ze er wel om gedobbeld. Het was ineens geen katafalk meer waarop een dode plechtig opgebaard lag. De kist stond oneerbiedig op de kale vurehouten schragen alsof het een smalle kast was waar in de werkplaats nog de laatste hand aan gelegd moest worden. Nog een beetje schuren en schaven en een kwast wasbeits en klaar is Kees.

In het oude Egypte zouden ze hem zijn klompen en laarzen en zijn hengels en visgerei hebben meegegeven, dacht hij. En een paar gemummificeerde vissen in doeken gewonden. Een leven na de dood op de eeuwige visgronden. Maar dat hysterische ouwe wijf van een Johannes heeft op Patmos alles verpest met z'n Cecil B. DeMille-fantasieën. De hoer van Babylon, de moeder der hoererijen en der gruwelen der aarde, op het scharlakenrode beest. En die hele stad die uit de hemel nederdaalt als een Hollywood-decor. De opsomming van al die edelgesteenten waaruit het fundament van de muur is opgetrokken. Een keukenmeid die te diep in de juwelenkist van haar mevrouw gekeken heeft. Die hele protserige juwelierszaak blinkend als Gero Zilmeta. Het verraderlijk doublé van de christelijke beschaving.

In het midden van de gang bleef Paul staan. Hij hoorde de stem van de dominee.

'Banden van de dood hadden mij omvangen, angsten van het dodenrijk hadden mij aangegrepen, ik ondervond benauwdheid en smart. Maar ik riep de naam des Heren aan: Ach Here, red mijn leven. Genadig is de Here en rechtvaardig, onze God is een ontfermer. De Here bewaart de eenvoudigen; ik was verzwakt, maar Hij heeft mij verlost. Keer weder, mijn ziel, tot uw rust, omdat de Here u heeft welgedaan. Want Gij hebt mijn leven van de dood gered, mijn oog van tranen, mijn voet van aanstoot.'

Ineens klonk er een steunende snik op die in een hijgende keelklank eindigde. Gestommel van stoelen en gefluister. Even later kwam Els voorovergebogen de kamer uit alsof ze de drempel als startblok had gebruikt. Ze hield een zakdoek tegen haar mond gedrukt. Toen Paul haar met een troostend armgebaar wilde tegenhouden duwde ze hem opzij en schoot als een dier dat ontsnapt tussen hem en de van jassen bol staande kapstok door naar de logeerkamer waar hij haar met lange uithalen hoorde huilen.

Er was even een stilte binnen, toen klonk de stem van de dominee weer op, aarzelend.

'Kostbaar is in de ogen des Heren de dood van zijn gunstgenoten. Ach Here, waarlijk, ik ben uw knecht, de zoon van uw dienstmaagd: Gij hebt mijn banden losgemaakt...'

Weer klonk er gestommel en de man van Els kwam verward de kamer uit, liep langs Paul zonder dat hij hem scheen te zien en ging de logeerkamer in.

Paul liep naar de kamer en bleef tegen de deurpost geleund staan terwijl de dominee de psalm beëindigde. Hij zat op de stoel van zijn vader naast zijn moeder, die star naar de grond keek met een ondoorgrondelijke sluwige blik.

Achter de twee rijen kleinkinderen op gehuurde klapstoeltjes stond Dolf tussen Jenny en Laura in. Toen hij Paul zag staan sloeg hij even zijn ogen ten hemel en zijn lippen maakten een prevelende beweging, maar Paul keek meteen zo neutraal mogelijk de andere kant op.

Zeg Bert, wat nu weer, dacht hij. Ernie, Ernie, hier klopt iets niet.

De dominee sloeg de bijbel onhoorbaar dicht alsof er watten tussen zat, toen zei hij, 'Beste familie, familie ook in onze Heer, Jezus Christus. Wanneer iemand er niet meer is, wanneer iemand er niet meer bij is, dan ontdek je dat hij opeens op een heel bijzondere manier erbij gekomen is. Alsof je iemand nu pas goed gaat zien, nu je hem niet meer ziet. Ik dacht dat ook u op deze manier de laatste dagen bezig bent geweest met een man, met een vader, met een grootvader. Als je dan zo met elkaar in de kamer zit en de gesprekken komen los dan zijn het allemaal die oude verhalen en herinneringen aan vroeger. Maar het zijn niet alleen herinneringen die je met elkaar ophaalt, er gebeurt eigenlijk veel meer. Ik dacht dat er ook dit gebeurt, dat je dan zo met elkaar bezig bent om, laat ik zeggen, een beeld te maken. En terwijl je daar zo mee bezig bent kan het gebeuren dat je jezelf er opeens op betrapt met hoe ongelooflijk veel eerbied je bezig bent dat beeld te maken. Net alsof je nu pas gaat ontdekken hoe schoon God de mens geschapen heeft. Zo ongelooflijk schoon dat je telkens weer met elkaar voor verrassingen staat en van de ene verbazing in de andere valt.'

Anna stond op en liep de kamer uit. Dikke tranen zoals hij nog nooit uit iemands ogen had zien komen liepen olieachtig over haar wangen. Achter haar aan liep hij de gang door naar de keuken. Ze bleef, met haar armen op het aanrecht gesteund, voorovergebogen over de gootsteen staan. De tranen liepen in straaltjes naar beneden maar haar gezicht was niet smartelijk vertrokken. Het leek zelfs of ze vaag glimlachte.

Paul legde zijn arm om haar schouder en wilde haar een papieren zakdoek geven, maar ze nam hem niet aan.

'Laat me maar even, Paul,' zei ze.

Hij ging voor de keukendeur staan en keek naar buiten terwijl hij luisterde naar de stem van de dominee waarvan hij zo nu en dan een paar woorden kon verstaan.

'Zo onwrikbaar, zo granietachtig.' 'Hij kon er alleen maar over praten vanuit een onaantastbare zekerheid.' 'Hierin was hij echt de ouderwetse stoere calvinist.' 'Daarmee heb ik beslist niet de diepste laag aangeboord.' 'Dan moet ik het in de smeltkroes brengen. Welnu, zijn geloof is in de smeltkroes geweest.' 'De crisis, de oorlog, twee kinderen verloren.'

Paul deed de keukendeur open en liep de tuin in. De zon was warmig. De lucht tintelde alsof de atmosfeer rilde.

'There was enough snap in the air to make life simple and sweet, if you didn't have too much on your mind,' mompelde hij.

Hij liep naar de schuur toe en ging naar binnen. Dezelfde geur van vroeger. Alsof er ergens een kist aardappels met bleke uitlopers stond te verschrompelen. De pekelgeur van het snijbonenvat onder de werkbank. Het fluweeldikke laagje dat erop kwam, dat zijn vader, als hij de steen er vanaf gehaald had, met een latje naar de kant dreef en met de schuimspaan eraf schepte.

Stiekem hier vrijen met mijn eerste meisje, dacht hij. Op een paar meter van je af, met alleen maar een houten wand en een muur ertussen, zat die tiran in een wolk van eigenteelttabak te sluimeren in zijn rookstoel. Zij wijdbeens op de werkbank, ik ertussen. De gloed die door je kleren heen drong. Bij iedere ontmoeting een stukje verder.

In de hoek stond de hengel van zijn vader in de legerkleurige hoes netjes dichtgestrikt. Hij deed hem even open. Altijd nog die donker gekleurde bamboehengel met messing bussen. Hengels van glasvezel daar had hij nooit iets van willen weten. Dat was voor zondagsvissers. Paul had hem jaren geleden een werphengel voor zijn verjaardag gegeven met een molentje. Hij had hem bijna moeten pressen om met hem mee naar de tuin te gaan en daar te oefenen. Zijn hoed op het gazon om op te mikken. Hij had zijn hoed opgevist. Die zeilende hoed van hem aan het haakje door de lucht. Zijn vader had er zelfs om kunnen lachen.

Hij zette de notehouten kist met visgerei op de werkbank en deed hem open. De dobbers die hij hardnekkig simmetjes bleef noemen. Allemaal keurig op de tuigrekjes gewonden, nergens het snoer over elkaar. Het kleine blauwe blikje dat van bukskogeltjes was geweest gevuld met korrels loodhagel. Het platte tangetje om ze aan de lijn vast te knijpen. De haakjes in een doorzichtig plastic doosje. Hoeveel maden waren daaraan gespietst en hoeveel lippen van karpers en brasems hadden ze doorboord. Hij deed het geperforeerde madenblikje even open. Het visseizoen zat erop, het was zo blinkend schoon gepoetst van binnen dat je eruit zou kunnen eten. Het weerspiegelde zelfs zijn gezicht. Misvormd door een paar butsen.

Hij rammelde even met de blikken van de verpleegsterscacao maar hij keek er niet in. Hij wist zo wel dat daar ieder spijkertje, oogschroefje en moertje in was gegaan dat ergens vanaf of uit kwam en dat er roestig stof tussen zat van jaren en jaren geleden. Misschien nog wel van de spijkers van zijn konijnehokken. Van sommige blikken was de verpleegster bijna weggesleten. Het roze vlees van die gezonde wangen werd er nog echter door.

Anna was niet meer in de keuken. Hij nam een slok water uit de kraan, deed even de koelkast open en smeet hem meteen weer dicht.

'De smeltjus is hem ook niet bespaard gebleven,' mompelde hij.

Hij liep de gang in. De buitendeur stond open. In de deuropening stonden de mannen van de begrafenisonderneming uit te kijken. Ze wachtten zeker op de auto's, ieder tegen een deurpost geleund, lamlendig geduldig. Een van hen had de paardedeken en de zwarte katoenen doeken die om de schragen gezeten hadden over zijn arm.

Hij vroeg zich af hoe ze zouden reageren als er plotseling een hemelse strijdkaros getrokken door vurige paarden met woeste manen nog vochtig van het wolkendek, omringd door door de lucht buitelende en bazuinspelende engelen, voorreed om zijn vader op te halen. Met de Heer der heerscharen zelf aan de leidsels.

Uit de kamer hoorde hij de rustige stem van de dominee komen. Even bleef hij staan luisteren en ging toen de logeerkamer in. Hij wreef eerst de indruk van het lichaam van Els uit de sprei, die bij het hoofdeinde nat was van haar tranen. Toen, alsof hij ertoe gedwongen werd deed hij de spiegelkast open en haalde het visgraatpak van zijn vader eruit. Even bleef hij ermee staan zonder ernaar te kijken. Hij keek zichzelf aan in de spiegel, zonder spot of angst. Toen hing hij het pak terug tussen de japonnen van zijn moeder en ging de kamer uit.

In de gang probeerden vier mannen van de begrafenisonderneming de kist met zijn vader de slaapkamer uit te krijgen. Ze konden net de draai niet maken.

Voor de deur stond de lijkauto, in de deuropening de begrafenisondernemer met zijn hoge hoed op. Met zijn hoekige brilleglazen die blind glommen keek hij met ergernis naar het gemanoeuvreer van de mannen. Sissend floot hij tussen zijn tanden door en maakte met zijn zwartgehandschoende hand een resoluut gebaar naar omhoog. De mannen zetten de kist recht overeind en droegen hem zo de kamer uit.

De roos is op zijn voeten gezakt, dacht hij. En het takje hulst. Staande in het harnas verlaat hij het huis.

In de kamer begon de dominee te bidden. Hij hoorde aan het geschuifel van de stoelen dat iedereen opstond.

'U willen wij danken, Here God, voor dit rijke leven. Niet dat hij zichzelf rijk gemaakt heeft en nog minder dat de mensen het gedaan hebben. Maar Gij hebt hem rijk gemaakt, want U hebt hem geloof geschonken. En toen kon hij het moeilijke zware leven aan. Wij danken U voor alles dat hij voor ons heeft betekend. Hoe hij voor ons geleefd, gewerkt en gebeden heeft. Hoe hij ons met tere zorg omringde. Juist daarom is het zo moeilijk, o God, om hem nu te moeten loslaten. In onze menselijke zwakheid denken wij, dit kan niet, dit afschuwelijke voorbijgaan. Die herfst, die winter. Dat de mens er niet meer zal zijn. Laat het voor ons zo zijn dat wanneer wij hem loslaten dat we hem dan in Uw handen leggen. In het weten, dat ook de dood ons niet scheidt van Uw liefde. Dat U bent een God niet van doden maar van levenden. Amen.'

Het bleef een poos stil, toen klonk er geroezemoes en gekuch uit de kamer op.

Buiten werd de kist van zijn vader, zonder plechtigheid, als een vracht in een verhuiswagen, in de lijkauto geschoven.

De goddelijke genade leek wel met de sprankelende orgeltonen en het wemelende licht door de koepel van de kerk te zweven. Door de spijlen van het eikehouten hekwerk om de gaanderij zag je het bewegen en schitteren van het goudlamé broekpak van Jenny achter het toetsenbord. Haar bontjas had ze op de grond naast de orgelbank gelegd. Het leek of ze door een rustig slapende hond bewaakt werd. Haar geblondeerde haar bewoog fel en bezield op en neer op de uitbundige cadans van de muziek. Paul hoorde het aan zonder angst dat het plotseling deinend zou kunnen overgaan in On the Sunny Side of the Street of My Blue Heaven. Hij kon zich bijna niet voorstellen dat die klanken de ruimte in werden gestrooid door dezelfde vrouw die gisteravond niet weg te slaan was in de sexhal bij The Horny Dog.

Hij keek naar Laura die stralend naar het licht keek dat door de groene gotische ramen naar binnen viel. Een engel van Memlinc in vervoering. Het leek wel of ze dauwfris uit den hogen neergedaald was in de kring van familieleden die om de met bloemen bedekte kist stond.

Het lichaam van zijn moeder voelde hij zwaar en ongemakkelijk tegen zich aanleunen. Bijna met wrok staarde ze in de bloemen alsof ze zich verraden en in de steek gelaten voelde. Het scheen haar helemaal te ontgaan dat het Jenny was die daarboven op het orgel speelde.

Anna stond naast hem met gebogen hoofd te huilen. Op de grijze gladgesleten hardsteen verschenen donkerblauwe cirkeltjes.

Wat heeft hij een nageslacht verwekt, dacht Paul. Bijna een halve kerk vol. Talrijk als het zand der zee.

Hij keek naar Dolf die schijnbaar onbewogen stond te luisteren, maar je zag aan zijn duimen die snel in zijn gevouwen handen om elkaar draaiden dat hij moeite moest doen om zijn ontroering meester te blijven. En dat het niet in hem op zou komen om tussen al die kinderen en kindskinderen te denken, 'De dader ligt bijna op het kerkhof.'

Toen het orgel verstomde gingen de deuren van de kerk als door een onzichtbare hand wijd open en met een golf koud licht kwamen de begrafenisondernemer en de dragers binnen. De dominee liep naar de kist en stelde zich erachter op. Paul ging, zijn moeder ondersteunend, die hij bijna vooruit moest duwen alsof ze iedere stap dichter naar die grafkuil traineerde, naast de dominee staan. Schuifelend schoof de kring tot een lange rij erachter.

Even was er een hoorbare stilte. De dragers wachtten op een teken van de begrafenisondernemer. Paul zag de ramen in zijn hoekige brilleglazen weerspiegelen bij zijn bevelende knik. Toen namen ze met een soepele beweging de kist op hun schouder. Als een onbuigzame Jan Klaassen draaide de begrafenisondernemer zich stijf om en begon de kerk uit te schrijden. Meteen zette het orgel in.

Die muziek moet de dominee aan Jenny gegeven hebben, dacht Paul. Dat is de bekende uitsmijter. Net zo iets als Daar komt de Bruid, maar dan in 't zwart.

De bloemen lichtten ineens op in het zonlicht. Een grafgroot perk dat zwaaiend naar de zon geheven werd. De warmte was verdovend na die kille kerk. Paul moest een verborgen strijd leveren tegen de onwil van zijn moeder.

Hij had het gevoel of hij haar dwong om levend begraven te worden. Anneke ten Hove uit het Martelarenboek. Nog een schep zand en die biddende mond en in gebed gevouwen handen zijn ook bedekt.

Halverwege het grindpad hield de begrafenisondernemer ze staande terwijl de dragers met de kist doorliepen. Paul zag ze achter de heg verdwijnen.

Hij dacht eraan dat hij straks moest bedanken voor de belangstelling. Het zweet brak hem uit. Als hij het ineens zou krijgen. Van die stille waters die plotseling uitbarsten. Eat a crocodile? I'll do't. And death shall have no dominion! And death shall have no dominion! Of erger nog. Als hij aan de rand van het graf als een jankende zeehond al zijn jongenszonden ging staan uitbulken. Hij hoorde zichzelf jammeren terwijl hij zich beschuldigend op zijn borst sloeg, 'En weet u wie er verdomme zijn witte mesje waar hij zo aan gehecht was dat hij het geen dag missen kon, gestolen heeft?!'

In de kerk hield de orgelmuziek op.

De begrafenisondernemer maakte een uitnodigend gebaar en de stoet zette zich, knerpend door het grind, weer in beweging. Paul voelde iedere onwillige stap van zijn moeder door zijn hele lichaam heen. Die in het grind omzwikkende voeten, dat zwoegende lopen door de herfstzon. Het was precies zoals op die septemberdag in 1944 toen Hugo begraven werd.

Wat is er in die tussentijd gebeurd, dacht hij. Het lichaam van mijn broer vergaan tot aarde. Er had allang een regeneratiemachine uitgevonden moeten worden waar je aan de voorkant een lijk in stopt en waar aan de achterkant dat lichaam weer uitkomt in de bloei van zijn jeugd en verpakt in krimpfolie om de eeuwigheid te trotseren.

De begrafenisondernemer dirigeerde iedereen om het graf. In de stilte erna klonken ineens de in het grind knerpende laarzen van Jenny. Op een holletje zag hij haar met haar bontjas los om haar schouders geslagen tussen de grafstenen aankomen. Ze drong de rij binnen en ging naast zijn moeder staan.

Toen het zo stil geworden was dat je dacht, ze wachten op een wonder, steeg er ineens een ondergronds gemurmureer op dat luider en verstaanbaar werd. De artikelen des geloofs die opgedreund werden. Zijn moeder bracht geen woord uit en Jenny zocht de monden af om een woord op te vangen en er achteraan te brabbelen. Paul mompelde zo nu en dan een half woord mee terwijl hij zijn gezicht opgeheven hield in de zon.

'Die ontvangen is van de Heilige Geest.' 'Nedergedaald ter helle.' 'Wederom opgestaan van de doden.' 'Wederopstanding des vlezes.' 'Een eeuwig leven.'

Aan het hoofdeinde van het graf liet een drager de kist met een graflift zakken, met gebogen hoofd alsof hij iets onbehoorlijks deed dat toch moest gebeuren.

Paul beet met kracht zijn kiezen op elkaar om niet te denken aan wat voor vreselijke gedachten er door het hoofd van zijn moeder moesten gaan. Want als je achterblijft zie je de kuil open waar je in moet.

De begrafenisondernemer vroeg of er nog iemand iets wilde zeggen, toen gaf hij Paul het woord.

Hij liet zijn moeder los en deed een stap naar voren. Over de hoofden heen keek hij naar de lucht waaruit een werveling van beelden en woorden als een heroïsche legende op hem afstormde. Maar hij zei alleen maar afwezig, 'Ik dank u voor uw belangstelling.'

Geleund tegen de jassenvracht aan de kapstok keek Paul naar de dominee die op gedempte toon tegen Els stond te praten. Troostend. Toen Dolf langskwam onderbrak hij bruusk hun fluistergesprek.

'Dominee, nou moet u me toch eens tekst en uitleg geven,' zei hij lichtelijk treiterig. 'U kent neem ik aan die prachtige psalm, 't Hijgend hert, der jacht ontkomen, schreeuwt niet sterker naar 't genot van de frisse waterstromen.'

De dominee knikte een beetje plechtig en keek hem argeloos aan.

'Psalm tweeënveertig,' zei hij.

'Precies,' zei Dolf. 'Het staat ook nog op het graf van mijn broer. Onberijmd. Maar die steen hadden ze vandaag zolang tegen de heg gezet. Nou kreeg ik een poos geleden de nieuwe psalmberijming in handen. Ik sloeg meteen psalm tweeënveertig op om te kijken wat ze daarvan gebrouwen hadden. En wat las ik! Evenals een moede hinde, naar het klare water smacht. Is dat nou geen schande? De prachtige sombere zinnen van de psalmdichter zijn toch tot een wee versje uit een poëziealbum verworden. Wat is dat nou voor onnozel gerijmel.'

Els dook in elkaar en liep muisstil en gedwee de kamer in. De dominee keek Dolf met een begrijpende glimlach aan.

'Niet iedereen is altijd even gelukkig met die nieuwe vertalingen,' zei hij. 'Vaak is het toch wel geslaagd en dan denk je ineens weer, hè nee. Dat heeft toch wel aan kracht ingeboet.'

Zijn moeder kwam uit de kamer en sloop bijna de slaap-kamer in. Toen verscheen haar bleke grijze hoofd weer om de deurpost en zei ze zacht, 'Paul, kan jij me even helpen?'

Hij had ineens het enge gevoel dat ze in verwarring dekens met hem wilde gaan uitslaan of het matras omkeren.

Toen hij binnenkwam zei ze, 'Doe je de deur achter je dicht, Paul.'

Hij deed de deur achter zich dicht en zag ineens hoe groot die lege plek was waar de kist had gestaan. In het grijze vaste tapijt zaten diepe moeten van de poten van de schragen.

Moeizaam liep ze naar de kaptafel en bleef er even hij-gend tegenaan geleund staan zonder dat ze in de spiegels keek. Toen haalde ze iets uit een laatje en wenkte hem.

'Dit had vader altijd bij zich, Paul. Wil jij het hebben?'

Hij had het gevoel of hij natte lakens opzij moest duwen om bij haar te komen. Ze hield een versleten groenleren etuitje voor hem op waar het nagelschaartje van zijn vader in zat. Hij pakte het van haar aan en probeerde er zonder huivering naar te kijken.

'Graag moeder,' zei hij. 'Ik zal het ook altijd bij me dragen.'

Hij stak het in zijn zak en omhelsde haar en zoende haar op haar wang.

De deur ging open en Dolf kwam binnen.

'Wat staan jullie hier samen te zweren,' zei hij. Hij liep meteen door naar het raam en duwde het omlaag. 'Het heeft hier nu wel lang genoeg gelucht,' mompelde hij. Daarna liep hij naar zijn moeder en haalde haar aan en zei, 'Zegt u nou eens wat u daar met Paul te bespreken had.'

Over haar rug zei hij tegen Paul, 'Denk maar niet dat je dat eruit krijgt. Ze laat zich nog liever haar tong uitrukken. Ze hoeft het ook niet te zeggen. Ik vermoed dat jij zojuist de gelukkige bezitter van vaders manchetknopen bent geworden.' Hij keek haar weer aan en zei, 'Ondoorgrondelijk is moedertje, hè.' Toen riep hij tegen haar, 'En hoe vond u Jenny op het orgel!?'

'Heel mooi,' zei ze met een afwezige glimlach.

'Groots! Vader zou er trots op geweest zijn!'

Ze knikte en liep huiverend weg van de kaptafel.

'Wat is het hier koud,' zei ze en trok rillend haar schouders op.

Dolf liep naar de radiator, voelde er even aan en draaide hem toen open.

'Met een uurtje is het hier weer behaaglijk,' zei hij. Toen zei hij zacht tegen Paul, 'Ze moet hier weg hoor.' Hij sloeg zijn arm om haar heen en zei, 'Wij gaan in de keuken een lekker kop koffie bij Karel halen.'

Het hek van het kerkhof was weer dicht toen hij erlangs reed. In het grind zag je de sporen van de begrafenisstoet. Die met bomen en struiken begroeide terp in de weilanden schitterde van de herfsttinten in de zon. Boven alles uit zat een onwaarschijnlijk rood blaadje aan een kale tak te fonkelen of het een gloeiendrood plaatje metaal was dat gesmeed moest worden. Het was zo zacht en warm dat hij het idee had dat zijn raam niet gebroken was maar dat hij het omlaag had gedraaid.

Hij vroeg zich af of dat graf meteen dichtgegooid was. Als hij hier als kind langskwam dacht hij dat door de grond heen het lijkesap van al die doden wel tot in het weiland zou sijpelen. Dat de koeien het gras zouden eten dat daaruit gegroeid was. Kreeg je de dood met de melk naar binnen.

Hij dacht aan wat Anna een paar jaar geleden gezegd had toen ze met zijn ouders op vakantie in Spanje was geweest, 'Vader is zo bruin, de as van zijn sigaar steekt er wit bij af.'

De grijze lijn van de vangrail glansde vettig als een parelgrijze huid. Overal op het bouwland was bedrijvigheid. Achter de tractoren zat een schuimend kielzog van meeuwen. De pas omgeploegde kluiten aarde glommmen als keien. Gevederde gele bomenrijen die de rechte wegen door de polders aangaven.

Over de Schipholtunnel taxiede een jumbojet. Een lichtblauwe dolfijn.

Halverwege de tunnel passeerde het busje van Charley en Laura. Ze toeterden niet, ze hadden hem niet gezien in die duistere gang. Hij zag ze in grote vaart wegschieten naar het licht.

Bij de balie in de hal van het ziekenhuis zeiden ze, nadat ze naar KNO gebeld hadden, dat juffrouw Middelheim haar kamer al verlaten had. Paul liep naar de lift. Hij hoorde boven de deuren slaan. Toen gingen de kabels lopen.

Als ik door de liftkooi en die verdiepingen heen kon kijken, zou ik haar zo op me af zien komen zweven, dacht hij. De nederdaling.

Toen de deuren openschoven stond ze voor hem in die lange stijve bontjas, statig en onbereikbaar. Hij zag dat de stroken leukoplast die het maskertje op zijn plaats hielden vernieuwd waren. Meteen pakte hij de volgeladen mexicaanse tas van haar aan. In haar andere hand had ze de bos gele dahlia's die hij voor haar had meegebracht.

Ze zag dat hij ernaar keek en zei, 'Ik heb ze toch nog maar meegenomen want die dikke lag al klaar om ze in te pikken. Ik gooi ze nog liever in de goot.'

'Je stem klinkt weer normaal,' zei hij. 'Hebben ze de watten eruit gehaald?'

Ze knikte en hield even haar hoofd achterovergekanteld naar hem op.

'Toen het er pas uit was heb ik wel een halfuur staan niezen. Ik rook alles alsof het in m'n neus gebeurde.' Ineens keek ze gulzig naar de kiosk in de hoek van de hal. 'Ach, koop me even een reep chocolade,' zei ze.

'Melk of puur?'

'Puur,' zei ze.

Hij zette de tas bij haar voeten neer, liep naar de kiosk en kocht zo'n groot pondsblok chocolade.

'Dat is nou wel heel lief en gul van je,' zei ze. 'Maar daar kan ik geen hap vanaf krijgen zonder mijn tanden te breken. Dat moet je thuis met de broodzaag te lijf.'

Hij liep weer naar de kiosk en kocht een paar gewone repen en liet het blok in haar tas tussen haar kleren zakken.

'Is je vakantie afgelopen,' vroeg ze.

'Hoezo,' vroeg hij verwonderd.

'Omdat je zo'n echt pak aan hebt.'

Hij mompelde wat van een vergadering die hij had moeten bijwonen en liet haar voorgaan naar buiten.

Op de parkeerplaats kreeg ze een kwaadaardige lachbui toen hij haar zijn ingedeukte portier liet zien en hij lachte maar een beetje schaapachtig mee. Er kwam een straaltje bloederig slijm uit haar neus dat ze hem met een papieren zakdoek weg liet vegen.

'Dat het zo hard aangekomen is, daar heb je geen notie

van,' zei ze en begon weer te lachen.

Toen ze wegreden ging ze van haar chocolade eten. Ze zoog er niet op maar kauwde het gulzig weg.

Hij kreeg ineens een verschrikkelijke honger. Dat gebeurt altijd na begrafenissen, dacht hij. Het wegschransen van de doodsgedachte. Even duidelijk bevestigen dat je nog leeft. Ik ga een lekkere gebakken tong eten met een fles Sancerre erbij. Misschien wil ze wel mee. Samen de schrik weg eten van die botsing. Maar ik zou het haar nooit moeten voorstellen. Als ze met me mee wil zegt ze het wel.

'Hier is het kruispunt waar je tegen me aangereden bent,' zei hij. 'Je kwam van deze kant. Kijk zo,' zei hij en gaf gas. 'Zie je, die automobilist schrikt zich ook al een ongeluk. En nou staat er nog niet eens mist.'

'Dan heb je geen tijd om te schrikken,' zei ze.

'Die glassplinters tegen de vluchtheuvel zijn nog van je voorruit.'

Ze keek er even naar en knikte.

'Ik voel me zo vrij,' zei ze. 'Net of ik uit de gevangenis ontsnapt ben. Ik zou wel overal heen willen vliegen.'

'Heb je vanmorgen je neus gezien toen ze het leukoplast vernieuwden,' vroeg hij.

'Ik wilde het niet zien.'

'Waarom niet?'

'De dokter heeft er even onder gekeken. Hij was tevreden. Maar ik wilde het beslist niet zien.'

Ze lachte. Haar tanden en mondholte waren bruin van de chocolade.

Voor haar huis in de Van Ostadestraat parkeerde hij dubbel en droeg haar tas achter haar aan naar de deur.

'Zien we elkaar nog eens,' vroeg hij.

'Je komt me maar opzoeken. Maar ik ben er vaak niet. Fladderig type.'

Ze lachte weer en hij lachte met een wee gevoel. Toen gaf hij haar een hand en ze trok de deur achter zich dicht.

Tegen het portier van zijn auto geleund bleef hij nog even naar boven staan kijken.

Nou stijgt ze omhoog dat duistere trapgat in, dacht hij. Zou het daar nog naar die gebakken schollen ruiken. Ze is scherpzinnig. Met één oogopslag ziet ze misschien dat ik in haar spullen heb gezeten. Heb ik die brief wel precies zo weggestopt tussen de boeken.

Ineens ging haar raam open en ze boog naar buiten. Je zag niet dat ze een maskertje voor had. Het leek of ze een opgezet kwaad poppegezicht had in die donkere krullen.

'Ik kom weer naar beneden,' schreeuwde ze en verdween weer.

Die naaktfoto van haar, dacht hij met schrik. Hij zag haar zijn huis binnengaan en als een furie die foto pakken en aan stukken scheuren vlak voor zijn gezicht. Als ze met me mee wil moet ik hem zonder dat ze het merkt achter de boeken zien te krijgen, dacht hij.

Ze kwam de deur uit en hij pakte de tas weer van haar aan. Hij zag dat ze er in haast nog wat kleren opgegooid had.

'Ik ga toch naar mijn vriendin,' zei ze. 'In die kamer van me, daar houd ik het niet uit. Als je me wil brengen… ik kan anders ook een taxi nemen.'

'Ik breng je wel,' zei hij en zette haar tas achter in de auto. 'Had je die bloemen niet mee moeten nemen,' vroeg hij zo gewoon mogelijk.

'Die heb ik op mijn bed neergegooid.'

'Dan verleppen ze.'

'Stil laten verleppen, daar zijn bloemen voor,' zei ze en stapte achter hem de auto in.

Hij keek opzij naar haar gezicht dat halfverborgen zat onder het maskertje. Hij dacht er ineens aan dat hij haar zou vragen of hij zou mogen zien wat eronder zat. Hij zag zichzelf haar met wellust en angst dat masker afrukken en met een schreeuw van waanzin kijken naar wat het verborgen had gehouden. Een gat als een lupusneus. Een rottende open driehoek vol krieuwelend ongedierte.

Hij kneep even zijn ogen stijf dicht, schudde zijn hoofd en startte. Toen reed hij weg.

'Weet je vriendin dat je komt,' vroeg hij.

Ze knikte.

'Heb je haar gebeld vanuit het ziekenhuis?'

'Nee. Maar als we ruzie hebben gehad blijft ze op me wachten. Dan durft ze het huis niet uit, uit angst dat ik ondertussen terugkom.'

Zwijgend reden ze de stad uit. Roerloos zat Carla naast hem, maar toen ze de Scheldestraat in gingen begon ze te wriemelen met haar handen.

'Heb je een sigaret voor me,' vroeg ze.

Toen hij het pakje sigaretten uit zijn zak wilde halen voelde hij het nagelschaartje van zijn vader in het versleten etui. Een vellerig ding. Hij gaf haar zijn sigaretten en drukte de sigareaansteker in.

'Denk je dat je alweer kan roken?'

'Ik ga heus niet door mijn neus roken.'

Hij hield de sigareaansteker voor haar op en ze boog even geheimzinnig met dat masker naar zijn hand, toen kwam ze weer overeind en blies nadenkend de rook tegen de voorruit.

'Ik heb de sigaretten die nog in je auto lagen opgerookt,' zei hij. 'Tigra, hoe kom je aan dat merk?'

'Die brengt mijn vriendin altijd uit België mee. Daar heeft ze opdrachtgevers.' Met afschuw drukte ze ineens de sigaret in de asbak. 'Dat smaakt me nou helemaal niet,' zei ze.

Bij de RAI kwam hij in de drukte terecht van bezoekers die de Efficiencybeurs verlieten.

Straks rustig naar huis, dacht hij. Alles gaat weer gewoon door. Dat rotpak uit en me scheren en uitgebreid douchen. Lekker lui op bed de sonnetten van Shakespeare lezen. When my love swears that she is made of truth, I do believe her, though I know she lies. Morgen gaan de bollen de grond in en die grofden wordt niet omgehakt. Daar sta ik voor in. Al moet ik een hele week graven, ik zal hem een halve meter dieper de grond in krijgen.

Toen hij de straat inreed die ze aanwees, zei hij, 'Hemelsbreed is het maar een paar honderd meter van mijn huis af. Alleen die weilanden zitten ertussen.'

'Stop hier maar,' zei ze voor een kleine bungalow met een grote voortuin.

Ze boog zich ineens naar hem over en hij dacht dat ze hem een zoen op zijn wang wilde geven, maar hij voelde alleen maar dat gipsen maskertje tegen zijn gezicht. Hard, alsof hij op afstand door haar werd aangeraakt.

'Rijd maar meteen weg,' zei ze. 'Ik pak zelf mijn tas wel.'

Ze stapte uit, pakte haar tas van de achterbank en gooide het portier met een harde klap dicht.

Nog voor ze het tuinhek geopend had en hij weg had kunnen rijden ging de voordeur open. Er verscheen een lange slanke vrouw in een modieus mantelpak met opgestoken lichtbruin haar en een koel gezicht waar sproeten op moesten zitten. Over het tuinpad liep ze Carla tegemoet. Ze ging steeds sneller lopen. Ze bewoog haàr armen van haar lichaam of ze wilde gaan vliegen. Toen omhelsde ze Carla heftig. Carla liet haar tas vallen en sloeg haar armen om haar heen. De vrouw pakte haar bij haar schouders en keek naar dat gemaskerde gezicht. Daarna drukte ze Carla weer hartstochtelijk tegen zich aan en legde haar hand voorzichtig op haar wilde donkere krullen en keek over haar schouder naar Paul. Onderzoekend, met koele vijandschap. Toen hij glimlachte, lachte ze terug. Toen reed hij weg.

DE HOND MET DE BLAUWE TONG

Hans van Straten in *Het Vrije Volk*: De fascinatie van deze verhalen ligt verscholen in de oeroude symbolen, die erin verborgen zitten, en die herinneringen in ons wakker maken, ouder dan wij zelf. R. ten Zijthoff in *De Schrijfkrant*: Opnieuw heeft Wolkers met deze verhalenbundel zijn enorme talent bevestigd. De Freudianen die hierna nog beweren dat Wolkers zich pas als schrijver zal kunnen manifesteren als hij definitief met zijn jeugd heeft afgerekend, moeten eens naar een andere psycholoog omzien. Jan Spierdijk in *De Telegraaf*: Schokken is een kant van de agressieve Jan Wolkers die hem van de prolongatie van zijn succes verzekert. De gebraden muisjes uit *Een Roos van Vlees* worden in het verhaal 'De Achtste Plaag' gevolgd door de obsceniteit van een verkrachte leghorn en de misselijk makende maden uit 'Wespen', maar dat is nog niets vergeleken bij wat er bijeengebracht is in 'De Wet op het Kleinbedrijf', een abjecte geschiedenis van een verdorde exhibitionist, die bij de 'ik' naakt komt poseren om vervolgens door de kunstenaar, een bultige student in de theologie en enkele meisjes op de meest weerzinwekkend sadistische manier te worden bespot. Peter van Eeten in *Nieuwe Rotterdamsche Courant*: Wolkers geeft een wereld gestalte die aan het verdwijnen is. Hij kan het alleen maar zo suggestief doen doordat hij in die wereld geleefd heeft en ermee heeft moeten afrekenen. En het is steeds opnieuw fascinerend te zien welke literaire gestalte die afrekening krijgt. Kees Fens in *De Tijd*: 'De Wet op het Kleinbedrijf' is niet alleen het slechtste verhaal ooit door Wolkers geschreven, het is ook walgelijk en weerzinwekkend. Geen enkele schrijver die aanspraak wil maken op die naam zou een dergelijk verhaal mogen publiceren om de eenvoudige reden dat literatuur en menselijkheid niet van elkaar los te denken zijn. C. M. Reeser in *Prisma*: Tijdens het lezen voelt men zich gastvrij opgenomen in de kraamkamer van de ellende, waar o.a. het sadisme ter wereld wordt gebracht. Huug Kaleis in *De Gids*: Natuurlijk vindt 'De Wet op het Kleinbedrijf' zijn rechtvaardiging reeds hierin dat het, met groot vakmanschap, een psychologisch verantwoord beeld geeft van een bestaanbaar gedrag. Ben Stroman in *Het Algemeen Handelsblad*: Dit is geen cynisch afstand nemen van abjecte situaties, maar een machteloze overgave aan moedwil tot schokkende smeerpijperij. Jos Panhuijsen in *Het Binnenhof*: De verhalen van Jan Wolkers zijn niet volledig humoristisch, ze hebben een diepere tragische ondergrond, waarin de afschuwelijkheid van het menselijk bestaan wordt onthuld. Paul de Wispelaere in *Het Vaderland*: De gebruikelijke schrijftechniek is daarbij dan dat de hoofdpersoon scherp de dingen en gebeurtenissen rond zich observeert en ze tegelijk subjectief op zijn eigen persoonlijke situatie betrekt. Die bevreemdende wederzijdse doordringing van het objectieve en het subjectieve, die vaak het karakter van een soort wetmatigheid draagt, is één van de treffendste kenmerken van Wolkers' stijl.

TERUG NAAR OEGSTGEEST

C. Buddingh' in *De Schrijfkrant*: *Terug naar Oegstgeest* vond ik een bijzonder boeiend boek, vol scherp geobserveerde, functionele details, maar bovenal een boek, waarmee men nog lang niet klaar is, wanneer men het uit heeft. Wolkers heeft er de werkelijkheid in gezien als een visioen, en een visioen wil men nu eenmaal altijd trachten te duiden. M. L. Nijdam in *De Nieuwe Linie*: *Terug naar Oegstgeest* is niet alleen een sleutelboek tot het werk van Jan Wolkers, maar ook en vooral een aangrijpende verbeelding van de ontoereikendheid van het menselijk leven, als zodanig ongetwijfeld de belangrijkste Nederlandse roman van 1965. Willem Brandt in de *Bussumsche Courant*: Het is jammer dat de auteur ook in dit boek enkele malen een schuttingwoord meent te moeten gebruiken. Jos Panhuijsen in de *Twentsche Courant*: Hij neemt ook hier – en we geloven doorgaans terecht – geen blad voor de mond. Hij is heel openhartig. W. A. in het *Dagblad voor Noord-Limburg*: De meest geïnspireerde episodes zijn de sexuele akkefietjes van de hoofdpersoon, die met grote vakkennis en enthousiasme zijn beschreven en waar menige klamme puber enkele recepten aan kan ontlenen.

EINE ROSE VON FLEISCH

Cosmospress: Mit dichterischer Sprache, machtvollen Bildvisionen und präzis gezeichneten Halluzinationen verbindet er harten Realismus mit der Surrealität der Träume. *Luzerner Neueste Nachrichten*: Ein literarischer Pendant zu Antonionis Film *Deserto rosso*. *Die Welt*: Schokker im Stil Genets... Ein tüchtiger Unterhaltungsromancier, durchaus fähig zu einer interessanten Studie über den Generationenkonflikt. *Neu Ruhr Zeitung*: *Eine Rose von Fleisch* ist eine Entdeckung. *Abendzeitung*: Neben all diesen autobiographischen Bezügen ist der Roman aber ein hochliterarisches Buch. Ein widerborstiger, querkantiger, groszer Roman. *Frankfurter Allgemeine*: Eine literarische Entdeckung. *Die Tat*: Wolkers' Bücher sind also keine bloss holländische Angelegenheit. Trotz scharfer, aufreizender Worte lässt sich Wolkers nie zu einer pauschalen Ablehnung hinreisen. Er ist kein modischer Berufsrevolutionär. Seine Auseinandersetzungen sind ehrlich und nuanciert. *Neue Osnabrücker Zeitung*: Der Autor bemüht sich um schonungslose Ehrlichkeit. *Mittel Bayerische Zeitung*: Die moderne Prosa des Autors ist eine brillante, dichterische Verschmelzung von Farce, Tragödie und Witz. *National Zeitung-Basel*: Als Amerikaner wäre er mit dieser Biographie auch im Gebiet der deutschen Sprache schon längst ein gemachter Mann.

A ROSE OF FLESH

The Times: The style of this novel is original and not obscure. The theme – of how badly we have been prepared for the ordinary, animal cruelty of life – is very pertinent and very well presented in the novel's dramatic structure. *The Guardian*: *A Rose of Flesh* is a powerful but appalling novel, made just bearable by a badly wounded humanity that manages to break through the horror, and by intimations of a lyrical quality in the writing. It is a frontal attack on the cruelty of life. *The Sunday Times*: Jan Wolkers is relentless with his imagery of doom. In this gloomy, yet often impressive book, its total abnegation is symbolically intended to illustrate exhaustion in twentieth-century man. *The Times Litery Supplement: A Rose of Flesh* is the extremely painful narrative of a day in the hell of this man's claustrophobic consciousness. *The Sunday Telegraph*: Excruciatingly painful but marvellously tender narrative. The fastidious exactness of his descriptions of the snowbound countryside adumbrates in masterly fashion the icy carapace of guilt and horror inside which the hero's whole personality has been frozen. *The Irish Times: A Rose of Flesh* defines its particular situation so well that one's immediate response is complete acceptance. The book is an impressive feverchart: everybody in it has a high temperature in a cold world. It is a splendid virtuoso performance, a Dutch equivalent of a Bergman film. *The New York Times*: Jan Wolkers is percussive, harsh, abrasive, hitting the bottom of the string. He probes, lays bare as much of the flesh as he can. He spares neither our feelings nor our senses. He seems to feel that he must get down to the very heart and gut and knows how to find the essential element and to render it with expressive line. A steel-ribbed novel, powerful and uncompromising.

HORRIBLE TANGO

Anne Wadman in de *Leeuwarder Courant*: Als plastisch kunstenaar is Jan Wolkers onovertrefbaar. *Horrible Tango* is een meesterlijk in de ruimte en de tijd geplaatst, menselijk ontroerend relaas. Hans van Straten in *Het Vrije Volk*: Een 'moeilijk' boek, waarin de schrijver niet alleen zichzelf, maar ook zijn lezers het mes op de keel zet. Daarom is *Horrible Tango* een test: ieder kan nu voor zichzelf uitmaken of hij voor of tegen Wolkers is. J. van Doorne in *Trouw*: *Horrible Tango* is ongetwijfeld een knap boek. De in zichzelf opgesloten mens vindt er een meelijwekkende gestalte in. Het boek wordt echter zeer ontsierd door modieuze schunnigheden. Paul de Wispelaere in *Het Vaderland*: De betekenis van deze roman ligt dan ook niet zozeer in de psychologische motieven zelf, waarvan ik hier de voornaamste heb proberen aan te duiden, maar in de zeer knappe verhaalstructuur waarin voortdurend allerlei uiteenliggende elementen op elkaar betrokken worden en geleidelijk een dicht web vormen. Nel Noordzij in *Elsevier*: Verleden daagt heden uit in een magistrale roman. De spanning in dit boek is enorm. *Horrible Tango* verschilt radicaal van het andere werk van Wolkers wat betreft de houding van de hoofdfiguur tegenover zijn herinneringen en ervaringen. De laatste krijgen voor hem een diepere betekenis in die zin, dat hij ze niet alleen ondergaat, maar beseft dat hij er zelf uit is opgebouwd. Dit is, misschien wel voor de hele literatuur, maar in ieder geval voor de onze een uniek en geheel nieuw verschijnsel. André de Leeuw in *De Waarheid*: Ook Wolkers heeft de neiging tot shockeren. Maar anders dan bij Hermans gaat het er hem niet om lucht te geven aan frustraties. Hij is een geobsedeerde. Liefde en marteling; seksualiteit en geweld; zij zijn bij hem op een onoverzichtelijke manier in elkaar verstrengeld. Het één is onlosmakelijk aan het ander verbonden. Zo wordt in ons nuchtere land zelden geschreven. Ben Bos in *De Nieuwe Linie*: In de dubbelheid van wens en mogelijkheid, wil en beperking, schrijft de auteur een geweldig boek, waarin de roep naar vrijheid een klem in de keel wordt gezet. Hans Warren in de *Zeeuwsche Courant*: Jan Wolkers heeft met dit werk (dat, tussen haakjes, o.i. tot zijn beste boeken behoort) hoog gemikt. Fons Sarneel in *Vrij Nederland*: Aan het aaien van zijn poten kon je wel raden dat het zachtaardige dier een paar machtige klauwen had, maar die macht bleef altijd in reserve. En nu ineens zijn niet alleen die klauwen voelbaar maar laat het beest ook nog zijn tanden zien.

TURKS FRUIT

Jos Panhuijsen in *Het Binnenhof*: Tragiek en humor liggen soms vlak bij elkaar. Jan Wolkers heeft dit in *Turks Fruit* weer verbijsterend waarachtig laten zien. Peter van Eeten in de *Nieuwe Rotterdamsche Courant*: Wolkers' nieuwe roman is een boek over de liefde zoals er in onze literatuur maar weinig zijn, een waagstuk omdat het wel weer, net als bijna al zijn vorig werk, voor een groot deel autobiografisch zal zijn en hetzelfde verhaal onder de handen van bijna ieder ander tot een hopeloos larmoyant geheel zou zijn geworden. Wolkers overtuigt voor de volle honderd procent: hij laat de lezer geloven in zijn liefde en wanhoop; zijn allerindividueelste emoties schrijft hij zo neer dat er een maximum aan identificatiemogelijkheden is. J. Fontijn in *Het Parool*: Niet vader, moeder of God is de hoofdschuldige in Wolkers' roman dit keer, maar onze door Amerika bepaalde kapitalistische maatschappij. Ben Bos in *De Nieuwe Linie*: Hij is een van de weinige rasechte taalkunstenaars die we hebben. Hij is een man met onbeperkte taalmogelijkheden. Johan van der Woude in het *Nieuwsblad van het Noorden*: Een boek als dit is je reinste vitalisme; het is beeldend; het staat onder hoge druk. C. Buddingh' in het *Algemeen Dagblad*: Een nieuwe Wolkers en een nieuw geluid. Of eigenlijk: wéér een nieuw geluid. Want nadat hij in zijn eerste half dozijn boeken telkens weer de inspiratie had geput uit jeugdherinneringen, met als een der voornaamste thema's de verhouding vader-zoon, had hij in *Horrible Tango* al laten zien dat hij ook heel andere wegen kon inslaan. En nu is er *Turks Fruit*, dat men een der meest humoristische Nederlandse boeken der laatste jaren zou noemen als het ook niet zo triest en tragisch was. Rob Vermeulen in *De Stem*: Het is een geweldig boek. Dionysisch. Vol rottigheid, zinloosheid, humor en tederheid. J. van Doorne in *Trouw*: De roman is met haast tomeloze vaart geschreven, trefzeker van taal en bij alle turbulentie, strak van stijl. Kees Fens in *de Volkskrant*: Als veelal bij Wolkers wordt het gebeuren verteld als een totaalgebeuren, dat wil zeggen dat alle ogenschijnlijke bijgeschiedenissen – en dat zijn er nogal veel in deze roman – met het hoofdgebeuren alles van doen hebben: dwars door de hoofdgeschiedenis lopen tal van micro-gebeurtenissen, die het hoofdgebeuren verbeelden, intensiveren of er – door de betrokkenen niet verstane – waarschuwende voortekens van zijn. Hedda van Gennep in *Eva*: Het verhaal van Olga en haar beeldhouwer is al erg vaak verteld, alleen niet zo indrukwekkend als door Wolkers. Hij vertelt een zeer oud verhaal opnieuw, misschien is dat wel wat ze talent noemen. Ik ben erg onder de indruk van deze roman. Wolkers beschrijft zijn liefdesgeschiedenis en hij beschrijft tegelijkertijd de uwe en de mijne. Roel Dijkhuis in de *Winschoter Courant*: *Turks Fruit* is één van de meest onthutsende, maar tevens één van de meest meeslepende boeken geweest die ik dit jaar las. *Twentsche Courant*: Met deze roman heeft Wolkers opnieuw zijn grote schrijverschap bewezen. Een prachtig verhaal in schitterend proza weergegeven.

THE HORRIBLE TANGO

The Times Literary Supplement: Balance of power: This novella is a skilfully constructed, convincingly imagined treatment of one of the classical love-hate relationships, that of the younger with a dominant elder brother. In an unusually skilful translation, R. R. Symonds has preserved the deliberate fragmentariness and indirection of the narrative without any loss of fluency and naturalness. *The Listener*: A sculptor and painter as well as a writer, he has formed his style around visual imagery: everything in the book is there by right of its unique visibility. *The Scotsman:* Fantasy and action in this novel are presented with equal vividness; but it is assuredly no story for the squeamish. *Kensington Post*: *The Horrible Tango* is a compressed, taut story in which two periods in time are mingled with memories of real events, dreams and fantasies. Jan Wolkers uses masterly skill and force to show how the narrator eventually escapes from his fantasies and buries the memory of his dead brother. *Evening Despatch*: It's a very clever and very compressed study in fantasy, in the twilight world in which illusion and reality cease to be distinguishable.

WERKKLEDING

Hans van Straten in het *Utrechts Nieuwsblad*: *Werkkleding* is meer dan alleen een verzameling vingerwijzingen naar een persoonlijke mythologie. Het boek vertelt een verhaal, niet minder dan *Het Land van Herkomst* van E. du Perron. Jos Panhuijsen in *Het Binnenhof*: Wie die foto's met die teksten ziet, zal veel beter, niet alleen de boeken, maar ook de auteur ervan leren begrijpen. Ze zijn beide vaak bijzonder treffend en juist die foto's die het meest direct in verband staan met zijn particulier leven, zijn het verraderlijkst. *Deventer Dagblad*: *Werkkleding* is een leuk kijkboek, dat samen met veel erotische details, een goed tijdsbeeld geeft. Wolkers' hele carrière staat erin beschreven in kranteknipsels, beelden, tekeningen, foto's en alle mogelijke andere curiositeiten. M. M. in *De Waarheid*: De zedelijke verontwaardiging over zijn verhalen is in de tien jaren die sindsdien verstreken geleidelijk vervlogen en weggeëbd; Wolkers is een van onze meest gelezen schrijvers. Als hij nu het misnoegen van de bourgeoisie wekt is dat wanneer hij deelneemt aan Vietnamacties en affiches tegen de Amerikaanse agressie ontwerpt. Ook dat politieke werk komt in *Werkkleding* uitgebreid aan bod. Adri Laan in *De Limburger*: Een kijkboek dat veel verwijst naar Wolkers' leesboeken. Een kijkboek bovendien, dat er typografisch prachtig uitziet, maar dat is nogal logisch met een ontwerper als Jan Vermeulen. Rico Bulthuis in de *Haagsche Courant*: Jan Wolkers talentvol strijder voor een betere wereld, is in *Werkkleding* op een even ernstige als leuke manier op zijn best. Ed Wingen *Avro-Radio*: *Werkkleding* is voor mij een kostelijk plaatjesboek, een amusante illustratie bij het werk van Jan Wolkers, de schrijver, de beeldhouwer, de protestant, de herrieschopper, de Pietje Bel van nu. *Contact*: Een verrassend 'waar' boek, dat leven en werk van deze merkwaardige, omstreden, maar zeker ook bijzonder begaafde vogel in onze kunstenaarswereld frappant goed weergeeft. Het is ontroerend, schokkend, irritant, schandalig en vertederend tegelijk.

GROETEN VAN ROTTUMERPLAAT

Theun de Winter in de *Haagse Post*: Een dagboek vol humor, beklemming en ontroering, waarin Jan Wolkers, ten overvloede, bewijst dat hij een alles registrerend kijker is en zijn soms weerbarstige taal uiterst suggestief hanteert. Pim Lukkenaer in *Vrij Nederland*: Natuur en cultuur, leven en dood; dat zijn de assen waarom dit romantisch dagboek is gebouwd. En een knap boekje door de schijnbare toevalligheid, waarmee deze thema's ditmaal door Wolkers worden aangeroerd. Hans van Straten in het *Utrechts Nieuwsblad*: *Groeten van Rottumerplaat* is Jan Wolkers ten voeten uit, met zijn even snaakse als satanische uitvallen tegen een verziekte mensenmaatschappij. Men kan er uit leren hoe enorm de afstand is tussen de mens uit het computertijdperk en de mens in het wild. Door dit boekje heeft de kolderieke inval, geboren aan een Gooise borreltafel, om Wolkers en Bomans ieder een tijdje op een onbewoond eiland te laten kamperen, een uiterst zinvolle afsluiting gekregen. Roel Dijkhuis in de *Winschoter Courant*: Een groots geschreven verslag van deze eigentijdse mengeling van Emile Zola, Robinson Crusoë, Fop I. Brouwer, Karl Marx en de Onbekende Volksjongen is het resultaat, dat gelezen MOET WORDEN. Waarom sturen we het college van GS niet allemaal een exemplaar?

TURKISH DELIGHT

Bobby Mather in de *Detroit Free Press*: If Erick Segal's *Love story* was a Hershey bar, Wolkers' tough sad story is raw meat. He writes like a sledge-hammer, with plenty of explicit sex and blunt words to punch out the bawdy humor of much of the book. He grabs his reader by the nape of the neck and shouts: 'Look! Look, this is how it was, this is what happened!' And we can't ask much more of fiction than that it should force us to believe. *Femina Magazine*: Juicy, hard and sensual... the most frank and uninhibited novel since Henry Miller! Bruce Allen in de *Library Journal*: A fine translation reproduces the flavorsome first-person idiom, and nails down sharp images, culture-details, emphatic 'big moments'... a compact epic of pungent eroticism and colorful scatology. *Publishers' Weekly*: Turkish Delight may hit the jackpot here. It is racy, graphic, funny – and, once readers get used to the author's explicitly sexual stance, highly entertaining. Jan Wolkers has a wickedly irreverent sense of humor that he applies lavishly to sex and other venerable institutions. John Redmond in de *Glasgow Herald*: The writing is skilful even in its crudeness and violence and the tenderness is sometimes moving. The sculptor's 'fanatical energy', bitterness and sadness come through in a good translation. Martin Levin in *The New York Times Book Review*: Like Henry Miller, Wolkers writes with a tremendous appetite for life and a painterly approach to the sensuous. He is a refreshing stylist in the hands of an impeccable translator.

DE WALGVOGEL

J. Huisman in het *Algemeen Dagblad*: Met *De Walgvogel* overtreft Jan Wolkers al zijn vorige romans. Rico Bulthuis in de *Haagsche Courant*:

Dat de verouderde gemeenplaats 'pornografie' op zijn werk allerminst van toepassing is, laat zich verklaren door de definitie, dat pornografie wordt gekenmerkt door harteloosheid in sexueel-realistische beschrijvingen. Tenslotte schrijft Jan Wolkers geen sprookjes, maar noteert in een benijdenswaardige en prachtig verzorgde stijl zijn herinneringen. Die stijl is een van de steunpilaren voor zijn succes: ongekunsteld, ongegeneerd, een volmaakt natuurlijke weergave van de spreektaal van zijn personen, met zakelijke, maar boeiende commentaren, waarmee hij zijn eigen gedachten met de nodige ingehouden woede, ironie en plezier op de lezer loslaat. Harry Janssen in *De Limburger*: *De Walgvogel* is een beklemmend en tegelijk humoristisch, meedogenloos en tegelijk mild, fascinerend en magistraal boek geworden. Het beste, dat Wolkers tot nu toe geschreven heeft. P.v.d.A. in de *Rijn en Gouwe*: Wolkers' unieke beheersing van de taal komt in *De Walgvogel* naar voren als nooit eerder. Het is een boek dat je, om te beginnen, twee keer moet lezen. Wolkers schrijft dermate boeiend dat je eerst het verhaal moet kennen vóór je bij tweede lezing toekomt aan de stijl en het taalgebruik. T. van Deel in *Trouw*: Dood, liefde en sex spelen in het leven van de ik-figuur een overheersende rol. Goedgedoseerd voert Wolkers deze zaken op, dikwijls ontzaglijk humoristisch, niet zelden flink grof, maar altijd wel is rondborstigheid gemengd met eerlijke verontwaardiging of tederheid. *De Walgvogel* wordt verteld door een rasverteller, die in zijn gedrevenheid geen blad voor de mond neemt. Niemand moet zich overigens in die gedrevenheid vergissen. Aan alles wat er staat in *De Walgvogel* is overleg voorafgegaan. De roman is een constructie. Dat zal degene duidelijk worden die de herhalingen nagaat, waar de roman vol van zit. Structurering, de introductie van motieven en thema's, is Wolkers wel toevertrouwd. Alle losse draadjes, die zo'n aardige indruk van vlot en voor de vuist weg vertellen geven, komen tenslotte mooi bij elkaar. Kees Fens in *de Volkskrant*: Het kan zijn dat de beschrijving van de sexualiteit weinig variatie toelaat; heel veel van die beschrijvingen achter elkaar en gedetailleerd – Griffioen en zijn kornuiten lijken wel bespoten met Spaanse peper – werken vervelend en afstompend, zozeer, dat men niet meer zou opkijken als de hele brandweer van Amsterdam en omstreken aan het spuiten zou slaan. Willem Bulter in *Tubantia*: De

Walgvogel is een prachtig boek, misschien het beste dat Wolkers geschreven heeft. Het draagt alle sporen van rijpheid. Compositorisch staat het als een huis, stilistisch valt er erg veel te genieten en de humor is niet van de lucht. Het meest verblijdende evenwel is misschien dat Wolkers wat losgeraakt is van zichzelf. We weten nu ook dat hij zeer goed in staat is een maatschappijbeeld te schetsen. De jaren 1944-1948 worden zeer beeldend opgeroepen. Kort uw winteravonden met Wolkers, en vergeet niet uw open haard daarbij aan te steken! Carel Peeters in *Vrij Nederland*: *De Walgvogel* is een komisch boek. De stijl is van een onbedaarlijke welsprekendheid, volks, mooi, vulgair, sentimenteel, zorgvuldig, geestdriftig, precies zoals het nodig schijnt te zijn voor een pracht-verhaal.

DE KUS

Frank van Dijl in *Het Vrije Volk*: Jan Wolkers brengt met dit magnifieke boek de mens terug tot zijn ware proportie, die van een kabouter die voortdurend bedreigd wordt door alles wat groter en daardoor machtiger is dan hijzelf: de natuur, het leven, de dood, het verleden. Het is duidelijk dat dit het beste boek is dat Jan Wolkers tot nu toe geschreven heeft; het te lezen is een uiterst aangrijpende ervaring. Clemens Spijkers in de *Twentsche Courant*: De meest complete uitdrukking van zijn schrijverscapaciteiten. Een boek, dat tegelijk schokkend en ontroerend is, niet in het minst door de manier waarop aan het individuele-extreme het algemeen menselijke wordt gedemonstreerd. Arthur Kahn in de *Gooi- en Eemlander*: Met zijn heldere complexiteit, zijn stilistische rijkdom, zijn onbedaarlijke humor en zijn beklemmende tragiek is *De Kus* uitgegroeid tot een literaire prestatie van de eerste orde. Hans van Straten in het *Utrechts Nieuwsblad*: *De Kus* is zeker Wolkers' knapste boek. Carel Peeters in *Vrij Nederland*: *De Kus* is een zorgvuldig geschreven roman. Wolkers heeft het aangedurfd na *De Walgvogel* nu eens niet meeslepend te schrijven. Ad But in de *Winschoter Courant*: De uitwerking van de thematiek is magistraal. In dieptewerking in de tekst, zowel als in oppervlakteverschijnselen als stijl, typografie en compositie heeft Wolkers als een chirurg situaties ontleed, die direct naar het gezwel, het noodlot leiden. Meer dan vorige werken is dit er een om vele malen te herlezen.

255

Van Jan Wolkers verscheen in vertaling:

1967 A Rose of Flesh (Engeland, Secker & Warburg)
1967 A Rose of Flesh (Verenigde Staten, George Braziller Inc.)
1969 Den Ryslige Snögubben (Zweden, Bonniers)
1969. Eine Rose von Fleisch (Duitsland, Verlag Kurt Desch)
1970 A Rose of Flesh (Engeland, Panther Edition)
1970 The Horrible Tango (Engeland, Secker & Warburg)
1973 Turkisk Konfekt (Zweden, Forum)
1974 Turkish Delight (Engeland, Calder & Boyars)
1974 Turkish Delight (Verenigde Staten, Seymour Lawrence)
1974 Turkish Delight (Verenigde Staten, Dell Pockets)
1974 Turkkilaisva makeisia (Finland, Otava)
1975 Türkische Früchte (Kiepenheuer & Witsch)
1975 En Ros av Kött (Zweden, Forum)
1975 Turkish Delight (Engeland, Futura Paperbacks)
1976 Les Délices de Turquie (Frankrijk, Pierre Belfond)
1976 Horrible Tango (Zweden, Forum)
1976 Delícias Turcas (Portugal, Casa Portuguesa)
1976 Türkische Früchte (Verlag des Deutschen Bücherbundes)
1977 Turks Fruit (Japan, Kadokawa Shoten)
1977 Tillbaka till Oegstgeest (Zweden, Forum)
1977 En Rose av Kjøtt (Noorwegen, Aschehoug)
1977 Türkische Früchte (Duitsland, Rororo Taschenbücher)
1978 Turkisk Konfekt (Zweden, Forumpockets)
1978 En Ros av Kött (Zweden, Forumpockets)
1978 Kyssen (Zweden, Forum)
1979 Zurück nach Oegstgeest (Literarischer Verlag Braun)
1979 Turška Slast (Joegoslavië, Zoložba Obzorja)
1979 Terug naar Oegstgeest (Polen, PIW)
1979 Terug naar Oegstgeest (Hongarije, Magvetö)